이슬람 정육점

이슬람 정육점

제1판 제 1쇄 2010년 6월 25일
제1판 제17쇄 2024년 5월 9일

지은이 손홍규
펴낸이 이광호
펴낸곳 ㈜문학과지성사
등록번호 제1993-000098호
주소 04034 서울 마포구 잔다리로7길 18(서교동 377-20)
전화 02) 338-7224
팩스 02) 323-4180(편집) 02) 338-7221(영업)
전자우편 moonji@moonji.com
홈페이지 www.moonji.com

ⓒ 손홍규, 2010. Printed in Seoul, Korea.

ISBN 978-89-320-2060-0 43810

* 이 책의 판권은 지은이와 ㈜문학과지성사에 있습니다.
   양측의 서면 동의 없는 무단 전재 및 복제를 금합니다.

손 홍 규 ★ 장 편 소 설
이슬람 정육점

문학과지성사
2010

차례

이슬람 정육점 7
작가의 말 238

1

내 몸에는 의붓아버지의 피가 흐른다.

이슬람이 우리말로 순종이라는 걸 일러준 사람은 하산 아저씨였다. 하산 아저씨는 질문을 싫어했다. 얼굴에는 버짐이 피고 머리에는 기계총 자국이 남은 사내아이의 질문이라면 더더욱 질색했다. 하지만 나는 하산 아저씨가 내심 자신에게 무언가 물어오는 걸 즐긴다는 사실을 안다. 호기심 가득한 눈빛으로 그를 바라보면 이내 그는 안절부절못하며 마치 화가 난 사람처럼 퉁명스럽게 대답하고 다시 입을 꾹 다물었다. "그건 순종을 뜻하지." 이렇게 말했을 때 하산 아저씨의 표정이 순종과는 거리가 멀었다는 이야기를 할 필요가 있을까.

야모스 아저씨는 하산 아저씨를 '어머니 배 속에서 발길질을 하고 나온 녀석'이라고 했다. 한마디로 하산 아저씨는 순종과는 거리가 먼 사람이었다. 내가 그를 처음 만났던 날도 그랬다. 하산 아저씨는 귀머거리처럼 행동했다. 누구의 말도 귀담아듣지 않았다는 거다. 그는 나를 구체관절인형처럼 다루었다. 그의 손이 내 몸 어딘가를 스치고 지나갈 때마다 나는 해독할 수 없는 문자로 씌어진 책을 읽는 기분이었다.

하산 아저씨가 그건 순종을 뜻하지, 라고 했을 때 당연히 안나 아주머니는 콧방귀를 뀌었다. 이따금 사랑스럽고 대부분 저주스러운 안나 아주머니는 하산 아저씨와 야모스 아저씨는 물론 나조차도 전혀 들어본 적이 없는 속담들을 섞어서 이야기했다. 안나 아주머니는 내가 '젠장' 혹은 '쪽팔려'와 같은 말을 하면 염소를 닮은 두 눈에 번개처럼 빠르게 눈물을 고이게 한 뒤 방금 하늘에서 떨어진 악마라도 본 듯 수선을 피웠다. 두툼한 두 팔로 나를 밀가루 반죽 같은 가슴에 푹 파묻고는 마늘 냄새가 밴 입을 귓가에 대고 만트라를 속삭였다.

안나 아주머니는 버릇처럼 옴마니밧메훔을 외웠지만, 내가 호기심 가득한 눈으로 그게 무슨 뜻이냐고 물었을 때는 얼굴을 붉히면서 먼 조상 때부터 내려온 건데 거기에 무슨 의미가 있겠냐고 했다. 그리고 '모르는 게 약이다'와 비슷하다고 짐작되는 속담들을 줄줄이 쏟아냈다. 그러다 보면 화가 풀리는지 말끝에 내 엉덩이를 손바닥으로 찰싹 때린 뒤 까르르 웃었다. 그 웃음을 듣고 있노라면, 이 세상에서 안나 아주머니를 미워할 수 있으려면 미치지 않고서야 불가능할 거라는 생각이 들었다.

훗날 옴마니밧메훔이 '연꽃 속의 보석'을 뜻하며 그건 곧 부처를 가리킨다고 알려줄 기회가 있었다. 그때 나는 안나 아주머니가 예전처럼 짐짓 화가 난 척하며 오래전부터 알았노라고 내가 그것도 몰랐겠느냐고 펄펄 날뛰기를 바랐다. 그러나 안나 아주머니는 그처럼 눙치는 대신 외려 감격한 표정이 되더니 내 어린 시절처럼 나를 껴안고 조용히 눈물을 흘렸다.

"그런 걸 내게 가르쳐준 사람은 네가 처음이구나."

안나 아주머니가 하산 아저씨의 무뚝뚝한 말에 민감하게 반응한 이유는 자신을 겨냥한 말이라 여겼기 때문이다. 하산 아저씨는 마누라가 둘, 아니 능력만 된다면 셋, 넷도 상관없는 나라에서 왔다. 그것만으로도 안나 아주머니가 하산 아저씨를 경멸하기에 충분한 이유가 되었다. 안나 아주머니는 하산 아저씨가 난봉꾼이었을 거라고 단정 짓고 면전에 소금을 뿌려 부정을 예방하지 못한 걸 못내 서운해했다.

"지금이 어떤 세상인데 일부다처제라니! 그게 사람이야? 강치 같은 놈들."

안나 아주머니가 강치 운운한 건 야모스 아저씨와 동물원에 놀러가서 물개쇼를 본 적이 있는데, 그 물개가 실은 강치라는 말에 왠지 감동받았기 때문이다. 강치가 하산 아저씨네 나라 사내들처럼 여러

암컷을 거느린다는 사실에도 감동받았던 것 같다. 그 뒤로 한동안은 강치 같은 녀석, 강치 같은 놈이 자주 쓰는 비유가 되었다.

안나 아주머니가 흥분하면 야모스 아저씨가 낭패였다. 안나 아주머니의 말에 따르면 야모스 아저씨는 '곁방살이 주제에 코 고는 놈'인데 셋방살이 주제에 주인 노릇하는 몰염치한 작자라는 거였다. 야모스 아저씨가 안나 아주머니의 식당 문 앞에 서서 고개만 들이밀고 있노라면, 삼십 분이 걸릴 때도 있고 한 시간이 걸릴 때도 있지만 기어이 밥을 얻어먹을 수 있었다.

"나는 세를 준 거지 하숙을 치는 게 아니란 말이죠."

안나 아주머니는 매번 이렇게 투덜대면서도 야모스 아저씨에게 공짜 밥을 줬다. 야모스 아저씨는 종합병원 세탁실에서 일했다. 틈이 나면 장의사에서도 일했다. 그래도 늘 배를 곯았다. 안나 아주머니는 야모스 아저씨의 사정을 누구보다 잘 알았다.

하지만 안나 아주머니가 흥분하면 야모스 아저씨의 탁발 전술도 실패했다. 자신이 무얼 하고 있는지조차 잊기 때문이었다.

"거기 서서 뭐 하는 거죠?"

이렇게 물을 때 안나 아주머니 머릿속에는 밥을 줘야겠다는 생각이 떠올랐다가 금세 사라졌다. 혼란스럽기 때문이다. 결국 안나 아주머니의 기분에 따라 야모스 아저씨는 공짜 밥을 먹을 수도 못 먹을 수도 있었다. 야모스 아저씨는 기름칠이 덜 된 기계처럼 삐걱대며 걸었다. 그때도 그처럼 걸어와 뻣뻣한 손가락으로 내 옆구리를 찔렀다. 안나 아주머니를 도와 하산 아저씨를 공격하라는 뜻이었다.

"나도 그런 애 알아요. 행복교회 목사 아들이 순종이거든요. 그러니까 개도 이슬람인 거죠?"

하산 아저씨의 두꺼운 눈썹이 꿈틀 움직였다. 마뜩찮다는 뜻이었다.

안나 아주머니는 하산 아저씨의 눈썹이 꿈틀대는 걸 무척 즐거워했다. 코미디 쇼를 보는 것 같아서라고 했다. 누구라도 익숙해지기 전까지는 안나 아주머니를 소녀에서 성장이 멈춰버린 여자로 여길 것이다. 그러니까 한마디로 재수 없는 여자라는 거였다. 하지만 안나 아주머니는 얼마나 사랑스러운 여인인가! 나는 안나 아주머니보다 더 맛깔스럽게 김치를 담그는 여자를 본 적이 없다. 시들어 말라비틀어진 푸성귀조차 몇 번 주무르면 때깔 고운 나물 반찬으로 식탁에 올랐다. 굳은살이 네 개의 오돌뼈처럼 박힌 손바닥으로 뜨겁게 달아오른 이마를 만져주면 열이 내렸고 배탈이 났을 때도 그 손이 한번 왔다 가면 냉증이 가셨다. 모스크가 있는 가파른 언덕에서 넘어져 무릎이 까지더라도 안나 아주머니의 입김만 쏘이면 반쯤은 아물었다.

누군가를 칭찬하는 데 인색한 야모스 아저씨도 안나 아주머니를 가이아 같은 여인이라고 했다. 가이아(Gaea)가 대지의 여신을 뜻한다는 걸 알 턱이 없는 안나 아주머니는 쿠데타에 성공한 신생 독재자처럼 야멸차게 야모스 아저씨의 밥줄을 끊어버렸다. 야모스 아저씨는 나를 올림포스 신전에 올려놓고 기원을 거듭했다.

내가 구립도서관에서 『그리스-로마 신화』를 빌려와 안나 아주머니에게 보여주지 않았더라면 급식 중단은 꽤 지속되었을 거다. 야모스 아저씨가 굶어죽지 않은 걸 고마워해야 할 사람은 무명의 삽화가였다. 삽화가는 대지의 여신을 그리던 순간에 연애 중이었는지 미의 여신인 비너스보다 가이아를 더 풍만하고 뇌쇄적으로 표현했다. 안나 아주머니는 늘 쓰는 표현대로 입귀가 귀에 걸렸다. "이게 나란 말이지? 가이아네 어쩌네 해서 가시낸지 개새끼지 싶었는데. 글쎄, 이게 나란 말이지?"
　안나 아주머니는 그 페이지를 뜯어 식당 손님들이 잘 볼 수 있게 경찰서에서 배포한 지명수배자 포스터 옆에 붙여놓았다. 손님들은 한번 보고 그만이었지만 안나 아주머니는 틈나는 대로 보았다. "보살님 같다는 말은 많이 들어봤어도 가이안지 뭔지 여신이라는 말은 처음이야." 앞치마로 눈물을 꾹꾹 찍어내기까지 했다. 안나 아주머니는 토속신도 아닌 외국신으로 추앙받은 데 무척 감동했다. 가이아는 오랫동안 그곳에 붙어 있었다. 부주의한 손님들 때문에 김칫국물이 튀고 누군가 볼펜으로 수염을 그려놓을 때까지.

　나로서는 야모스 아저씨의 견해에 찬성이었다. 안나 아주머니는 대지의 신이라 불려도 손색이 없었다. 안나 아주머니를 기억하는 많은 사람들이—비록 그들 가운데 대부분이 이제 세상을 떠났지만 그 기적을 잊지 않았다.
　식당은 가풀막진 일차선 너비의 이면도로에 접해 있었다. 그 길에서 사내들끼리 크게 싸움을 벌였다. 평소 안나 아주머니의 사랑을 받던 한 청년이 자상을 입은 배를 손으로 누른 채―손가락 사이로 진득한 핏물이 흘렀다―식당 앞에 엉금엉금 기어서 도착했다. 불길한 낌새를 느낀 안나 아주머니는 미닫이문을 사납게 밀고 바깥을 내다보았다. "이상하게 말야, 태풍이 올 때처럼 으스스한 거야." 그날은 구름 한 점 없이 맑았다. 겁에 질려 밖에 나가지 못하고 자신의 가게에서 이층 창가에서 혹은 다락에서 패싸움을 지켜보던 사람들은 안나 아주머니가 청년을 일으켜 세워 식당으로 데리고 들어가는 모습을 보았다. 청년이 흘린 검붉은 액체가 이면도로 표면 위 울퉁불퉁 튀어나온 자갈들 사이로 구불구불 흐르다 멈춰 먼지들과 엉켜 젤리처럼 응고되었을 때, 청년이 멀쩡하게 그 작고 하얀 얼굴로 함박웃음을 터뜨리며 식당을 나서는 것도 보았다. 청년은 일터에 가는 아들처럼 녹슨 철판 같은 손바닥을 안나 아주머니에게 보이도록 팔을 들어 흔들고는 성큼성큼 성모병원 쪽으로 걸어갔다. 청년은 제 발로 응급실을 찾았고 그곳에서 삼십 분 뒤 죽었다.

훗날 나는 그게 일종의 각성 상태가 아니었을까 추측했다. 지극한 고통은 우리의 정신을 빼앗아 섬망으로 몰아가지만 때로는 일시적으로 정신을 곤두세워 어느 때보다 날카롭고 침착한 상태로 이끌기도 한다. 청년은 육체의 고통을 잊어버릴 정도로 안나 아주머니의 목소리, 숨결, 시선을 필요로 했던 것인지도 모른다. 그런 게 필요하지 않은 사람이 있을까마는.

하산 아저씨를 따라 고아원을 나올 무렵의 나는 겁에 질려 그러나 공포를 극복하기 위해 흔히 사람들이 그러듯 난폭했다. 하지만 내가 난폭해질 수 있는 대상은 나 자신뿐이었다. 나는 사람이 사람을 배우는 건 타인을 통해서가 아니라 자신을 통해서라고 생각했다. 태어나서 죽을 때까지 내 곁을 떠나지 않는 건 나 자신뿐이니까. 심지어 잠든 동안에도 나는 나를 떠날 수가 없다. 하루 스물네 시간 나 자신과 마주치며 살아야 한다. 고통스러웠다. 그럴수록 나 자신을 더 학대하고 싶었다. 화가 나면 며칠이고 잠들지 않았다. 눈알이 빠져나갈 것처럼 아파도 눈앞의 사물을 분간하기 힘들 만큼 몽롱해도 참았다. 스스로를 용납하기 힘들면 밥을 굶었다. 굶는 나 자신과 굶을 수밖에 없는 또 다른 나를 분리해가면서. 나는 굶는 나를 지켜보며 만족했고 허기를 고통의 목록에서 추방했다. 그럴 때 하산 아저씨가 내 앞에 나타난 거였다.

지금은 안다. 안나 아주머니를 처음 만났던 그날, 수치심을 모르는 벨기에 소년처럼 발가벗겨졌던 날, 안나 아주머니가 어떤 기분이었을지를. 하산 아저씨는 안나 아주머니에게 나를 씻겨달라 부탁했다. 주방과 연결된 뒷문으로 나가면 안나 아주머니가 양파와 감자의 껍질을 벗기고 파와 생선을 다듬는 수돗가가 있다. 나는 뜨거운 물을 미리 받아둔 고무함지에 들어가 앉았다. 몸이 달아올랐고 피부가 한 꺼풀 들떴다. 손에 때수건을 끼고 나타난 안나 아주머니는 내 알몸 앞에서 조용히 한숨을 내쉬었다. 그리고 내 몸의 흉터— 이것에 대해 내게 설명해준 사람은 없었다—를 조심스레 쓰다듬어주었다.

안나 아주머니는 자신의 몸에도 흉터가 있다고 말했다. 내 고통을 다 이해한다는 듯한 태도가 못마땅했지만 나는 잠자코 안나 아주머니의 푸념을 들었다. 안나 아주머니는 사내를 두 놈 이상 만나게 되면 절로 그렇게 흉터가 남는다고 했다. 왜 그러냐고 묻자, 사내들이란 여자를 괴롭히지 않고서는 하루도 견디지 못하는 종자들이라고 했다가, 이내 나 역시 사내라는 걸 새삼 알아차렸다는 듯 잠깐이기는 했지만 무서운 눈빛으로 쏘아보는 것이었다.

안나 아주머니는 냄비 같은 사람이었다. 그래서 나는 누군가 사람을 판단할 때, 뚝배기와 냄비에 비유하는 소리를 들으면 심사가 뒤틀렸다. 냄비 같다고 해서 죄다 쓸모없는 건 아니다.

내 오른쪽 팔오금 아래에는 팔뚝을 절반쯤 감싼 흉터가 있다. 지렁이 한 마리가 모래밭에서 잔등을 내비친 형상이다. 안나 아주머니는 뜨거운 냄비에 덴 게 분명하다고 했다.

나는 내 몸에 남은 흉터들의 기원을 모른다. 몇 개는 기억한다. 왼쪽 발 정강이에 난 흉터는 기록에 따르면 세번째 고아원에서 얻었다. 장마였고 외부 화장실 블록담의 기반이 꺼지면서 삼 미터가량이 무너졌다. 금 간 부위별로 뭉텅이로 쓰러졌다. 그리고 그만큼의 바깥세상이 고아원으로 해일처럼 밀려왔다. 그곳에 있던 아이들 가운데 자신이 언제부터 그곳에 살게 되었는지를 아는 녀석은 드물었다. 무언가를 머릿속에 각인시킬 수 있는 능력을 채 갖추기도 전부터 고아원에 부려졌기 때문이다. 부려졌다는 표현은 매달 한 번씩 구호품을 싣고 오는 트럭 기사에게 배웠다. 그는 쌀과 밀가루, 설탕 따위를 트럭에서 내릴 때마다, 이 녀석들 부려놓고, 라는 말을 자주 썼다. 녀석들이란 말이 왠지 우리를 가리키는 느낌이 들었다.

 나 역시 마찬가지였다. 과거를 떠올리려 해도 내 기억의 돌팔매질은 고아원 담장을 넘어가지 못했다. 그곳이 내 세계의 전부였다. 비록 내가 고아원 이전의 세계를 만난 적이 있다 해도 최면술 따위가 아니라면 결코 불러낼 수 없는 망각된 과거일 뿐이었다. 비가 그친 뒤 무너진 담 앞에서 나는 여태 한 번도 속해본 적 없는 낯선 세계에 진저리쳤다. 특별한 풍경은 아니었다. 그저 그런. 그렇지만 내겐 저 담 너머에도 세상이 펼쳐졌다는 것, 저 담이 이 네모난 세계의 낭떠러지가 아니라는 걸 알게 되었다. 누구도 무너진 틈, 고아원의 어떤 문보다 널찍한 그 문을 통해 선뜻 바깥세계로 나가보려 하지 않았다. 나는 쓰러진 블록을 딛고 무엇이 기다리는지 알 수 없는, 담 하나로 구획되고 차단되었다가 무방비 상태의 내 앞에 노출된 또 다른 세상을 향해 다가갔다. 뒤에서 비명이 들렸다. 위태롭게 매달렸던 큼지막한 블록덩어리가 나를 덮쳤다. 그날 정강이를 다쳤다. 나는 상처가 주는 고통보다, 비밀의 문이 열렸는데 한 걸음조차 그 밖으로 내딛지 못했다는 게 쓰라렸다.

 하산 아저씨를 처음 보았을 때 나는 해외로 입양되는 줄 알았다. 솔직히 두려웠다. 하산 아저씨의 뒤를 따라가면서 내내 도망칠 궁리만 했다. 물론 그즈음의 나는 돈 한 푼 없이 낯선 세상으로 나갈 만큼 어리석지는 않았다. 세번째 고아원에서 담이 무너져 생긴 틈으로 나가지 못했던 것도 나가봐야 아무 소용이 없다는 걸 알았기 때문인지도 모른다.

도망쳤다가 붙잡혀 온 고아들이 풀어놓는 사연들이란 하나같이 구질구질했다. 강제로 피를 뽑힌 녀석도 있었고 구걸 행위를 강요당한 녀석도 있었다. 그럴싸한 기술을 배웠다는 녀석은 한 명도 없었다. 그들이 배운 기술은 구두닦이, 청소, 도둑질 등등 딱히 누구에게 배우지 않더라도 익힐 수 있는 것들뿐이었다.

그들은 해외입양보다는 나은 거라고 했다. 해외에 가게 되면 그 집안의 희귀병을 앓는 자식들을 위해 심장, 간, 콩팥 따위를 떼어주게 될 거라고 했다. 신빙성이 있었다. 작고 가난한 나라의 고아들을 데려다 대체 뭘 할 것인가. 데쳐먹고 볶아먹고 지져먹을 게 아니라면. 나는 내 몸의 장기가 하나씩 빠져나가 고무풍선처럼 내부가 텅 비어버리는 꿈을 꿨다.

하산 아저씨의 근육질 팔뚝이 언젠가 운명의 올가미가 되겠지, 생각했다. 나중에 하산 아저씨는 이렇게 말했다.

"운명은 면식범이다."

제기랄, 이런 화법은 「수사반장」 탓이었다. 운명은 우리 주위에 기거하면서 호시탐탐 우리를 수렁에 처넣으려고 기를 쓰는 녀석이다. 우리는 녀석을 안다고 믿기에 방심하게 되고 운명은 그 순간을 놓치지 않고 최초이면서 최후인 발길질로 간단하게 우리를 끝장내버린다. "그러니까 애야, 네가 겪어보지 못한 운명이란 없단다—이 불쌍한 녀석에게 축복을 내려주시길—네가 태어날 때 너만 태어난 게 아니라 너의 운명도 함께 태어났거든." 그날 운명은 나를 낚아채는 데 성공했다. 방심했던 탓이다. 다른 아이들처럼 낯선 이가 찾아오면 숨어야 했다. 하지만 나는 하산 아저씨를 보고도 내 운명이 어떻게 될지 까맣게 모른 채 너른 개활지에 홀로 핀 들꽃처럼 서 있었던 거다.

하산 아저씨가 나를 데려간 곳은 그때까지 내가 거쳐왔던, 고아원, 보호소, 성당과는 달랐다. 미로처럼 골목이 갈라지고 이어진 낡고 후락한 산동네였다. 신기하게도 우리는 그 누구와도 마주치지 않았다. 고요한 대낮이었다. 햇살이 만연했지만 우리가 걷는 곳엔 그늘뿐이었다. 어딘가에서 조무래기들의 웃는 소리가 들려왔다. 곧이어 저 위, 골목이 끝나면서 이어진 가파른 계단 위 이면도로 가장자리에 그들이 모습을 드러냈다. 똑같은 반바지와 티셔츠 차림이었다. 똑같다 못해 한 녀석의 여러 분신들이 모인 게 아닌가 싶을 정도였다. 조무래기들은 하산 아저씨를 향해 침을 뱉고 주먹감자를 먹이더니 나타날 때처럼 어디론가 순식간에 사라졌다.

나는 그걸 이 동네의 풍습, 아이들 사이에 통용되는 불문율 같은 거라고 생각했다. 다만, 아이들이 내뱉은 말 가운데 '터키탕'이라는 낱말이 예외로 여겨졌을 뿐이다.

우리는 이면도로에 올라 잠시 숨을 골랐다. 뒤를 돌아보니 내가 올라온 길이 까마득했다. 이면도로를 따라 올라올 수도 있었지만 하산 아저씨는 지름길을 택한 거였다. 하산 아저씨는 나를 중국풍 혹은 일본풍인지도 모를 나무탁자와 의자가 있고 바닥이 시멘트인 곳에 밀어넣었다. 이층짜리 다세대주택의 일층이었다.

　나는 의자에 앉아 주위를 둘러보았다. 타일이나 벽지가 없는 맨 얼굴의 벽 때문에 으스스한 기분이었다. 한쪽 벽에 조리대가 있고 그 위에 이 단 선반이 붙었다. 선반에는 낯선 문양이 상감된 그릇들이 가지런히 올려졌다. 현관 반대쪽 벽에 성글게 짠 천으로 된 커튼이 목제 격자창을 가렸고 그 틈으로 국수가닥 같은 햇살이 스며들었다. ─그곳은 내가 거쳐온 곳들과는 달랐다. 가장 큰 차이점은 대통령 사진이 없다는 거였다. 어딜 가나 똑같은 사진이 사람들의 눈에 가장 잘 띄는 곳에 걸려 있게 마련이었다. 적어도 이곳에서는 대통령이 그리 환영받는 존재가 아니라는 걸 알 수 있었다.

　어디선가 목소리가 들려왔다. 체조선수의 리본을 연상시키는 목소리였다. 그보다 외롭고 쓸쓸한 느낌이긴 했지만. 무언가를 갈구하는 것도 같았고 누군가를 원망하는 듯도 했다. 소리나는 쪽이 어디인지 가늠하려고 고개를 이리저리 돌리자 하산 아저씨가 툭 내뱉듯 말했다. "무에진이다. 기도 시간을 알리는 거지."

　그는 벽 모서리에 기대어 있던 기도용 깔개를 바닥에 폈다. 신발을 벗고 그 위에 올랐다. 시큼한 발냄새가 났다. 곰 한 마리가 그런대도 그보다는 우습지 않았을 거다. 하산 아저씨는 젖꼭지를 찾아

어미 품으로 파고드는 강아지처럼 이런 걸 처음 해본다는 듯 서툴고 느리고 집요하게 절했다. 조계종 종단에서 운영하는 고아원에도 잠시 머물렀던 나는 그의 절하는 모습이 불교도의 그것과 비슷하다는 걸 알았다. 하산 아저씨는 이제부터 이곳이 우리가 살아야 할 동네이며 집이라고 했다. 적어도 낯선 이국의 수술대 위에 결박당해 장기를 내주는 일은 없을 듯했다. 하산 아저씨는 의무감 때문이라는 듯 어깨를 으쓱하고 풍성한 콧수염을 만지작거리더니 어색하게 손을 흔들고 집을 나갔다. 그 뒤 내가 매일처럼 보게 될 것이지만, 구부정한 거인을 연상시키는 하산 아저씨의 뒷모습은 매번 이별하는 사람처럼 아득하고 쓸쓸했다. 불과 오십 걸음도 되지 않았지만 그곳에 갈 때마다 하산 아저씨는 영혼을 놔둔 채 떠나는 사람처럼 굴었다. 하산 아저씨는 내가 만난 최초의, 또한 내가 알기로는 정육점에서 돼지고기를 난도질하는 유일한 무슬림이었다.

2

"머리가 나빠요."

하산 아저씨가 왜 나를 중학교에 보내지 않느냐고 물었을 때 고아원 원장이란 작자는 그렇게 대답했다. 나는 모욕을 느꼈다. 만일 내게 진짜 부모가 있었더라면, 내 부모는 이렇게 말해줬을 것이다. '머리는 좋은데 집중력이 부족해요.' 그게 사실이든 아니든, 부모란 그렇게 믿고 싶어 하는 사람들이다. 하산 아저씨는 나를 중학교에 보내고 싶어 했다. 총무과의 과장은 입학 시기가 지났다고 한마디로 거절했다.

"학적부를 보니까 특이한 병력이 있군요. 확인해봐야겠지만, 이런 병이라면 특수학교가 아니면 힘들 겁니다." 하산 아저씨는 특수학교를 수소문했다. 대부분 너무 멀었다. 가깝더라도 당장은 입학이 어려웠다. 하산 아저씨는 식탁에 앉아 곱슬곱슬한 머리를 두 손으로 긁적이더니 내게 물었다.

"이 병, 어떤 건지 설명해줄 수 있겠니?"

"학교에 가기 싫었어요."

학교에서 가르치는 모든 것들이 구역질 났다. 교훈은 대개 '바른 시민육성'이었고 급훈은 '성실, 근면, 협동'이었다. 어느 학교든 화단에는 근엄한 위인들이 앉아 계셨고 일 년 가운데 단 하루만 눈길을 받는 이승복도 빠지지 않았다. 교장의 취향에 따라 푸성귀를 기르는 텃밭이 있기도 했고 비둘기나 토끼 사육장이 있기도 했다. 버드나무, 무궁화나무, 사철나무, 향나무가 똑같은 모양으로 다듬어져 생기 없이 자랐고 통행로가 운동장을 따라 만들어져 있었다. 학생들은 누구나 정해진 길을 따라 걸어야 했고 상보만 한 천 쪼가리를 쳐다보며 맹세를 강요당했다. 학교란 한마디로 착실한 바보를 만들어내는 곳이었다. 나는 학교를 혐오하지 않는 사람들이 신기했다. 똑같은 책걸상에 똑같은 자세로 앉아 똑같은 이야기를 듣고 똑같이 고개를 끄덕이거나 얻어터지거나 욕을 먹거나 웃거나 울면서 시간을 보낸다는 사실을 끔찍해하지 않는다는 걸 이해할 수 없었다.

나는 이런 것들을 요즘 아이들 식으로 불량스럽고 냉소적으로 설명했다. 하산 아저씨는 고개를 끄덕였다.

"그래서 어떻게 했다는 거지?"

"이승복의 팔을 떼어버렸죠. 화단에 오줌도 쌌어요."

"그 정도로는 이런 진단을 받을 수가 없다."

"그걸 매일 열한시 정각에 했어요. 어디에 있든 열한시만 되면 뛰쳐나갔거든요. 화단에 있던 나무들이 노랗게 타들어가도 모르던 걸요."

하산 아저씨는 고개를 갸웃 기울였다.

"지금도 그러는 건 아니겠지? 지금 당장은 이렇게 지낼 수밖에 없다 해도 학교는 꼭 가야 한다. 구역질이 나더라도 학교에 가서 토하렴."

나는 학교가 외로운 곳이라는 말은 하지 않았다. 나를 바라보는 눈길이 역겹다는 말도 하지 않았다. 동정과 비난이 교묘하게 섞인 그 더러운 시선과 속삭임이 지겹다는 말도 하지 않았다.

하산 아저씨가 세 들어 사는 낡은 다세대주택은 주변의 다른 집들과 구분하기 힘들 만큼 비슷했다. 모두가 비슷한 이력을 지녔다. 오래된 동네라는 뜻이기도 하다. 세포가 분열하듯 집들도 새끼를 쳤다. 집과 집 사이 조그마한 틈이라도 있으면 타르를 칠한 목재나 방수천으로 하늘을 가려 연탄 창고로 썼고 공무원의 간섭만 없다면 공용지대도 조금씩 잠식해 덩치를 키웠다. 손바닥만 하더라도 마당이 있다면 개집과 화장실까지 만들고 단을 쌓아 화초를 기르기도 했다.

집은 외부로만 뻗어나간 게 아니었다. 내부에서도 끊임없이 증식했다. 천장을 낮춰 생긴 공간을 다락으로 썼고 다락에 오르기 위해 사다리를 놓았으며 다락에 누운 채로도 일기변화를 손쉽게 알 수 있도록 벽을 뚫어 창을 냈다. 거미나 나방만이 지나다닐 뿐인 공간에는 선반을 만들어 짐을 쌓거나 때로는 침대로 쓰기도 했다.

이 집은 실패작이었다. 하산 아저씨가 터키식으로 바꿔보려 애쓴 흔적들이 애달프게도 조선식에 짓눌려 비명을 지르는 곳이었다. 그렇다고 해서 어정쩡하다는 뜻은 아니다. 합금과 같은 집이었다. 다른 두 가지 금속이 서로에게 용해되어 새로운 금속으로 탄생하듯, 기질과 성정이 다른, 그때까지 내가 한 번도 거주해본 적 없고 상상해본 적도 없는 집이었다.

연탄 화덕이 놓인 벽은 시커멓게 그을렸고 녹슨 못에 덕지덕지 숯덩이가 들러붙은 석쇠가 걸렸다. 그 석쇠는 케밥 전용이었다. 날마다 개미들의 행렬이 찬장으로 이어졌다. 개미의 목표는 설탕통이었다. 설탕통을 옮기면 차츰차츰 개미 행렬이 무너졌다. 꼬리를 사리듯 설탕통이 있던 자리부터 벽을 타고 모서리를 수직으로 지나다 창틀 높이에서 수평을 이룬 대열이 창틈으로 사라질 때까지는 오랜 시간이 걸리지 않았다. 뚜껑을 열면 이미 설탕 사태에 파묻혀 죽은 개미, 아직 살아 통을 타고 기어오르는 개미가 있었다. 하산 아저씨에게 남다른 재주가 있다면, 아무렇게나 숟가락을 푹 꽂아 설탕을 퍼내더라도 개미 한 마리 퍼 올리지 않는다는 것이었다. 어쩌면 그 안에서 평생을 보내는 녀석도 있을 거였다.

평소에는 갖가지 살림들이 집 안을 떠도는 냄새를 거두었다가 다습한 시간이나 비 오는 날이면 한꺼번에 내뿜었다. 끈적하게 엉겨

붙는 냄새를 맡으며 나는 부엌의 쪽문을 열고 도시를 내려다보았다. 쪽문을 열면 세 뼘쯤 되는, 이 집으로 치자면 기단이고 아랫집으로 치자면 옹벽의 상층부인 시멘트 돌출부가 있었다. 거기에 내 엉덩이만 한 나무 의자가 있고 하산 아저씨는 해질무렵이면 그 의자에 앉아 귤빛으로 물든 더러운 하늘과 게딱지 같은 허술한 지붕이 활강하는 산동네와 정체를 알 수 없는 도시를 바라보았다. 나는 주로 그곳에 앉아 발아래 루핑 지붕에 쓰레기나 침을 던지고 뱉었다. 조그만 돌을 모아다 함석으로 된 것들—화장실 지붕, 빗물받이, 경첩이 떨어져나간 대문 따위—을 과녁 삼아 던졌다. 돌멩이가 양철을 때리면 경쾌하지만 울림은 없는 소리가 느리게 퍼졌다.

비가 내리면 집들이 울었다. 골목마다 빗물이 내를 이루어 흘렀고 비닐우산들이 바쁘게 움직였다. 우의를 입고 장화를 신은 사람들과 살대가 삐죽 튀어나와 박쥐 날개 같은 우산을 쓴 사람들이 총총걸음을 했다. 하산 아저씨가 없을 때면 야모스 아저씨가 찾아왔다. 그는 내게 아테네와 스파르타를, 올림포스와 제우스를, 지중해의 푸른 물빛과 에게 해의 검푸른 물빛을 들려주었다. 사하라 사막에서 불어온 바람이 바다를 건너오면 어떻게 변하는지 폭풍이 휘몰아치고 너울이 거세면 어떻게 배를 정박하는지 들려주었다.

야모스 아저씨마저 찾아오지 않을 때면 나는 벌거숭이가 되어 조각거울에 온몸을 비춰 보았다. 기억할 수 없는 흉터들을 그처럼 들여다보면 무언가 떠오를 것 같았다. 흉터들이 제각각 하나의 입이 되어 내게 말을 걸어주기를 기다렸던 것 같다. 오른쪽 쇄골의 움푹 팬 흉터는 무엇 때문에 생겼는지 짐작도 할 수 없었다. 흉터의 여왕인 안나 아주머니조차도 그 흉터를 해석하지는 못했다. "이건 채찍이나 삽자루 따위에 얻어맞고 찍혀 생긴 게 아니야."

물론이었다. 나는 내 부모가 어린아이를 학대하는 사람이었으리라 믿고 싶지는 않았다. 이건 모두 부모와 헤어진 뒤에 생긴 상처들의 흔적일 거라고 생각했다.

그처럼 매번 스스로를 위로해야 했다. 특히 비 오는 날은 더욱 그랬다. 그렇지 않으면 그칠 것 같지 않은 저 빗소리가 거대한 우라노스의 손아귀처럼 내 몸뚱이를 낚아채 또다시 어디론가 데리고 가버릴 것 같았다. 낮잠이 들면 내가 머물렀던 곳들이 차례로 나타났다. 나를 구박하거나 냉대했던 사람들도 나타났다. 내가 좋아했던 사람은 한 명도 나타나지 않았다. 당연했다. 나는 누굴 좋아해본 적이 없으니까.

배가 고프지 않아도 라면을 끓여 먹었다. 홀로 라면을 끓여 먹으면 내가 사는 곳이 고아원이 아니라는 사실을 실감할 수 있었다. 석유곤로의 심지를 돋우고 유엔성냥으로 불을 붙이면 화구에서 검은 연기가 치솟았다. 심지 손잡이를 좌우로 움직여주면 이내 불꽃이 자리를 잡아 푸르게 익었다. 나는 석유 사르는 냄새가 좋았다. 아득한 사막 혹은 바다 아래 어느 퇴적암에서 끌어올린 순결한 액체들이 타는 냄새는 누군가를 그리워할 때의 심정과 흡사한 기분이 들게 했다. 야모스 아저씨는 전쟁터의 병사들은 누구나 자신이 천국에 갈 거라고 믿는다고 했다. 그가 지금 견디는 이 세상이 지옥이기 때문이라고. 수긍할 수 없었다. 살아서 지옥인 사람이 죽어서라고 더 나은 대접을 받을 수 있을까. 지옥에서 살았던 사람이 지옥 이외의 곳을 상상할 수 있을까. 그가 상상할 수 있는 건 또 다른 지옥일 뿐이겠지.

흉터를 오래도록 바라보면 난독증에 걸린 사람처럼 어지러웠다. 비가 계속해서 내리면 이면도로를 따라 올라갔다. 칠면조와 공작과 꿩을 보기 위해서였다. 학교에 딸린 사육장이었다. 새장 바닥에 굳은 배설물들이 부글부글 끓어오르며 역한 냄새를 풍기기 때문에 비 오는 날이면 누구도 그곳을 찾지 않았다. 나는 위태롭게 하늘을 가려주는 슬레이트 지붕에서 뚝뚝 떨어지는 낙숫물을 뒷목에 맞으며 철망에 열 손가락을 끼운 채 새들과 대화를 시도했다. 구구구구, 끼룩끼룩, 짹짹짹짹, 비오비오, 까옥까옥, 지지배배, 찌르륵찌르륵…… 새들은 물이 새는 곳을 피해 한쪽에 모여 서로의 이마나 부리를 문대고 깃털을 고르고 호로록 몸을 떨어대느라 바빠 나와 대화할 생각은 없는 듯했다. 부등깃을 옴씰대는 어린 새들마저 목은 그대로인 채 머리만 앞뒤로 움직이며 다 큰 새들 사이로 종작없이 왔다 갔다 하는 꼴이 우스웠다. 그곳에서 나는 내 또래 사내아이를 종종 만났다. 그가 누구인지 나는 이미 알았다.

빗자루와 쓰레받기 혹은 쓰레기 주머니를 쥐고 멍하니 내 쪽을 보던 녀석이 어느 날 눈이 마주치자 묘하게 웃었다. 비웃는 건지 딱하다는 건지 알 수 없었다. 콧등이 주저앉아 콧구멍이 들렸고 가는 눈이 감긴 건지 뜬 건지 모르게 휘어졌다. 새끼 고릴라 같았다. 녀석은 등을 구부린 채 어기적어기적 내게 다가왔다.

"쟤, 쟤네들이 뭐, 뭐라고 하, 하는지 구, 궁금하지 않아?"

녀석은 새들을 가리키며 물었다. 말더듬이라는 사실을 알았던 터라 놀라지는 않았지만 듣고 있자니 답답하긴 했다. 나를 바라보는 녀석의 아랫입술이 퍼렇게 질린 채 푸르르 떨었다. 이처럼 비 내리는 날 홀로 떠도는 녀석이란 안 봐도 뻔했다. 나는 궁금하지 않았지만 고개를 끄덕였다. 그러자 녀석은 환하게 웃었다 드러난 잇새로 새의 혀처럼 짧고 붉은 혀가 방정맞게 들락거렸다. 혀가 딱 멈췄다가 움직일 때 소리가 났다.

"너, 너보고 꺼, 꺼지래."

나는 뒤돌아서 그곳을 떠났다. 담장을 넘는데 녀석도 내 옆에서 낑낑거렸다. 내가 노려보자 다시 녀석은 모호하기 짝이 없는 미소를 지었다.

"나, 나도 꺼, 꺼지래."

우리는 발목까지 차오르는 빗물 속을 찰방대며 걸어갔다. 운동화 속에서 발이 불어터졌다.

"나, 난 유, 유정이야. 김유정."

나는 고개를 주억거렸다. 유정은 묻지도 않았는데 이렇게 덧붙였다.

"소, 소설가 김유정 아, 알지? 그, 그 사람도 마, 말더듬이였대.

그, 그니까 나도 소, 소설가가 될 거야."

애꾸눈은 죄다 하록 선장이고 머리가 길면 메텔이고 복점만 있으면 마릴린 먼로다. 말더듬이는 소설가의 필요조건이다. 녀석의 믿음이야 어떻든 간에 소설이 천대받고 학대받고 어리석은 자들을 다루는 거라면 유정과 나는 위대한 소설가는 말고 위대한 소설의 주인공은 될 수 있을 거였다.

유정네 식구는 이 마을에 이사 오기 전, 동물원 근처에 살았다. 유정은 날마다 개구멍으로 들어가 동물들을 보았다. "너, 개 두, 두 마리가 부, 붙은 거 봐, 봤지? 근데 코, 코끼리가 그런 건, 모, 못 봤을걸?"

유정은 상상력을 자극하는 능력을 지녔다. 이 땅에 서식하지 않는 온갖 짐승들과 벌레들의 습성과 생태를 줄줄이―물론 더듬거리며―늘어놓았다. 유정이 콘도르, 알바트로스, 군함새라면 충분히 자신을 태우고 날 수 있을 거라고 말했을 때 나 역시 새를 타고 날아다니는 상상을 했다.

"오, 오 년이나 그렇게 다, 다녔어. 그사이 주, 죽거나 병들어서 가, 가버린 것들도 이, 있고, 새로 태, 태어나거나, 드, 들어온 녀, 녀석도 있었어."

동물원 입주자들은 유정을 사육사나 다름없이 친근한 존재로 여겼다. 유정의 마을은 불법으로 형성된 곳이었는데 사유지를 무단으로 점거했다는 이유로 쫓겨나게 되었다. 이사 전날 유정은 하루 종일 동물원을 서성거렸다. 그동안 정들었던 모든 녀석들에게 작별 인사를 건넸다. 물론 어떤 동물도 유정에게 손을 흔들어주지는 않았다.

"트럭, 지, 짐칸에 이, 이삿짐 사이에 앉아서 하, 하늘을 보는데 그, 글쎄 사람들이 아, 아우성치는 소리가 드, 들리는 거야. 잘 가, 유, 유정아, 아, 안녕, 거, 건강하고 해, 행복해야 돼……"

유정은 그때 알았다. 입을 꾹 다문 세계도 사실은 끊임없이 무언가를 말하고 있다는 걸. 유정은 그의 이름이 아니다. 그가 자신을 유정이라 불러달라 부탁한 건 동물원의 동물들뿐이었다. 동물의 말을 알아듣는 유정의 신비한 능력은 오래전에 잉태되었으나 비로소 그때 출산하였던 것이다.

나는 유정의 이 달콤한 거짓말을 믿어주기로 했다. 속아넘어가는 것과 믿는 건 다르다. 하산 아저씨도 그랬다. "라 알라하 일랄라후 무하마두르 라술루 라히(알라만이 유일한 신이며 무하마드는 예언자이다)." 왜 그런 거짓말에 속아주느냐고 물었을 때 하산 아저씨는 믿는 거라고 했다. 거짓도 믿으면 진실이 된다고 했다. 나도 믿는다고 했다. 나를 낳아준 부모들이 나쁜 사람은 아닐 거라고. 내 몸의 흉터들은 다 내 실수로 생긴 거라고.

유정과 나는 세계 속의 소년이 되었다. 유정은 수다스러운 말더듬이였다. 적어도 내게는 말이다. 우리가 함께 지내는 시간이 많아질수록 대화는 짧아졌다. 유정도 말을 더듬을 필요가 없었다. 응, 그래, 아니, 쳇, 홍 따위의 말은 유정도 더듬지 않았다. 유정은 번역기처럼—그런 게 있는지 모르겠지만, 동물의 언어를 우리말로 바꾸어, 더 정확히 말하자면 부모에게 물려받은, 녀석이 살던 곳에서 배운, 지금 이 동네 사람들이 쓰는—다양한 억양과 정체불명의 낱말들이 섞인 언어로 바꾸어 내게 들려주었다. 경이롭지는 않았다. 유정이 번역한 동물의 언어는 사람의 그것처럼 한심하기 짝이 없었다. 동물도 사람처럼 상소리, 욕설을 무시로 쓴다는 것, 거짓말도 한다는 걸 알게 된 게 조금 놀라웠다고나 할까.

어쨌든 유정을 통해 나는 동네의 모든 동물들과 대화를 나누었다. 소득이 없었다. 이 동네에는 보물이 없었다. 머나먼 시절의 동화처럼 인간을 '바보 같은 녀석들'이라며 '지금 자신들이 서 있는 발아래 땅을 한 삽만 파면 금은보화를 발견할 수 있다는 걸 모르다니' 따위의 천기를 누설하는 착한 동물은 없었다. 대개는 제 주인에 대한 불평불만을 쏟아낼 뿐이었다.

동네 사람들의 한심하고 추악한 짓거리들만 밝혀졌다. 전기를 도둑질하는 사람, 이웃집 여자와 통정하는 사내, 일 보고 밑을 닦지 않는 사람 등등 별의별 사람들이 있었다. 이런 비밀을 알아가는 게 전혀 즐겁지 않았다. 알아도 그만 몰라도 그만인 것들이 너무 쉽게 비밀로 취급되었다. 남루한 동네에서는 비밀마저도 남루하다. 대단한 출생의 비밀을 가진 사람은 없었지만 다들 출생의 비밀이 있었다. 거금을 감춰둔 사람은 없었지만 푼돈을 그러한 사람은 있었다. 신분을 숨긴 사람은 있었지만 밝혀져도 놀랄 만한 신분은 없었다. 남장을 한 여자, 여장을 한 남자는 있었지만, 아무도 그들을 남자 혹은 여자로 생각하지 않았다. 나는 금방 싫증이 났다. 지겨웠다.

유정은 길짐승과 날짐승을 가리지 않고 이야기를 나누었다. 유정의 말을 길짐승과 날짐승이 알아들었다고 장담할 수는 없었다. 유정은 녀석들의 언어를 번역해주기만 할 뿐 무언가를 요구하지는 않았기에 녀석들이 알아들었는지 확인할 길이 없었다. 나는 유정에게 물었다. 세상 모든 동물과 대화할 수 있느냐고.

"다, 마, 만나본 건 아, 아니지만 아, 아마 그럴 수 이, 있을 거야."

나는 어떤 동물의 말이 가장 알아듣기 어렵냐고 물었다.

"나무늘보? 개미핥기? 오리너구리? 이구아나? 아르마딜로? 코끼리거북……?"

유정은 나를 빤히 보더니 더듬지도 않고 단숨에 골랐다.

"사람."

흑인? 백인? 황인? 이렇게 묻지는 못했다. 아마 녀석은 피부색, 성별, 나이, 국적을 불문하고 알아듣기 어려웠을 테니까.

사실 유정은 말이 통하지 않는 녀석이었다. 그는 엉뚱한 숙제를 해간 탓에 선생에게 얻어터지기 일쑤였다. 집에서는 부모에게 말귀 못 알아듣는다고 얻어터졌다. 유정의 여동생도 할 수만 있었으면 제 오빠를 두들겨줬을 거다. 유정이 저 멀리 지나가는 제 동생에게 사탕 따위를 줄 생각으로 부르면 동생은 오히려 반대편으로 달려갔다. 말더듬이 오빠를 이해하고 사랑하기엔 너무 예쁘고 앙증맞은 아이였다.

"그럼 왜 내 말은 잘 알아듣는 건데?"

"너, 넌 사, 사람이 아, 아니잖아."

그렇게 대답한 뒤 입을 벌리고 음탕하게 웃는 녀석을 노아의 방주에 태워 아라랏 산 꼭대기에 보내 천년만년 그렇게 웃으라는 형벌을 내리고 싶었다. 그러다 지쳐 쓰러지면 콘도르가 날아와 녀석을 물어다가 흑해나 지중해에 풍덩 빠뜨려버리라지.

비가 내리면 현관문을 열어놓았다. 저 물은 어디에서 오기에 끝도 없이 쏟아지는 걸까. 누군가 비의 주렴을 들추고 금방이라도 들어설 것만 같았다. 누구를 기다리는 건 아니었다. 딱히 기다릴 사람도 그리운 사람도 없었다. 빗소리 탓이었다. 빗소리는 귓속을 반쯤 파고든 성냥개비 같았다. 재채기가 터질 것처럼 간지럽다가도 서툰 손길이 귓속 어딘가를 건드린 것처럼 찌릿한 통증을 불러일으켰다. 통증을 느낄 때면 까닭 없이 아무나 그리웠다. 비를 전령으로 앞세우고 곧이어 들이닥칠 진짜 소식들. 그게 무언지도 모르면서 가슴이 설레고 미리부터 아팠다. 내게 올 좋은 소식이란 없을 것이므로. 전사통지서처럼 불길하고 불길한 예감이 들어맞았을 때처럼 감당해야 할 슬픔을 나는 홀로 시간을 초월해서 겪었다.
  하산 아저씨의 식료품 창고에선 시궁쥐들이 날뛰었다. 자신들의 침입을 막기 위해 모서리마다 대놓은 양철판을 갉을 기회이니 말이다. 유정만큼 알아듣지는 못하더라도 귀를 기울이면 쥐가 무슨 말을 하는지 알 수 있었다. 배가 고픈 거다. 비가 내리면 많은 사람들이 배고팠다. 연탄장수인 유정의 부모가 그랬고 막노동꾼들이 그랬다. 나는 다른 종류의 허기에 시달렸다. 그런 허기를 잊는 가장 좋은 방법은 독서였다. 유정이 학교 도서관에서 빌려다 준 공상과학소설을 읽노라면 모든 걸 잊을 수 있었다.

소설에 펼쳐진 미래 세계는 감미로웠다. 인간은 지능이 발달했고 우주를 지배했다. 사람들이 해야 할 많은 일들을 로봇이 대신해줬다. 사람은 한 걸음도 걷지 않았다. 평생 누워서만 살 수도 있었다. 공간이동을 하면 되니까. 그래도 늘 행복하지만은 않았다. 사람들은 로봇의 반란을 진압해야 했고 그들보다 월등한 외계의 침략자들과 싸워야 했다. 외부의 침략이 없을 때면 자기들끼리 다투고 뺏고 상처를 줬다. 전쟁으로 모든 게 파괴되어 처절한 생존경쟁에 빠져들기도 했다. 소설가들은 미래를 자신들의 방식대로 상상했다. 때로는 천국처럼, 낙원처럼, 극락처럼, 굴리스탄처럼. 때로는 지옥처럼, 게헤나처럼, 자하눔처럼, 무스펠하임처럼.

소설을 다 읽고 난 뒤에도 여전히 비가 내리면 가슴이 허전했다. 순식간에 미래에서 현재로 내동댕이쳐진 기분이었다. 한 가지 의문이 집요하게 생겼다. 왜 소설가들은 미래를 아름답거나 추한 곳으로 여기는 걸까. 왜 미래가 없을 수도 있다는 생각은 하지 않는 걸까. 설탕통에 갇힌 개미처럼 이 지구에 꼼짝없이 갇힌 채 멸종되는 순간까지 달콤한 꿈에 빠져 살아가는 것인지도 모르는데. 인간 없는 세상, 그 처연하고 고즈넉한 사막과 광야를 그린 공상과학소설은 없는 걸까.

언제고 그런 소설을 쓰고 싶었다. 사람이 부재하는 곳. 그러기에 누구도 상상할 수 없었던, 그러나 반드시 한 번쯤은 상상해야 할,

그 미래에 대해 누군가 먼저 써버리기 전에 내가 쓰고 싶었다.

야모스 아저씨는 비는 사랑하는 사람이 보낸 편지라고 했다. 야모스 아저씨의 나라에선 연인끼리 멀리 떨어져 있으면 먹구름을 째려보는 풍습이 있다고 한다. 그러면 구름이 연인이 있는 곳에 비를 뿌려주고 연인은 그 비를 두 팔을 벌린 채 기꺼이 맞는다. 안나 아주머니는 그런 짓을 했다간 온몸에 물사마귀가 나고 죄다 머리통이 반들반들해질 거라고 비아냥댔다.

비가 잦아들면 어디선가 술주정뱅이가 나타났다. 사람들은 그를 열쇠장이 영감이라고 불렀다. 별명과 달리 열쇠는 하나도 지니지 않았지만, 대신 술병을 지녔다. 수전증이 심한 열쇠장이는 열쇠를 자물쇠에 꽂을 수가 없어 방문을 사개가 꽉 들어차도록 뻑뻑하게 만들었다고 한다. 그러니까 그냥 발로 차고 들어가면 되었다. 비 올 때면 집에 돌아가고 비만 그치면 안나 아주머니의 식당과 대각선으로 마주 보는 슈퍼 앞에 묵새겼다.

하산 아저씨의 뒤를 따라 처음 이곳에 왔던 날에도 열쇠장이는 그 자리에 있었다. 하산 아저씨보다 배는 늙어 보였다. 허리도 많이 굽었고 관절염을 앓는지 비칠비칠 걸었다. 손마디는 툭 불거졌는데 주정뱅이답게 떨렸고, 이마에는 인상을 찌푸리지 않아도 깊은 주름이 고르지 않게 잡혔다. 이튿날 나는 양반다리로 앉은 그의 맞은편에 무릎을 세우고 앉았다. 안나 아주머니는 그에게 말도 걸지 말라고 신신당부했다. 헛소리만 한다는 거였다. "하루 종일 지껄이는 말이라고는 분홍색 코끼리가 지나간다는 것뿐이니 말이나 제대로 할 줄 아는지 몰라."

나는 열쇠장이에게 물었다. 그의 마디가 굵고 시커먼 두 손이 땅바닥에 닿을락 말락 한 채 떨렸다.

"제가 누군지 아세요?"

"코끼리."

"어떤 코끼리요?"

"분홍색 코끼리."

"뭐 하고 있어요?"

"지나가고 있어."

"어디로 가고 있어요?"

"……"

유정과 처음 이야기를 나누었던 날, 비가 그치자 영락없이 열쇠장이가 나타났다. 나는 슬리퍼를 신고 식당으로 달려가 안나 아주머니를 그에게 끌고 갔다.

"이 아주머니가 누군지 아세요?"

"코끼리."

"어떤 코끼리요?"

"분홍색 코끼리."

"뭐 하고 있어요?"

"지나가고 있어."

"어디로 가고 있어요?"

"……"

안나 아주머니가 거 보라며 혀를 찼다. 나는 항변했다.

"말은 할 줄 알잖아요."

3

 하산 아저씨가 정육점에 가면 나는 낮 시간을 주로 안나 아주머니의 식당에서 보냈다. 식당 앞에 서면, 충남식당이라는 거대한 간판 때문에 곧 건물 전체가 폭삭 주저앉을 것만 같아 들어갈 엄두가 나지 않았다. 하긴, 그곳에선 모든 집들이 노인네 같았다. 방금 지은 집마저도 순식간에 낡았다.
 주방 뒷문을 열어두면 안나 아주머니가 수돗가에서 처덕처덕 빨랫방망이를 두드리며 빨래하는 소리가 들렸다. 빨랫감을 물에 헹굴 때 고무함지에 푹 넣었다가 잠방 빼는 소리, 다 헹군 빨래를 꼭 쥐어짰다가 탈탈 터는 소리 들이 들렸다. 그때의 소리는 하나의 음악이었다. 음악은 별 게 아니다. 뭔가를 두드리거나 때리거나 꼬집거나 퉁기면 거기서 음악이 생긴다. 사람을 즐겁게 해주면 모든 소음이 음악이 될 수 있다.

주방은 ㄷ자 모양이었다. 벽에 면한 부분은 조리대였고 창문이 달린 길에 면한 부분은 솥을 얹은 아궁이였다. 커다란 무쇠솥에서 고기를 삶느라 늘 김이 모락모락 피었다. 홀에 면한 부분은 음식을 내가는 곳이었다. 아주머니의 눈높이부터 천장까지 삼면은 모두 찬장이었다.

식당 안은 넓은 편은 아니었지만 식탁 배치가 교묘해서 거뜬히 스무 명이 한꺼번에 앉아 먹고 마실 수 있었다. 비결은 등받이가 없고 폭이 좁은 의자에도 있었다. "궁둥이 작은 것들이 쓸데없이 큰 의자만 바라지. 그래 봐야 신발 벗고 양반다리로 앉아 발바닥이나 득득 긁어댈 건데 뭐 하러 큰 걸 갖다 놓겠니?"

실용적인 안나 아주머니. 안나 아주머니는 변신에도 능했다. 충북식당, 강원식당, 제주식당, 호남식당…… 다 해보았다. 충남식당으로 간판을 바꾼 뒤 장사가 가장 잘된다고 했다. 그러니까 아무도 안나 아주머니의 진짜 고향을 몰랐다. 본명도 마찬가지였다. 안나 아주머니가 가장 감명 깊게 읽은 책이 안나의 일기다. 안네 프랑크가 안나의 일기를 썼다는 건 좀 의외였지만, 안나 아주머니는 안네가 아니라 안나 프랑크가 확실하다고 우겼다.

훗날 안나 아주머니는 내게 고백하기를, '안네 양의 일기'—어떤 편집자가 좀더 고상한 티를 내느라 아가씨 취급을 해준답시고 안네 뒤에 '양'을 붙였던 거다—를 '안내양의 일기'로 알았다고 했다. 왜 그럼 이름을 안네라고 하지 않았냐고 되묻자 가스실에 끌려가 죽을 운명마저 들러붙는 게 아닌가 겁이 나서 살짝 바꿨단다. 그때야 비로소 나는 안나 아주머니가 버스 안내원이던 시절이 있었음을 알았다. 더불어 안나 아주머니가 『안네의 일기』를 읽어본 적이 없다는 것도.

수돗가에 밥 짓는 솥이 있었다. 커다란 양은솥이라 설거지하는 데 무쇠솥보다 품이 많이 들었다. 야모스 아저씨가 이따금 그 솥을 씻어주고, 그랬으니 당연하다는 듯 뜸도 들기 전부터 밥을 퍼 먹곤 했다. 나는 아주머니에게 물었다.

"이 동네엔 왜 이렇게 넋 나간 사람이 많아요?"

안나 아주머니의 목소리만 들려왔다.

"누구를 말하는 거냐? 열쇠장이 영감?"

"우리 옆집이요."

"아, 그 녀석. 조그만 게 맹랑하기도 하지."

"왜요? 무슨 병이 있나요?"

"너만 하겠냐? 차차 알게 될 거다."

유정이 식당 앞에서 서성거렸다. 나는 유정을 데리고 집으로 갔다. 맹랑한 녀석은 여전히 자기 집 앞 평상에 나앉아 있었다. 상처 입은 짐승처럼 쪼그리고 앉아 초점 없는 눈으로 세상을 물끄러미 보았다. 실제로 가까이에서 보면 녀석의 눈은 까맣고 동그랬다.

유정은 녀석을 가리켜 불치의 병을 앓는 중이라고 했다. 무슨 병이냐고 묻자 유정이 심하게 더듬거렸다. 모른다는 뜻이다. 우리는 녀석의 주위를 맴돌았다. 불치의 병을 앓는 사람에게는 첫마디를 어떻게 던져야 할지 몰라서였다. 유정이 그저 어, 했을 뿐인데 녀석은 우리가 말을 걸었다고 여겼는지 묻지도 않은 말들을 줄줄이 쏟아냈다.

"나는 여러 곳에서 태어났어. 한번은 프랑스의 작은 시골마을이었지. 눈을 떠보니—그러니까 생후 이틀이 지났을 때일 거야, 끔찍하기가 이를 데 없었어. 나는 돼지 새끼가 뒹굴었음 직한 더러운 포대기에 감싸인 채 녹슨 못과 경첩 탓에 움직일 때마다 기분 나쁜 소리가 나는 낡은 요람—아, 대체 그 저주받은 요람에서 몇이나 되는 신생아들이 세상을 처음 만났을까—에 있었던 거야. 사방이 어두웠어. 조그만 들창으로 헐벗은 햇살이 간신히 기어들어왔고 온갖 벌레들이 나를 뜯어먹기 위해 호시탐탐 기회를 노렸지. 물론 내 부모는 아름다운 사람들이었어. 하지만 그 아름다움은 얼마 가지 못할 게 뻔했어. 벌써 주름이 잡혔으니까. 그래서 죽었어. 그 뒤로도 나는 무수히 많은 곳에서 태어났다 죽길 반복했어. 그 어느 곳도 마음에 들지 않았어. 하지만 희망을 품었지. 왕자나 혹은 공주로 태어날 수 있다는 희망을 말야."

녀석은 한숨을 내쉬었다. 병약한 아이에겐 동화책을 읽히는 게 아니라는 생각이 들었다.

"꽤 오래 살았던 적도 있어. 두 달쯤 지냈을 거야. 내가 태어났을 때는 폭염이었는데 우기로 바뀌어 있었으니깐. 인도의 어느 시골이었어. 내 몸의 윤이 나는 매끄러운 피부가 정말 마음에 들었어. 내 요람 옆에는 소, 양, 염소가 있었고 우리는 거대한 반얀나무 그늘 아래서 시원한 바람을 맞으며 호수가 튕겨낸 햇살과 그 햇살들이 만들어낸 안온한 기운에 감싸여 있었지. 죽고 싶지 않았어. 나도 내 아빠처럼 어른이 되어 해먹에 누워 잠들고 싶었고 내 할아버지처럼 아름답게 늙고 싶었어. 하지만 내가 어찌해볼 수 없는 병에 걸렸어. 내 부모는 나를 데리고 도시로 갔지. 어두컴컴한 진찰실 앞 복도에서 그들을 본 게 마지막이었어. 나는 방금 추락한 운석처럼 뜨겁게 달궈진 채 죽고 말았으니까."

맹랑한 녀석은 방금 죽은 사람처럼 핏기가 가신 얼굴이었다. 두 눈에서 눈물이 뚝뚝 흘렀다. 나는 이 종잡을 수 없는 이야기를 끝까지 들어야 하나 고민했다.

내 마음속 갈등을 아는지 모르는지 맹랑한 녀석은 쉬지 않고 지껄였다.

"오, 그것이야말로 위대한 기만이었지. 내가 눈을 떴을 때 사방은 금빛 휘장으로 둘러싸였고 백리향처럼 달콤한 향내가 부드럽게 콧속으로 밀려왔어. 위엄 있고 듣기 좋은 목소리로 나의 탄생을 축복하는 걸 들었지. 푸른 하늘에 창백하리만큼 새하얀 구름이 흘렀고 오색의 영롱한 구슬들이 눈앞에서 어룽댔어. 그들은 내게 달콤한 꿀물을 흘려넣어줬고 부드럽고 따스한 벨벳 옷을 입혀주었어."

그러나 사실 맹랑한 녀석은 낡아서 바랜 모기장으로 둘러싸였고, 녀석의 콧구멍을 후비고 들어온 냄새는 한쪽 벽에서 장마 동안 피어나고 자라난 쾨쾨한 곰팡이 냄새였다. 맹랑한 녀석이 머리를 뉘고 있는 쪽 창문 앞에는 여섯 가구의 물경 서른 명 가까운 사람들이 전투처럼 볼일을 치르는 공동화장실이 있었다. 그곳에서 풍겨 나온 냄새도 맹랑한 녀석의 사리판단을 어렵게 하는 데 한몫했다.

맹랑한 녀석의 아버지는 만성 천식을 앓아 가래 끓는 소리를 냈으며 빈약한 젖가슴을 지닌 어머니는 달콤한 젖 대신에 밀기울 죽을 먹이거나 그마저 귀찮으면 오염된 물에 미숫가루를 타고 사카린을 녹여 그럭저럭 단맛이 나긴 하지만 밍밍하기 짝이 없는 걸 먹였다.

맹랑한 녀석의 부모는 아이를 여럿 낳았으나 모두 잃었다. 이번에도 희망을 품지 않았다. 엄마 배 속에서 이미 영양실조에 걸린 아이는 도로에 납작하게 붙어 형태만 남은 개구리를 연상시켰다. 애를 쓰거나 말거나, 제 운명을 타고났으려니 싶어 맹랑한 자식을 방치하다시피 했다.

"내가 기만당했다는 걸 알았을 때, 나는 전생에 그랬듯, 죽기로 마음먹었어. 사실 내가 노력하지 않아도 퍽 손쉬운 일이었지. 더럽고 불결한 방에서 희망 없이 사는 화투꾼들의 온갖 더러운 욕설과 분비물로 눅눅해진 담요에 감싸인 아이가 살아봐야 얼마나 살겠어. 예수가 태어났다는 마구간도 그보다 절망적이지는 않았을 거야. 만약 예수가 내 꼴을 봤더라면 가장 낮은 자들 사이에 임한다는 생각 따윈 하지 못했을 거야. 아, 나는 땟물 흐른 자국이 남은 더러운 어머니의 빈 젖을 빨다가 지치면 빨리 나를 이 세상에서 꺼내달라고 울부짖었지. 잠들면 악몽을 꾸었어—악몽이란 내가 죽지 않고 살아남아 이 빌어먹을 집안의 운명을 두 어깨에 진 가장이 되어 한

평생 고생만 하면서 늙어 죽는 거였어. 이보다 끔찍한 악몽이 어디에 또 있을까—신은 치사해. 살고 싶어 하지 않는 사람들은 내버려두고 살고 싶어 하는 사람들만 제트기로 실어다 지옥에 처넣어버리거든."

그는 손가락으로 하늘 한구석을 가리켰다. 제트기는 보이지 않고 길게 그어진 비행운이 꼬리를 사리는 게 보였다.

"며칠 전에도 쌀집 둘째 딸이 연기처럼 사라졌어. 솔개가 병아리를 채듯 운명이 그 헤픈 여자를 데리고 간 거야. 정말로 이 세상에서 소리 없이 사라지고 싶다면 이 세상을 살 만한 가치가 있는 곳으로 여겨야 하고, 살고 싶다는 강렬한 욕망을 지녀야 돼. 그런데 나는 아무런 욕망이 없어. 그래서 죽지 못해. 억울해. 내가 태어나고 싶어한 것도 아닌데, 대체 누가 왜 내 엉덩이를 걷어차 이 세상으로 처넣은 걸까?"

부모가 그를 이 세상에 비끄러매어두기 위해 꾸민 술책에 빠져, 그는 지상에 머물러야 했다. 그가 있어야 할 곳은 여기가 아닌 다른 세계였으므로 이 세계는 그에게 의붓세계에 지나지 않았다. 그가 의붓세계에 머물면서 한 일이라고는 집 앞에 앉아 지나가는 사람을 노려보거나 고양이와 개를 꼬드겨 괴롭히는 것이었다. 노란 줄무늬 고양이가 홀쭉해서 푹 꺼진 배를 땅바닥에 대다시피 기면서 슬금슬금 우리 앞을 지나갔다.

"고양이마저 나를 무시해. 이러니 내가 살고 싶겠어? 죽기 위해서는 먼저 살고 싶다는 욕망을 가져야 하다니!"
 그는 우리의 반응을 별로 신경 쓰지 않았다. 한마디로 그는 사이시옷처럼 굴었다. 그는 제 맘대로 나와 유정 사이에 끼어들기도 무시하기도 했다. 그가 끼어들면 영락없이 된소리가 났다. 내가 유정의 특별한 능력을 알려주자 그는 모욕을 당한 표정을 지었다.
 "흥, 내가 그걸 믿을 것 같아? 그럼 저 고양이가 뭐라고 하는지 말해봐."
 노란 줄무늬 고양이가 우리를 겁내는 척—그러나 왠지 지켜보는 우리로서는 묘하게도 불쾌해지는 자세로 다시 지나갔다. 유정이 더듬거리며 말했다.
 "바, 바보 같은 자, 자식들."
 예상했던 거였다. 저 고양이가 달리 무슨 말을 할 수 있겠는가. 돼지를 후리는 무슬림과 함께 사는 키 작고 못생긴 녀석 하나, 동물의 말을 알아듣는다는 말더듬이 하나, 집 앞에 나앉아 기회만 주면 하루 종일 투덜댈 수도 있는 맹랑한 녀석 하나, 이 셋을 보면 누구라도 그럴 것이다. 그는 턱이 빠져라 웃었다. 무표정하게 웃는 사람을 보기는 처음이었다. 유정이 마지못해서라는 듯 어깨를 으쓱했다.
 "싸, 쌀집 두, 둘째 누나 조, 좋아하지? 그 누나가 사, 사라졌던 날, 네, 네가 징징대는 걸 봐, 봤대."
 그는 뒷다리를 잡혀 바닥에 패대기쳐진 개구리처럼 바르르 떨었다. 맹랑한 녀석 같으니라구. 그까짓 일로 흥분하다니. 우리가 아는 동네 사람들의 비밀을 죄다 까발리면 녀석은 기절할지도 몰랐다.

하산 아저씨는 가난과 사랑은 바지 주머니 속의 송곳 같다고 했다. 내버려두어도 언젠가 주머니를 뚫고 나와 드러나기 마련이다. 만약 밖으로 드러나지 않는다면 송곳은 이미 주머니의 주인을 찔러 미늘 달린 작살처럼 박혀 있을 거다.

그의 흥분은 오래가지 않았다. 원래 그런 듯했다. 우리는 그가 쥐약 먹고 죽은 쥐 한 마리를 미끼 삼아 노란 줄무늬 고양이를 유인하는 걸 보았다. 복수극이 펼쳐질 거라 예상했지만 그는 외려 고양이의 턱을 가느다란 손가락으로 간질여주었다. 고양이가 그의 정강이에 얼굴과 배를 문질렀다. 그는 자신의 비밀을 공유한 은밀한 조력자를 만난 것이다. 그는 얼마나 간절히 그 비밀이 누설되기를 바랐던 것일까.

다음 날 나는 하산 아저씨와 함께 공원에 갔다. 하산 아저씨의 휴일은 다른 무슬림들과 마찬가지로 금요일이었다.

평소라면 하산 아저씨는 해 뜰 무렵 그날의 첫번째 기도를 마치면 면바지와 양가죽 구두를 신고 집을 나선다. 정육점에 들어가면 옷장에서 작업복을 꺼내 갈아입는다. 그다음 저울과 도마를 닦고 숫돌에 물을 부어 적셔가며 칼을 간다. 한동안 숫돌을 타고 흘러내린 잿빛 물이 바닥의 수챗구멍으로 빨려들어가면서 끅끅 소리를 낸다. 이윽고 빛나는 칼이 하산 아저씨의 눈에 햇빛을 되쏘면 본격적으로 고기 다듬을 준비를 한다. 부위별로 덩어리째 냉동된 고기를 냉동고에서 꺼내놓고 잠시 여유를 부린다. 도마 위에 올려놓은 고기가 칼질이 손쉽게 적당히 녹기를 기다리는 것이다.

그때 하산 아저씨는 커피를 한 잔 마신다. 정육점 앞에 쭈그리고 앉아 하루 가운데 가장 평온한 한때를 즐긴다. 지나가는 사람들을 물끄러미 바라보는 하산 아저씨의 눈빛도 그 순간만큼은 이슬을 머금은 야생화처럼 빛났다. 하산 아저씨는 커피가 지옥만큼 어둡고, 죽음만큼 강하고, 사랑만큼 달콤하다고 했다.

커피를 다 마시면 입가심으로 맹물을 마시고 전날 삶아 빨아 널어둔 목장갑을 찾아 손에 낀다. 장갑 낀 손으로 신중하게 고기를 만져 적당히 녹았는지를 가늠한다. 도마 한편에는 가늘고 끝이 뾰족하고 기다란 뼈 바르는 칼과 고등어를 닮은 배가 불룩한 고기 써는 칼이 나란히 자리를 잡고 있다. 하산 아저씨의 손에는 칼에 베었다가 아물어 흰 선으로 남은 흔적이 실금처럼 얽혀 있다. 신중하게 살펴보아도 뼈가 섞인 고기를 골라내기란 쉽지 않았다. 고기를 썰다 칼날이 예상치 못한 뼈를 만나면 미끄러졌다. 그래도 쉽게 손을 베지는 않았다. 하산 아저씨의 손에 남은 흉터들은 오래전의 것들이었다. 칼이 헛나가도 손을 베지 않을 만큼 힘 조절을 할 줄 알았다. 오랜 세월 닦아온 실력이다. 사람들이 주로 찾는 삼겹살과 국거리 정도만 미리 썰어뒀다. 나머지는 그때그때 손님이 보는 앞에서 썰었다.

누군가 하산 아저씨의 흉터를 가리키며 왜 육절기를 사용하지 않느냐고 물은 적이 있다. 그때 하산 아저씨는 노련한 한국인처럼 웃으며 말했다. "고기는 손으로 썰어야 제맛이죠." 하루 장사를 마감

하면 몇 주먹의 잡고기가 나왔다. 그건 모두 안나 아주머니의 솥에 들어가 순댓국으로 식당 손님들 식탁에 올랐다.

정육점에서 하산 아저씨는 하루 종일 몇 마디 하지 않는다. 손님이 원하는 부위를 무게만큼, 가격만큼 썰어서 신문지에 싸 비닐봉투에 넣어주면 되었다. 말이 별로 필요치 않았다. 돼지피로 얼룩진 더러운 옷을 입고 큰 칼로 돼지고기를 써는 무슬림에게 관심을 가지는 한국인은 없었다. 있다 해도 하산 아저씨의 위세에 짓눌려 관심을 나타낼 수 없었겠지만.

정육점 문을 닫고 돌아오면 하산 아저씨는 의자 끝에 엉덩이를 걸치고 앉아 식탁에 발을 올린 자세로 휴식을 취했다. 그러다 방금 구운 쥐포처럼 교묘하게 몸을 만 채 잠들기도 했다. 잠꼬대도 없이 고요히 잠든 하산 아저씨에게는 마치 죽은 사람처럼 섬뜩한 무엇이 있었다.

나는 하산 아저씨가 조는 동안 상처투성이 손을 유심히 살펴보았다. 하산 아저씨의 상처는 기원이 명백했다. 그러나 오래 바라보면 상처의 기원 따위는 아무 상관이 없다는 생각이 들기도 했다. 나는 상처와 상처가 만난다는 식의 멜로를 썩 좋아하지 않는다. 그래도 마음이 움직이는 건 어쩔 수 없었다. 수분이 빠져나가 거죽만 남은 늙은 손에 새겨진 칼자국들은 손바닥에만 있어야 할 운명선들이 그곳을 벗어나 손 전체를 종횡무진으로 가로지르는 걸 연상시켰다. 나는 뭉개지고 짓이겨져 원래의 형태를 잃은 하산 아저씨의 귀를 슬쩍 만져보기도 했다. 고통스러운 얼굴을 그대로 스크랩한다면 바로 이런 느낌일 거라고 생각했다.

밤늦게 개척교회 전도사가 방문하기도 했다. 이 동네 사람들 대개는 가난해서 교회에 나가지 못했고, 전도사의 성화를 못 이겨 출석했다가도 금세 시들해져 발길을 끊었다. 새로 온 전도사는 인내심이 강했다. 그는 하산 아저씨를 지옥의 불구덩이에서 꺼내어주는 걸 자신의 소명으로 여겼다. 내가 온 뒤로는 그가 구해줘야 할 마귀가 하나 더 늘었다. 전도사는 그 직책답게 전도라는 목적뿐만 아니라 이슬람에 대한 기독교의 승리라는 또 다른 목적도 있었다.

그는 우리 집을 방문하기 전에 맹랑한 녀석의 투덜대는 소리를 인내심을 갖고 들어줘야 했다. 이것 역시 반드시 치러야 할 희생으로 여기는 듯했다. 맹랑한 녀석이 전도사를 무시하고 혼자 중얼거려야 비로소 전도사는 헛기침을 하고 우리 집 현관문을 두드릴 수 있었다.

하산 아저씨는 실눈을 뜨고 자신을 깨운 게 뭐였는지를 잠시 생각하다가 잠들 때와는 반대의 순서로 몸을 움직여 현관문을 열어줬다. 전도사는 들어오기 전에 늘 자신의 옷차림이 흐트러진 데는 없는지 살폈고 대천사의 명령을 받드는 모세처럼 엄격한 표정을 지으려 애썼다. 정복과 약탈에 대한 기대로 흥분한 십자군 전사처럼 입가에 비열한 미소를 지었다가 성전에 임하는 프리메이슨 단원처럼 신성모독적인 교활한 미소를 짓기도 했다.

하산 아저씨는 누구의 방문도 달가워하지 않는 것과 마찬가지로 누구의 방문도 거절하지 않았다. 탁발하는 스님이든, 떠돌이 점쟁이든, 목사든, 신부든 누구나 하산 아저씨에게 환대는 아닐지언정 문전박대를 받은 적은 없었다. 또한 누구든 하산 아저씨와 마주 앉았을 때 자신이 하고 싶은 말을 제지당하지도 않았다. 그러나 누구도 하산 아저씨의 감탄을 불러일으키기는커녕 최소한의 관심을 이끌어내는 것에도 성공하지 못했다. 사실 그들의 말을 하산 아저씨가 듣고 있는지조차 의심스러울 때가 많았다. 그러면 사람들은—상대적으로 인내심이 강하다고 자타가 공인하는 성직자들마저도 제풀에 지쳐 비관적이 되곤 했다. 그들은 하나같이 집을 나설 때마다 악마에게 강제로 입맞춤을 당한 사람처럼 반은 넋이 나갔고, 인생의 비밀을 엿본 것처럼 불쾌해했다. 하지만 전도사는 남달랐다. 그는 지치지 않고 들락거렸다. 뭔가 억울하다고 여기는 이들이 대개 그렇듯 잡동사니를 하나씩 훔쳐가기는 했지만.

하산 아저씨는 쉬는 날 공원에 데리고 가겠다고 약속했다. 그리고 금요일이었다. 전 세계 무슬림들의 휴일. 공원 나들이는 달갑지 않았다. 사람들의 따가운 시선과 수군거림에 익숙해지기가 어려웠다. 불행과 비극은 온전히 타인의 것일 때 동정의 대상이 될 수 있다는 걸 나는 오래전부터 알았다. 사람은 결코 자신과 닮은 타인을 진심으로는 좋아하지 않았다. 자신과 닮은 이들—가난하고 억압받고 무시받는 사람들, 그런 사람들을 통해 확인할 수 있는 건, 인간이 그처럼 한없이 나약하다는 것, 저 불결하고 끔찍한 인간과 내가 전혀 다르지 않은 한 인간에 불과하다는 것이었다.

사람들은 하산 아저씨를 두려워했다. 하산 아저씨가 겁을 준 적도 없고 불량스럽게 대한 적도 없고 품에 무기를 숨긴 것도 아닌데 말이다. 그들이 하산 아저씨를 두려워하는 이유는 자신들과 다르다는 사실 하나뿐이었다. 콧수염을 길러서, 눈이 더 깊고 그윽해서.

차이는 유사성의 그림자일 뿐이라고 말한 자는 행복한 삶을 살았음이 분명하다. 차이가 유사성의 그림자에 지나지 않는다는 사실을 모르는 사람은 없을 것이다. 그걸 안다 해도 자연스레 생겨나는 불쾌감과 공포를 어찌할 수 없다는 사실, 한번 오줌을 누기 시작하면 방광이 텅 빌 때까지 멈추기 어렵듯이 타인에 대한 혐오감은 그러한 감정이 생겨나게 된 원인이 제거되거나 그 혐오감을 정당화할 적당한 이유를 찾아낼 때까지 지속될 수밖에 없다는 당연한 사실을 고려하지 않았으므로, 그 말을 한 사람은 행복했던 자이다. 실제로 존재하는 문제들을 무시해도 상관없는 사람들, 그런 사람들을 행복한 자들이라고 한다.

하산 아저씨를 두려워하지 않는 사람들도 있었다. 이제 막 걸음마를 배운 아이들, 혹은 강보에 싸여 어섯눈을 뜬 지 얼마 안 되는 아이들, 아니 어머니 배 속에 여전히 웅크리고 있는 생명들, 자신과 다르다는 이유로 상대방을 경멸해도 좋다는 교육을 받은 적이 없는 생명체들은 하산 아저씨를 보고 까르르 웃었다. 걸을 수 있는 아이들은 하산 아저씨에게 다가와 헐렁한 바짓가랑이를 잡기도 했다. 아이의 부모는 이무기에게 외동딸을 바친 전설 속의 부모들처럼 얼굴이 하얗게 질려 저 괴물과 맞서 싸워야 할지 괴물이 자비와 관용을 베풀어주길 바라며 처분에 맡겨야 할지 갈등했다. 하산 아저씨는 누런 이를 드러내고 아이 앞에 쭈그리고 앉아 자신의 콧수염 양쪽 끝을 꼬아 카이저수염을 만들어 보여주기도 했고 안나 아주머니가 볼 때마다 자지러지는 눈썹 묘기를 보여주기도 했다. 그래도 아이의 부모는 경계심을 풀지 못했다.

여전히 하산 아저씨는 아이가 자신의 수염을 잡아당겨도, 모자를 벗겨 땅바닥에 내던져도 내버려두었고 집게손가락으로 조심스럽게 아이의 머리를 쓰다듬었다.

우리의 산책은 계속되었다. 공원에는 특히 하산 아저씨를 두려워하는 사람들이 있었다. 그들은 미군 부대에서 빼돌린 갖가지 잡화와 식료품, 전자제품 들을 운반해주거나, 술집에서 손님들을 관리하거나, 여자들의 뒤꽁무니를 쫓아다니면서 정력을 낭비하는 사람들이었다.

하산 아저씨가 시야에 보이자 그들은 불량스럽게 담배를 꼬나물었다. 하지만 하산 아저씨가 고개를 돌려 그들을 보면 딴청을 피웠다. 하산 아저씨가 그쪽으로 발길을 돌리자 바퀴벌레처럼 우 흩어져 플라타너스를 엄폐물 삼아 숨거나 공중화장실로 도망갔다. 우리는 오줌을 누기 위해 공중화장실에 들렀고 그곳에서 괴물이 지나가기를 기다리던 어리석은 희생물을 만났다. 고수머리에 낯빛이 까맣고 입술이 두툼한 청년이었다. 그는 고양이에게 몰려 막다른 골목에 이른 생쥐처럼 검고 머르레한 눈동자를 이리저리 굴렸다. 그는 조력자를 찾았다고 여겼는지 내게 구원을 청하듯 의미심장한 시선을 보내기도 했다. 나는 아무 일도 없을 거라는 사실을 알았지만 장난기가 발동해서 두 손으로 내 목을 조르는 시늉을 했다. 고수머리 청년은 절망에 빠져 어깨를 잔뜩 움츠리고 하산 아저씨가 소변대 위에 올라 바지의 지퍼를 내리고 오줌을 누는 걸 주의 깊게 지켜보았다.

공중화장실은 지어진 이래 단 한 번도 청소를 하지 않은 듯 불쾌하고 더러웠다. 발효되는 배설물들이 내뿜는 시큼하고 구역질 나는 냄새가 코를 찔렀다. 지옥의 문틈에 코를 대고 있는 기분이었다. 고수머리 청년은 가스실의 마루타처럼 처량한 표정이었다가 울상이 되었다가 기절 직전에 이르렀다. 고수머리 청년은 마지막 자존심 덕분에 버티는 중이었다. 거기서 기절했다가는 옷이 더러워질 게 분명했으니까. 그는 하산 아저씨를 잡히지 않은 연쇄살인마쯤으로 여기는 듯했다.

공원 산책은 짧았지만 하산 아저씨는 만족스러워했다. 하산 아저씨는 공원을 거니는 내내 눈길로 모든 사물들을 더듬었다. 돌멩이가 박힌 맨땅부터 조각보 같은 구름이 떠 있는 하늘까지를, 발치에 부려진 햇살부터 조경수의 우듬지까지를, 습하고 어두운 구석에 모여 사는 쥐며느리부터 이 나무 저 나무 옮겨 다니는 청설모까지를. 하산 아저씨는 오랜 친구와 동행이라도 한 듯 대저택에 딸린 정원을 산책하듯 여유롭고 느긋하게 걸었다.

　나는 하산 아저씨의 고향이 어떤 곳인지 몰랐다. 하산 아저씨가 태어난 마을이 어떤 곳인지 무엇을 하며 유년 시절을 보냈는지 아무것도 몰랐다. 그곳에도 소나무와 참나무가 무성하게 자라는지 참새와 비둘기와 까치가 나는지 장수하늘소와 집게벌레가 그루터기에 사는지 하늘은 어떤 빛깔인지 바람은 어떤 냄새를 품었는지. 짐작할 수는 있었다. 비록 그곳에 내가 전혀 본 적 없는 수목이 삼림을 이루고 기괴한 동물이 자란다 해도 오래전부터 익숙했던 풍경처럼 친근하게 여겨지리라는 것도 알았다.

　어차피 나는 고향이 없었다. 그리워해야 할 원형의 풍경도 회귀를 꿈꾸게 하는 낯익은 사물에 대한 기억도 없었다. 그러므로 어딜 가나 내겐 고향이고 모국이다. 누굴 만나든 그가 바로 내 오랜 벗이고 가족이다. 그건 곧 어떤 곳도 나의 고향이 아니며 그 누구도 나의 벗이나 가족이 아니라는 뜻이기도 하지만.

　멀리서 무에진의 목소리가 들려왔다. 하산 아저씨가 고개를 떨구었다. 금요일은 모스크에서 합동예배가 있다. 그날이 휴일인 무슬림들이 모여 기도를 하는 날이다. 하산 아저씨는 그곳에 가지 않았다. 언제부터 그랬는지 나는 몰랐다.

4

　이따금 모스크로 향하는 사람들과 마주치기도 했다. 그중에는 성직자인 이맘도 있었다. 매일같이 신의 명령을 수행하는 성직자라지만 특별해 보이지는 않았다. 낡은 정장 바지가 구두를 덮었는데 무릎을 굽힐 때마다 해진 구두코가 드러났다. 티셔츠도 색이 바래 원래 어떤 색이었는지조차 알아보기 어려웠다. 여느 한국인 노인과 다를 게 없었다.
　이맘은 모스크에서 예배를 인도할 때만 변신했다. 예복을 차려입은 이맘을 본 적이 있다. 이맘이 걸치는 흰 가운은 여러모로 유용했다. 그것을 걸치면 기도를 하기 위해 모인 다른 무슬림과 구별이 되었다. 싸구려 옷을 감출 수 있으니까. 또한 이맘이 쓰는 일본 만두 모양의 모자도 유용했다. 헝클어진 머리를 감추고 밖으로 삐죽 나온 머리카락을 모자 밑으로 쓱 밀어 넣으면 단정해 보였다. 그 모자는 운두가 낮고 납작한 데다 붉은 천으로 된 것이라, 이맘이 고개를 숙이면 마치 거대한 혓바닥이 머리통에서 나와 날름거리는 것 같았다.

하산 아저씨는 이맘을 만나도 모른 체했다. 아니, 무시했다. 그러나 이 표현도 적절하지는 않다. 이맘과 눈이 마주쳐도 하산 아저씨의 시선은 그 너머를 향했다. 하산 아저씨에게 이맘은 투명인간이나 마찬가지였다. 이맘은 하산 아저씨를 투명인간으로 여길 재능이 없었다. 이곳에 사는 다른 모든 이방인들과 마찬가지로 주눅 든 사람의 표정을 짓는 재주밖에 없었다. 나는 이맘과 이야기를 나누었다. 그가 원해서였다. 그의 목소리는 탁했고, 신성이나 위엄은 없었다. 가난하고 소심한 이방인의 목소리였다. 나는 하산 아저씨가 다른 무슬림처럼 금요일을 휴일로 엄수하면서도 모스크에 가지 않는 이유가 이맘과 관련이 있을 거라고 생각했다. "그는 유령이야. 보아서도 안 되고 보았더라도 아는 척을 해서는 안 된다." 하산 아저씨가 이렇게 말했기 때문이다.

이맘은 하산 아저씨보다 배는 늙어 보였다. 손마디가 툭 불거졌는데 주정뱅이처럼 떨렸고 이마에는 인상을 찌푸리지 않아도 깊은 주름이 고르지 않게 잡혔다. 안나 아주머니는 이맘을 가리켜 '산 귀신' 같다고 했다.

이맘이 유령이라면 그의 그림자가 진정한 그의 육체일 수도 있었다. 실제로 이맘은 자신의 그림자를 밟혔을 때 아파했다. 왠지 이맘은 그림자가 더 사람다웠다.

나는 그런 사람을 한 명 더 알았다. 몇 번째 고아원이었는지는 모르겠다. 산 중턱에 자리 잡은 단층 건물이었다. 성당에 딸린 혹은 성당을 거느린 곳이었다. 소도시를 굽어보는 야산의 성당은 예수가 산상수훈을 했던 곳을 연상시켰다. 신부는 스스로 희망의 사례가 되고자 했다. 신의 아들이든 예언자든, 장밋빛 미래를 약속하지 않은 자가 없었다. 이 후락한 마을의 통장마저 낡고 좁은 도로가 개선될 거라고, 수돗물이 콸콸 나오게 될 거라고 헛된 희망을 늘어놓으니 말이다.

그들과 다른 점이 있다면 실제로 희망을 실현하기 위해 노력했다는 거다. 부분적으로 성공하기도 했다. 성공은 오래가지 못했다. 손자가 제 할아버지를 잊어버리게 되는 것과 같은 이유다.

신부는 벙어리였다. 유정처럼 더듬는 게 아니라 어린 시절 광산에서 사고를 당해 귀가 멀고 그때부터 말문도 막혔다고 한다. 지하 갱도가 무너지면서 신부의 아버지가 갇혔고, 그 깊고 아득한 갱도에 대고 아버지를 애타게 부르다가 목젖이 떨어져 그렇게 되었다고도 한다. 진실이야 무엇이든 그 신부가 광산 마을 출신이라는 건 의심하지 않았다.

신부는 광부처럼 일했다. 사제복을 입을 때보다 작업복을 입을 때가 많았다. 화단을 가꾸고 텃밭을 일구고 창고, 화장실 등 부속 건물은 손수 기초를 다져 짓고 관리 보수했다. 장난이 심한 아이는 바둑알 같은 굳은살이 있는 신부의 두툼한 손에 머리통을 맞았다.

하지만 말을 못했기에 또는 안 했기에 우리는 늙은 신부보다 젊은 벙어리 신부를 더 좋아했다.

신부가 일을 하다 잠시 쉴 때면 나는 그의 그림자 속에 들어갔다. 신부의 몸에서 풍겨오는 뜨듯한 기운과 땀 냄새마저 달콤했다. 신부가 만든 그늘은 작았지만 나를 품기에는 넉넉했다. 그 안에 있으면 든든한 울타리 안에서 보살핌을 받는 기분이었다. 신부가 나를 볼 때면 성당 입구에 걸린 성화 속 마리아처럼 온화한 눈빛이었다. 만인의 어머니. 사내임에도 불구하고 신부에게선 모성이 느껴졌다. 가슴팍을 더듬으면 부드럽고 풍만한 젖가슴을 만질 수 있을 것 같았다. 내겐 벙어리의 말을 알아들을 수 있는 능력이 없었다. 신부가 누구와 수화를 하는 것도 본 적이 없었다.

하지만 짐작은 할 수 있었고 또한 내가 하는 말을 신부가 알아듣는다고 믿었다. 그래서 나는 기억한다. 신부가 내게 했던 말을. 신부는 근육질의 팔을 자신의 손가락으로 가리켰다. 푸른 정맥이 드러난 신부의 팔뚝은 오래된 참나무처럼 거칠고 단단했다.

"아이야, 이 푸른 정맥에서 붉은 피가 흘러나오듯 너의 얼굴, 너의 육체가 너의 영혼을 증명하는 건 아니란다."

신부는 그렇게 나의 영혼을 위로했다. 그로부터 며칠 뒤, 신부는 골재를 싣고 온 트럭 뒤에서 성당을 찾는 사람들의 고단한 일상이 영위되는 저 아래 소도시를 내려다보았다. 그사이 트럭의 사이드 브레이크가 풀렸다. 고임돌을 넘어 굴러 내려간 트럭은 아무것도 모르는 신부를 그대로 치었다. 그의 단단한 허리가 부러졌고 튼튼

한 장딴지와 팔뚝이 짓이겨졌다. 신부의 입과 상처에서 단 한 번도 햇빛을 보지 못한 듯 순결하게 붉은 피가 쿨럭쿨럭 흘렀고 그가 사랑했던 성당 앞마당, 누렇고 팍팍한 흙바닥에 아슴아슴 스며들었다.

신부는 고요히 눈을 뜬 채, 뜬 눈에 하늘을 담고 영면했다. 실이 끊어지며 알알이 분리된 묵주 알맹이가 소도시를 향해 굴러갔다.

신부는 자신의 운명을 알았을까. 가난한 광산 노동자의 아들로 태어나, 가난을 박차고 떠난 어미의 빈자리를 사무치게 느끼면서 종내는 벙어리가 되고 아비마저 잃고 늙은 신부와 수녀의 손에 길러져 사제복을 입고 고아원을 수리하다가 허리가 부러지고 머리가 깨져 이 세상을 하직하게 되리라는 걸. 그걸 알았더라도 이 세상에 기꺼이 태어나려 했을까.

나의 어머니, 마리아를 닮은 신부는 그렇게 가버렸다. 성당은 남았으나 고아원은 폐쇄되었다. 또다시 그곳의 우리는 우리에게 허용된 좁은 혈관을 따라 어디론가 뿔뿔이 흩어졌다. 푸른 정맥은 붉은 피의 감옥이었다. 나는 여러 사람에게 신부의 죽음을 들려주었다.

하산 아저씨는 '그에게 신의 축복이 있기를!'이라 했고 안나 아주머니는 그 신부가 자기 아들인지도 모른다고 했다. 야모스 아저씨는 '오오 거룩한 기독교인이여, 그대의 살과 피로 신이 없는 이 저주받은 땅을 축복의 땅으로' 운운하다가 역시나 안나 아주머니의 지청구를 받았다.

나는, 할 말이 없다. 신부가 예수처럼 부활해서 돌아온다 해도, 그림자 없이라면 아무것도 그립지 않았다. 신부는 최후의 순간에 내게 가르쳐주었다. 사람은 본디 자신의 그림자와 하나였음을. 신부가 쓰러졌을 때, 가쁜 숨을 몰아쉬며 성당 앞마당에 오체투지라도 하듯 부복했을 때, 그림자는 신부와 정확히 똑같아졌고 신부의 몸속으로 스며들어가 영혼의 일부가 되면서 자취를 감췄다. 죽음이란 그림자가 사라지는 걸 뜻했다. 신이 사람의 목숨을 거둬가는 것처럼 보이지만, 사실은 사람이 스스로 그림자를 수확하도록 허락하는 것뿐이다. 그림자가 있던 자리를 붉은 피가 대신하며—마지막 그림자를, 이 세상에 다녀간 적이 있음을, 체온만큼의 열기로, 그 자체의 물기로—자신의 주인이 누웠던 자리에 프레스코화를 남긴다. 성당 입구의 마리아를 그린 것과 같은 방식으로.

신부의 그림자 속에 있을 때면 전혀 아프지 않았다. 내 몸의 흉터가 사라지고 파인 곳이 메워지고 새살이 돋고, 돋았던 곳이 가라앉으며 소름이 슬며시 가라앉듯 까닭 모를 서글픔도 사라졌다. 누군가 내게 상처를 주려고 시도한대도 그 순간만은 성공하지 못했을 것이다. 신부의 그림자는 지구를 덮고도 남을 만큼 컸다. 상처를 덮는 것이야말로 위대한 일이니까.

나는 트럭이 굴러 내려오는 걸 몰랐다. 아무도 몰랐다. 나는 소리를 질렀다. 신부는 내 쪽을 보고 팔을 번쩍 들었다. 전쟁영화의 단역배우처럼. 사고 직후 신부가 다시 고개를 돌려 소도시를 보았을 때 나 또한 그랬을 거다. 트럭이 신부를 치고 깔고 뭉개고 지나가 비탈길 배수로에 처박혔을 때는 낮은 구름들 사이를 헤집고 도시를 비추는 햇살이 다발로 보였다. 하늘에서 은빛 막대를 여러 개씩 묶어 지상에 내던지는 듯했다. 우리는 노신부라는 바리케이드를 넘지 못했다. 그러므로 나의 기억은 거짓이다. 신부가 어떤 모습으로 죽었는지도 몰랐고 죽음을 심각하게 받아들일 수도 없었다. 다만 더는 그 신비한 그림자를 밟지 못하리라는 걸 직감했을 뿐이다.

나는 찬란한 비극을 상상 속에서만 목격했다. 내가 보았던 모든 영상들—전쟁영화, 드라마, 만화에서 건진 파편들로 짜 맞춘 조잡한 콜라주에서 그림자만이 유독 선명한 빛깔이었다. 나는 그림자가 어둡다거나 검다거나 잿빛이라는 데 동의하지 않았다. 그림자는 그것이 드리운 사물을 더욱 선명하게 해준다. 누런 흙바닥은 더욱 누렇게, 붉은 벽돌은 더욱 붉게, 푸른 물빛은 더욱 푸르게. 강렬한 햇살을 핑계 삼아 우리가 백안시했던 그 모든 것들이 본디의 빛깔을 되찾을 수 있도록 해준다. 그림자는 지상에 존재하는 것들, 햇살을 피할 수 없는 것들의 숨통을 틔워주고 스스로를 감춰 스스로를 드러나게 해준다. 아무도 보지 않는데 숨을 곳을 찾는 사람처럼 경황이 없다면 그림자만이 최후의 안식처다. 거기에 이미 숨을 곳을 찾아든 무언가가 있을 테니.

내가 기억하는 신부의 마지막 모습은 그러했다. 미사를 집전하기 전, 예배를 위해 비탈길을 오르는 가난한 사람들을 인도하듯, 마중하듯, 미소도 없이 소리도 없이 웃어주던 신부가 바라본 곳은 변함없는 속세였다. 우리는 노신부를 호위하듯 둘러싸고 앉아 기도했다. 노신부의 목소리는 가시덤불을 헤치고 나온 허약한 짐승을 떠올리게 했다. 종소리가 멀리 퍼져나갔고 그때 문득, 한 번 이곳을 떠난 종소리가 다시는 되돌아오지 않는다는 생각이 떠올랐다. 그리고 눈물이 흘렀다.

   나는 훗날, 언제인지는 몰라도 이 성당과 고아원과 벙어리 신부마저 까맣게 잊으리라는 걸, 설령 이따금 과거가 될 현재를 떠올리게 되더라도 막연한 인상과 느낌으로지 뚜렷하고 구체적인 사물로가 아닐 것임을 알았다. 종소리가 허공에서 산산조각 나는 게 아니라면 지금도 우주 어딘가를 날고 있을 것이다. 신에게 닿을 때까지 종소리는 쉬지 않고 어둡고 막막한 우주를 아하스 페르츠처럼 떠돌 것이다.

   나는 이맘의 그림자를 밟지 않도록 주의를 기울였다. 그러자면 늘 이맘이 햇빛을 안은 채 나를 보도록 해야 했다. 해 질 무렵 햇살이 고단한 몸을 뉘는 사람처럼 천천히 대지 가까이로 기울 때면 이맘은 손갓을 만들었다. 이맘의 창백한 얼굴이 귤빛으로 물들면 잘 구운 빵과 같아 한입씩 그 볼을 베어 먹어도 좋을 것만 같았다.

   하산 아저씨는 모스크 쪽을 한 번 쳐다보고 집으로 돌아갔다. 나는 식당에 들러 안나 아주머니에게 공원이 어땠는지를 설명했다. 안나 아주머니는 눈물이 많았다. 자기가 못해본 일은 무조건 서운해했다.

   나는 쌀집 둘째 딸이 제 아버지인 김 씨를 따라 이면도로를 걸어오는 걸 보았다. 나는 주정뱅이 열쇠장이 앞에 쭈그리고 앉았다. 얼굴은 평평했고 뒷머리를 가운데 모아 밑동을 질끈 묶어 말갈기처럼 늘어뜨렸는데 걸을 때마다 머리채가 시계추처럼 흔들렸다. 한마디로 밑동 가까이까지 베어 먹은 열무김치 같았다. 저 이면도로는 생을 실어나르는 길이다. 이런 생각이 들었다.

나는 주정뱅이 열쇠장이에게 물었다.

"저 여자가 누군지 아세요?"

"코끼리."

"어떤 코끼리요?"

"분홍색 코끼리."

"뭐 하고 있어요?"

"지나가고 있어."

"어디로 가고 있어요?"

"……"

쌀집 둘째 딸이 나와 주정뱅이를 번갈아 보며 지나갔다. 저 지긋지긋한 인간들을 다시 보게 되었구나, 라고 말하는 듯한 눈빛이었다. 나도 그런 눈빛으로 봐주었다.

5

야모스 아저씨는 거짓말을 하지 않으면 온몸에 두드러기가 돋았다. 식중독에 걸려 발진 두드러기로 고생한 야모스 아저씨는—병원에서 상한 음식을 먹었던 탓이다. 나는 들창 밖으로 나온 아저씨의 두 발이 딸꾹질하는 걸 보고 병에 걸렸다는 걸 알았다—창백한 낯으로 이마에 맺힌 식은땀을 역시나 창백한 손등으로 쓸어내렸다.
"그 망할 악마들이 내 음식에 독을 풀어놓았지 뭐냐. 며칠 동안 거짓말을 안 했더니 화가 났던 거야. 생각해보니 요새 너무 착하게 살았어. 지금도 보렴, 몸이 아파서 거짓말을 못하니까 점점 더 안 좋아지잖니. 한번 거짓말을 안 하게 되면 그걸로 끝장인 거야."
야모스 아저씨는 착하고 순하게 지내던 지난 며칠이 못내 억울한 듯 입술을 꽉 깨물어 이빨자국을 남겼다. 지금까지 야모스 아저씨의 거짓말에 두 번 이상 속은 사람은 나와 유정뿐이었다.

야모스 아저씨는 아무것도 먹지 못했다. 무얼 먹든 곧바로 토했다. 고열에 시달리면서 눈앞이 깜깜하다고 하소연했다. 안나 아주머니는 툴툴대면서 물수건을 쭈글쭈글한 야모스 아저씨의 이마에 얹어주었다.

안나 아주머니의 치유 능력 덕분에 금세 열이 가라앉았다. 하지만 야모스 아저씨는 여전히 아픈 척하며 헛소리를 지껄이는 시늉을 했다. 야모스 아저씨는 안나 아주머니의 두툼한 손목을 부들부들 떨리는 창백한 손으로 간신히 붙잡고 이상한 열기가 번득이는 눈빛으로 뇌까렸다.

"아름다운 여인이여! 당신은 나의 아프로디테. 펜텔리콘 산의 눈부시게 흰 대리석보다 빛나는 여인이여! 당신은 진정 나의 여신이오. 당신이 원한다면 나는 아테네 광장에서 어리석은 사내들의 시기와 질투 혹은 눈먼 자들의 멸시와 조롱을 받는다 해도 내 마음을 저 하늘에 계신 분의 귀에 닿도록 큰 소리로 고백할 수도 있다오."

그리고 잡았던 손목을 극적으로 놓아주며 고개를 옆으로 천천히 돌리면서 눈을 감았다. 감은 눈가로 눈물 한 방울을 흘려보내주는 것도 잊지 않았다. 야모스 아저씨는 의무를 다한 사람처럼 평온하게 잠들었다. 안나 아주머니는 딱 한 번 더 속아주기로 했다. 시체처럼 잠든 야모스 아저씨를 이리저리 굴려 이부자리를 깨끗이 정돈하고 좁은 다락방을 구석구석 청소한 뒤 보리차가 가득 담긴 주전자와 물대접을 베개맡에 두고 그 두툼한 손가락을 돼지고기의 품질을 검사할 때처럼 세심하게 움직여 야모스 아저씨의 흐트러진 반백의 머리칼을 가지런히 정돈해주었다.

　나는 식당 앞에서 야모스 아저씨의 발이 들어갔다 나왔다, 이리 굴렀다 저리 굴렀다 하는 걸 보고 모든 상황을 짐작할 수 있었다. 안나 아주머니가 아래층 식당으로 내려가자 야모스 아저씨는 작은 들창으로 발 대신 머리를 내밀었다. 평소처럼 지나가는 사람을 조롱하거나 침을 뱉기 위해서였다. 가끔 수면 위로 주둥이를 내밀고 숨을 쉬는 붕어처럼 입을 우물거리기도 했다.

　야모스 아저씨의 왼쪽 턱에는 새끼손가락 굵기의 흉터가 있었다. 나는 본능적으로 흉터에 민감했다. 그 흉터가 폭력에 의한 것이든 실수에 의한 것이든 혹은 선천적인 것이든 모든 흉터는 언어처럼 서로 관계를 맺는다고 믿었다. 야모스 아저씨는 그 흉터가 아가미가 있던 자리라고 했다. 덕분에 어린 시절 그는 수면 위로 얼굴을 한 번도 내밀지 않고 잠수함처럼 에게 해를 가로지를 수 있었다. 군대에 입대했을 때 그 능력을 인정받아 특수부대원으로 차출되었고, 어느 날 작전 도중 인어를 만났다. 인어의 물속 황금궁전에 끌려간 그는 술탄이 부럽지 않은 대접을 받았다. 그곳에서 하루를 지냈을 뿐인데 세상에서는 일 년이라는 세월이 흘렀다. 왜 황금궁전에서 도망쳤냐고 묻자 야모스 아저씨는 가슴을 두드리며 말했다. "난 명예를 아는 군인이었다."

　야모스 아저씨는 탈영병으로 취급당해 지나가는 배 한 척 보이지 않는 절해고도의 옛 템플기사단의 요새를 개조한 감옥에 갇혔다가 수백 미터 절벽을 뛰어내려 탈출에 성공했다. 아가미는 어찌 되었냐고 묻자 한참을 궁리하더니 이렇게 말했다. "내가 도망칠까 봐 두려웠던 인어가 용접을 해버렸지. 그 인어는 아다리에 걸려 두 눈이 퉁퉁 부었단다. 두 눈이 개구리처럼 툭 튀어나온 그 꼴을 네가 봤어야 하는 건데. 얼마나 우습던지."
야모스 아저씨는 웃기는 사람이었다.

웃기는 사람은 많다. 유정의 담임선생이 조회시간에 알쏭달쏭한 훈시를 했다. 그는 자신을 무한히 감동시킨 이야기를 학생들에게 들려주었다. 일등과 꼴찌에 관한 이야기였다. 선생은 일등이란 이등이 있기 때문에, 삼등이 있기 때문에 의미가 있는 거라고 했다. 꼴찌가 없다면 일등도 없다. 그런 말을 할 때 유정은 선생과 눈이 마주쳤다. 선생의 훈시는 의도한 것과는 달리 해석되었다. 잠이 덜 깬 아이들은 아침부터 지루한 훈시를 듣는 바람에 더 몽롱한 상태가 되었다. 모두 자신이 일등을 빛내기 위해 존재하는 무가치한 존재가 아닐까 의심했다. 아이들의 이런 해석을 바로잡아줄 어떠한 이야기도 부언되지 않았던 탓에 대부분의 학생들이 이 의혹을 해결하지 못하고 하나의 진실로 받아들였다. 유정은 진짜 꼴찌였다. 유정이 낙담한 건 두말할 필요도 없다. 야모스 아저씨는 유정의 이야기가 끝나기 전부터 흥분했다. 신 앞에서는 누구나 평등하다! 이렇게 절규도 했다. 신뢰가 생기지는 않았다. 신 앞에서 누구나 평등하지 않다는 걸 보여주는 산증인이 바로 야모스 아저씨였으니까.

야모스 아저씨는 유정에게 복수해주겠다고 약속했다. 그리고 이 사람 저 사람에게 자신의 맹세를 떠벌이고 다녔다.
 다음 날이었다. 안나 아주머니의 식당에서 늦은 점심을 먹고 난 뒤였다. 하산 아저씨, 야모스 아저씨, 나, 안나 아주머니 이렇게 넷은 커피 타는 솜씨가 형편없는 안나 아주머니의 커피를 마시는 중이었다. 유정의 담임이 비탈길을 내려왔다. 그 뒤를 유정이 따라왔다. 식당 앞에 도착한 선생은 뒤돌아보며 유정에게 여기가 맞느냐고 물었다. 선생은 식당 안으로 성큼 들어왔다. 하산 아저씨와 야모스 아저씨를 차례대로 보았다. 안색이 나빴다. 하산 아저씨 때문일 것이다. 누구한테 따져야 하는지 자신이 없었던 선생은 유정에게 누가 그 사람이냐고 물었다. 유정이 야모스 아저씨를 가리켰다. 선생은 대번에 화색이 돌아왔다. 야모스 아저씨 옆에 의자를 끌어다 앉다가 미끄러져 바닥에 엉덩방아를 찧었다. 안나 아주머니 식당에선 흔한 풍경이었다. 의자가 왜 이렇게 작으냐고 투덜대던 선생은 대답하는 사람이 아무도 없자 수업시간에 그러하듯 조심스럽게 식탁을 손바닥으로 두드렸다. 역시 아무도 반응하지 않았다. 하산 아저씨는 정육점으로 갔고 안나 아주머니는 주방으로 들어갔다. 나는 구석에서 신문을 스크랩했다. 사람들 얼굴만 오렸다. 식당 밖에서는 유정이 노란 줄무늬 고양이와 이야기를 나누었다.
 "어르신이 저한테 복수하겠다고 큰소리친 장본인입니까?"
 야모스 아저씨는 가만히 있었다. 한동안 아무 말도 없었다.
 "한국말 할 줄 알아요?"

야모스 아저씨가 고개를 저었다. 알겠다는 듯 선생이 고개를 끄덕였다. 이보다 더 멍청한 대면도 없을 것이다. 선생은 안나 아주머니에게 '이런 걸 두고 해프닝이라고 하는 거죠'라고 한 뒤 식당을 떠났다.

야모스 아저씨는 대통령이 와도 끄떡없는 사람이었다. 이 정도는 예사였다. 주민자치의용소방대는 한 달에 한 번 계도활동을 했다. 지난 번 계도활동 때 야모스 아저씨는 붉은 페인트 칠이 된 갈고리를 들고 돌아다니며 '불이야, 불이야'를 외쳤다. 진짜 소방차가 출동했고 의용소방대장이 진짜 소방서장의 군홧발에 차였다. 의용소방대원이 모두 잠든 시각에 혼자 그랬던 거다. 야모스 아저씨는 자신의 다락방에 들어가 들창을 꼭 닫고 며칠 동안 나오지 않았다.
"위에서 미친 의용소방대원 시체 하나가 썩는 냄새가 나. 네가 좀 들여다보렴. 그 인간이 죽었는지 살았는지. 죽었으면 우리가 한강에 던져버리자. 그렇게 둥둥 떠서 에게 핸지 뭔지까지 흘러가라구. 살았으면 얼른 내려오라고 해. 안 그러면 솥에 넣고 삶아버릴 거라고."
야모스 아저씨는 들창을 닫은 대신 반대쪽 창문을 뜯어내고 그쪽으로 발을 내민 채 책을 읽고 있었다. 그가 한쪽 눈을 찡긋했다.
"걱정 마라. 그까짓 세탁잡부 안 해도 그만이다. 내겐 선량한 한국인 친구들이 많아."
종합병원 세탁실에서 목이 뎅겅 잘린 그는 예전에도 선량한 한국인 친구들을 따라 지방에 간 적이 있다. 물론 보름 뒤에 거지꼴로 돌아왔다. 지갑과 입던 옷까지 몽땅 선량한 한국인 친구들에게 도둑맞은 야모스 아저씨는 이렇게 말했다.

"악마도 원래는 천사였거든. 내 선량한 친구들을 지옥으로 몰아넣은 사탄을 혼내줘야지."

나는 안나 아주머니의 말을 그대로 전했다. 야모스 아저씨는 아직 배가 덜 고프니 괜찮다고 했다. 전쟁 중에는 일주일쯤 굶는 건 예사라고 했다. 자신은 최고 두 달 동안 아무것도 먹지 않고 버틴 적도 있다고 했다. 군대 얘기를 할 때면 야모스 아저씨의 눈에 생기가 돌았다. 그는 내게 꿈이 뭐냐고 물었다. 나는 꿈이 없다고 답했다. 그는 한참을 궁리하더니 어떤 사람이 되고 싶냐고 물었다. 나는 사람은 싫고 가능하다면 육식공룡이 되고 싶다고 했다. 그가 또 다른 질문을 궁리해내기 전에 내가 선수를 쳤다.

"아저씨는 꿈이 뭐였어요?"

나는 야모스 아저씨를 그가 소년이었던 시절로 보내버리는 데 성공했다. 그는 겨울잠에서 깨어나 동굴에서 방금 나온 곰처럼 눈을 끔벅거렸다. 그게 과거로 돌아가는 중이라는 신호였다. 어둠 속에서처럼 눈동자가 커졌는데, 그건 야모스 아저씨의 어린 시절이 누구 못지않게 불우했다는 표시였다. 세상 어디나 마찬가지다. 불우한 청소년들의 꿈은 하나다. 행복해지고 싶다는 것. 추상은 구체와 아무것도 공유하지 않는다. 행복은 추상에 속한다. 다시 말해 행복은 의사가 되고 싶다거나, 변호사가 되고 싶다거나, 핵물리학자가 되고 싶다거나, 이런 구체적인 희망과는 아무런 상관이 없다. 야모스 아저씨 역시 꿈이 없었던 거다.

"내 꿈은 말이다, 새처럼 하늘을 나는 거였단다."

그것 봐라. 이룰 수 없는 꿈을 꾼다는 것이야말로 구체가 아닌 추상으로만 꿈꿀 수밖에 없는 사람들의 특징이다.

"이카루스처럼요?"

"아니, 신화에 등장하는 새처럼. 날개를 펼치면 하늘을 덮는다는 그 새가 되어서 말이다."

"한번 날아오르면 다시는 지상으로 내려오지 않는 새 말이죠? 날자마자 죽고 싶었단 말씀이군요."

"이 버르장머리 없는 녀석—부디 신께서 저를 용서해주시길—지난번에 선량한 한국인 친구들을 따라갔다가 내가 무얼 보고 왔는지 알게 되면 밤에 화장실도 못 갈 거다."

나는 궁금하지 않았다. 거짓말일 게 뻔했으므로. 야모스 아저씨는 강원도의 도로공사현장에 갔다. 고가도로를 놓고 터널을 뚫었다. 예정된 터널의 삼분의 일쯤 되는 곳에서 백악기에 형성된 지층대를 만났다. 그곳에서 원형 그대로의 기이한 동물이 동면상태로 발견되었다. 배고픈 공사장 인부들이 한국인답게 개를 잡아먹던 방식으로 토치(torch)에 불을 붙여 그 거대한 짐승을 그슬렸다. 누군가 몽둥이로 작신 패야 육질이 좋다는 지당한 소리를 했지만 다들 기운이 없어 못 들은 척했다. "무려 오십 명이 저마다 토치를 하나씩 쥐고 들러붙었지. 얼었던 짐승의 몸이 녹으면서 이내 털 그슬린 노린내가 나기 시작했다. 근데 이게 웬일이냐?"

 짐승이 깨어났다. 부리부리한 눈을 번쩍 뜨더니 제 몸을 한번 부르르 떨어 인부들을 털어내고 사자후를 내뱉었다. 몸을 둥글게 말고 잠들었던 고양이가 깨어나 기지개를 켜듯, 둥근 공 같던 짐승이 앞발과 뒷발을 한껏 벌려 딛고 몸을 쭉 늘였다. 비로소 사람들이 고함을 질렀다. "공룡이다! 공룡이다! 이렇게 소리쳤지. 제길, 공룡이라니."

 기가 막혔지만 나는 고개를 주억거렸다. "그래서 어떻게 됐는지 아니? 굴착기 두 대와 불도저 넉 대가 달려왔지. 덤프트럭도 일곱 대나 달려왔어. 인부들도 연장을 들고 백 명이나 모여들었지. 인근 산간 마을 주민들도 일터에서 달려왔어. 저마다 삽이나 괭이 낫을 쥐었지. 그리고 끝이었어. 한꺼번에 달려들어서 공룡을 때려눕히고 개처럼 가죽을 벗기고 부위별로 발라서 구워먹었단다. 하산이 있었다면 돼지 잡는 솜씨를 좀 보여줬을 텐데. 너, 육식공룡이 되고 싶다고 했지? 그런 꿈은 가망이 없단다. 신은 지금 이 순간 인간들이 모든 것을 지배하길 원하시거든. 만약 육식공룡이 된다면 집에서 한 걸음도 나와서는 안 된다. 그게 세상살이 법칙이야."

 야모스 아저씨는 공룡고기가 칠면조와 오랑우탄과 타조와 나무늘보를 섞어놓은 것과 비슷한 맛이라고 했다. "어쨌든 하산의 돼지고기보다는 맛있더라. 하산 그 자식은 무슬림이라서 돼지고기의 참맛을 몰라. 그런 녀석이 돼지고기를 팔다니, 이보다 가소로운 일이 어디 있겠냐?"

야모스 아저씨는 거짓말이 통하지 않거나 입장이 불리해지면 호모처럼 굴었다. 대개는 그 모습을 보고 더 화를 내긴 했지만 폭력을 행사하지는 않았다. 그럴 수가 없었다. 목소리까지 여자 흉내를 내며 징징 울어댔다. 그러면 다들 어깨를 으쓱하거나 고개를 절레절레 젓고 가버렸다. 이 술책에 넘어가지 않는 사람은 안나 아주머니의 분노와 맞닥뜨렸다. 안나 아주머니는 감정이입과 동일시의 능력이 뛰어났다. 그 순간만큼은 야모스 아저씨를 핍박받는 여성으로 여겼다.

"불알 달고 나온 사내자식이 오죽이나 짜잔하면 여자한테 손찌검을 하겠어?"

이 거리에서 누가 감히 안나 아주머니에게 맞설 수 있을까. 치유의 능력을 지닌 대지의 여신에게 멱살을 잡혀 망신을 당하지 않으려면 슬그머니 꽁무니를 뺄 수밖에 없다. 상황이 정리되면 안나 아주머니는 혀를 찼다. "녹비에 갈 왈 자(鹿皮曰字)가 따로 없구먼. 옆으로 쭉 당기면 계집이고 놓으면 사내니."

야모스 아저씨는 벌써 식당 뒷문으로 나가 수돗가에 쭈그리고 앉았다. 기름때가 엉겨붙은 석쇠를 수세미로 닦아내는 거였다. "사도 바울께서 말씀하시길 일하지 않는 자는 처먹지도 말라. 방해하지 마요. 일하는 거 보이죠?"

"그 나라에는 떡 줄 놈은 생각도 않는데 김칫국부터 마신다는 말은 없는가 보네."

소크라테스의 후예는 한쪽 귀로 듣고 다른 쪽 귀로 흘리는 재주를 지녔다. 한참을 혼자 투덜대던 안나 아주머니는 내게 화풀이를 했다.

"너도 코 밑이 검숭검숭해지면 똑같겠지. 힘 있는 놈에겐 굽실대고 나약한 놈은 짓밟고 말야. 결혼이라도 하면 여자는 두들겨 패고 자식들은…… 나 참, 내가 널 앞에 두고 이게 무슨 소리라니?"

안나 아주머니는 혼자 안절부절못하며 말을 돌렸다. 나는 아무렇지도 않았다. 그저 상처가 뜨끔거렸을 뿐인데. 자식들이 귀찮으면 버리기도 하는 거다. 그런 건 배우지 않았다고 해서 모르는 게 아니다.

안나 아주머니는 야모스 아저씨가 언젠가 제 무덤을 파고 말 거라고 했다. 첫 삽을 뜬 건 지난밤이었다. 몸에 두드러기가 난 야모스 아저씨는 팔을 엇갈려가며 온몸을 득득 긁었다. 가려움 때문에 잠을 못 이룬 그는 하릴없이 동네를 돌아다녔다. 오랫동안 사람이 살지 않는 빈집을 지나칠 때 그는 이상한 소리를 들었다.

"처음에는 젊은 녀석들이 몰래 숨어들어갔나 보다 했지 뭐."

호기심을 참지 못한 야모스 아저씨는 소리 죽여 그 집에 들어가 방문에 귀를 댔다. 이윽고 그의 발걸음을 멈추게 했던 정체불명의 소리가 나직하게 들려왔다. 방문을 연 그는 놀라운 광경을 목격했다.

"그 빈집에 말이다, 새가 갇혀 있단다. 쇠사슬로 날개를 결박당한 채 어디론가 새어 들어온 빗물을 마시며 산단다. 그 새는 강철로 된 부리와 발톱을 가지고 있지. 두 눈은 부드럽고도 강렬하지. 깃털 하나 빠지지 않고 가슴팍이 두꺼워. 그 부리로 우라노스의 심장도 단번에 꺼낼 수 있고, 발톱으로 황소를 움켜쥐면 세상이 끝날 때까지 놓지 않을 수 있지. 그런데 그 새를 풀어줄 수가 없구나. 이제 더는 그 새가 날아다닐 하늘이 없단다. 하늘마저 인간이 점령한 지 오래니까. 나는 가끔 이 마을을 어지럽게 뒤덮은 전선줄을 보면 화가 난단다. 하늘에서 보면 우리가 말이다, 거미줄에 걸린 나방 같지 않겠니? 저 더럽고 복잡한 전선줄에 천사의 날개가 걸리면 어떡하지?"

야모스 아저씨는 대단한 비밀을 누설한다는 듯 가라앉은 목소리로 이런 이야기를 했다. 이걸로 야모스 아저씨는 끝이었다. 더는 거짓말을 시도하지 않았다. 아니, 대통령이 방문한다는 거짓말을 하기는 했다. 사람들은 그 말을 믿지 않았지만 백만분의 일이라도 사실이라면 낭패기에 액자를 열심히 닦았다.

그 새가 실제로 있는 거라면, 야모스 아저씨는 그날 새의 부리에 심장을 쪼였거나 발톱에 영혼을 긁혔던 게 분명했다.

6

　정육점을 찾는 다른 무슬림은 없었다. 손님들은 대부분 이 동네 토박이거나 무슬림이 아닌 이방인들이었다. 일수 돈을 쓰라고 권하는 사람, 육절기나 업소용 냉동고를 파는 영업사원이 이따금 들르긴 했다. 정육점에 오는 손님들 가운데 토박이, 그러니까 한국인들은 정육점 안에서가 아니라면 하산 아저씨를 알은체하지 않았다. 정육점 문턱은 단순한 문턱이 아니라 이쪽 세계와 저쪽 세계를 나누는 경계인 셈이다.
　오로지 안나 아주머니만이 하산 아저씨 그리고 야모스 아저씨를 남들과 똑같이 대했다. 그렇게 된 데에는 안나 아주머니의 무감각도 한몫했다. 안나 아주머니는 언짢은 일을 마음에 담지 않았다. 여타의 사람과 남다른 점이 바로 그것이었다. 다른 사람들은 하산 아저씨나 야모스 아저씨를 보고 불쾌한 기분을 느끼면 그때의 인상을 가슴에 담는다. 이렇게 저장된 첫인상이 다음번 만남에서도 끌려나와 다시 만난 이 사람을 어떻게 대해야 할지 친절하게 알려준다. 그 명령은 한마디로 '상종하지 말라!'이다. 안나 아주머니도 처음에는 그랬겠지만 곧 잊어버린다. 그래서 다음번에 만났을 때 어떤 태도를 취해야 할지 가르쳐주는 고정된 인상 같은 게 없다.

유정은 모든 사람을 두려워했기 때문에 하산 아저씨와 야모스 아저씨를 어떻게 생각하는지 정확하게 알 수 없었다. 그건 내겐 퍽 자존심이 상하는 일이었다. 유정이 유독 내게 스스럼없는 이유는, 녀석의 말에 따르자면 내가 '사람이 아니기' 때문이었다. 적어도 하산 아저씨와 야모스 아저씨를 사람으로 취급한다는 뜻이기도 하다.

안나 아주머니와 비슷하달 수 있는 사람은 맹랑한 녀석 하나뿐이었다. 하지만 맹랑한 녀석은 세상 모든 일에 무관심했으므로 녀석이 하산 아저씨와 야모스 아저씨를 어떻게 생각하는지 정확하게 알 수 없었다. 맹랑한 녀석은 하산 아저씨나 야모스 아저씨를 계량기검침원, 우편배달부, 예비군고지서를 돌리는 방위, 별 쓸모없는 것들을 팔고 다니는 잡상인을 볼 때와 아무런 차이도 없이 무심한 눈으로 보았다.

맹랑한 녀석은 요즘 친구가 생겼다. 노란 줄무늬 고양이다. 세상에 무관심한 두 피조물은 전생에 부부가 아니었을까 싶을 정도였다. 좁은 평상을 고양이와 사이좋게 나눠 가진 맹랑한 녀석은 습성도 고양이를 닮아갔다. 아무 때나 자고 아무 때나 먹었다. 깨어 있을 때는 한 십여 분 활기차게 움직이다가 그 뒤로는 체온을 높이기 위해 일광욕을 하는 파충류처럼 순식간에 게을러졌다. 나는 맹랑한 녀석이 평상에서 느릿느릿 기어 내려와 고양이처럼 네 발로 제 집을 드나드는 것도 보았다. 조만간 꼬리가 생긴다는 쪽에 내 전 재산인 목숨을 걸 수도 있었다. 맹랑한 녀석과 노란 줄무늬 고양이는 한 이부자리의 부부처럼 귓속말을 나누었다. 녀석은 유정이 나타나면 난봉꾼을 만난 소심한 가장처럼 고양이를 제 품에 숨겼다. 그리고 눈 꼬리를 세워 이렇게 말했다. "고양이한테 한마디도 하지 마."

고양이는 노련한 척후병처럼 쌀집 안채를 드나들며 녀석에게 열무김치를 닮은 여자의 동태를 보고했다. 녀석은 흐뭇한 표정을 짓기도 했고 우울한 표정을 짓기도 했다. 유정이 번역을 해주지 않아도 그랬다. 그러니까 녀석도 유정처럼 동물의 말을 알아듣는 능력을 키워가는 건지도 모르겠다.

오후가 되면 정육점 안은 돼지고기 비린내가 둔한 사람도 느낄 수 있을 만큼 강렬해졌다. 하산 아저씨는 자주 물청소를 했다. 그래도 들큰한 냄새는 점점 더해갔다. 나는 도마에 부딪는 칼 소리가 좋았다. 안나 아주머니가 야채를 다듬거나 썰 때 나는 경쾌한 소리와는 달랐다. 좀더 전율스럽다고나 할까. 눈을 감고 하산 아저씨가 칼질하는 소리를 들으면, 내 몸 어느 부위가 그렇게 썰려 나가는 기분이 들었다. 고아원에 있을 때 나는 사무실 복도의 껌을 떼어내다 문구용 칼에 손가락을 깊게 베인 적이 있다. 그 자리도 흉터로 남았다. 최초의 통증은 순식간이었다. 베였다는 느낌이 들긴 했지만 아프지는 않았다. 그러나 조금 뒤 베인 자리에서 핏물이 스며 나오자 쓰라리기 시작했다. 온몸의 피가 베인 자리로 쏠린 듯 그 손가락이 무거워졌다. 심장이 생기기라도 한 듯 베인 자리가 두근두근 뛰었다. 그때는 울어봐야 아무런 소용이 없었다. 내가 할 수 있는 건 베인 손가락을 입에 물고 진득한 핏물을 빨아먹는 거였다. 녹슨 쇠 맛이 났다. 불쾌하지는 않았지만, 나는 내 몸속을 흐르는 피가 녹슨 거라는 생각을 지울 수 없었다. 고아는 오래전 부모에게 피를 물려받긴 했지만, 그 피가 누구에게 물려받은 것인지를 날마다 상기시키는 피붙이가 없기에, 그렇게 녹슬어버리는 존재라고 생각했다.

정육점에서 나는 내 피가 얼마나 쓸모없는 것인지를 알았다. 돼지의 선지는 안나 아주머니에게 요긴했다. 순댓국을 만들 때 선지도 반드시 들어갔다. 하지만 내 피는 오로지 내게만 쓸모 있었다. 그런 것도 쓸모라고 할 수 있다면 말이다. 내가 빨아 먹지 않는다면 다른 오물들과 휩쓸려 시궁창으로 들어갈 수밖에 없으니.

새벽이면 대머리가 군가를 불렀다. 그 탓에 대머리도 미친 사람 취급을 받았다. 나는 대머리가 사는 집에 가본 적이 있다. 그 집은 기묘한 공간이었다. 대머리가 오기 전에는 그 집에 여섯 식구가 살았다. 골목은 계단식이었다. 급경사를 이룬 곳은 계단의 폭이 좁았다. 경사가 완만한 곳은 서너 걸음에 한 번씩 층을 이루었다. 그 평평한 계단참 양 옆으로 으레 대문이 있었다. 대문이라는 말이 무색할 정도의 작은 문이었다. 또한 그 문은 현관문이자 부엌문이기도 했다. 문을 열고 들어가면 연탄 화덕과 찬장이 있고 수도가 있었다. 그 자리가 요리를 하고 세수를 하는 공간이기도 했다. 여섯 식구가 살 때 나는 그들이 차례로 집에 들어가는 걸 보았다. 먼저 그 집의 가장이 들어갔다. 조금 뒤 그의 아내가 들어갔다. 그 뒤를 따라 네 아이가 들어갔다. 그게 순서인 듯했다. 먼저 어른이 자리를 잡으면 그 틈으로 아이들이 들어갔다. 이 순서가 바뀌면 모두 밖으로 나왔다가 처음부터 다시 시작해야 했다. 그러니까 퍼즐처럼 그들 각자의 정해진 위치와 자세가 있고, 그게 흐트러지면 여섯 명이 한꺼번에 그 방에서 잠을 자는 일이 불가능해지는 것 같았다.

안나 아주머니는 그들이 여섯 달치 방세를 떼어먹고 야밤에 도망갔다고 했다. 이 동네는 밤이라고 해서 감쪽같이 사라질 수 있는 곳이 아니었다. 누군가는 반드시 깨어 있었다. 그런데 여섯 식구가 살림살이를 완벽하게 간동그려 바늘 하나 남기지 않고 사라졌는데도 도주하는 모습을 본 사람은 아무도 없었다. 목격자가 있긴 했다. 하지만 그는 리어카를 끄는 가장 한 사람만을 보았을 뿐이다. 그래서 아무런 의심도 하지 않았다. 나는 그 식구들이 이번에도 퍼즐처럼 완벽하게 서로를 끼워 맞춰 리어카에 실린 짐짝처럼 보이도록 한 것이라고 믿었다.

텅 빈 방을 보았다. 어른 두 명이 누울 수 있을 만한 공간이었다. 그 안에서 어떻게 살림살이와 아이 넷과 더불어 살 수 있었는지 모르겠다. 장판 밑에서 그들의 흑백 가족사진을 발견했다. 그들이 잊은 물건이라기보다 그들이 머물고 간 곳에 저절로 남는 하나의 흔적처럼 여겨졌다. 나는 그 사진을 내 수집품 목록에 넣었다.
 그 집이 텅 비고 며칠 뒤 대머리가 왔다. 대머리는 집주인의 먼 친척이라고 했다. 대머리도 리어카 한 대 분량의 세간을 싣고 왔다. 그는 자신이 누울 만한 공간을 남겨두고 절묘하게 짐을 쌓았다. 이 삿짐을 정리한 뒤 대머리는 잠자리가 전보다 넓어져서 좋다고 했다. 평수를 넓혀 이사 온 거라고 했다. 하긴 여섯 식구가 살던 곳을 혼자 독차지했으니 그렇다고 볼 수도 있겠지. 대머리는 이런 이야기를 정육점에 와서 떠들었다. 고기를 사가지는 않고 안나 아주머니에게 갈 잡고기 몇 점을 얻어갔다. 이사 온 첫 새벽부터 대머리는 군가를 불렀다. 새벽에 그의 갈라지고 새된 노랫소리가 들려오면 옆에 잠들었던 하산 아저씨가 끙끙댔다. 신음을 내고 몸을 떨고 헛소리를 하기도 했다. 헛소리는 하산 아저씨의 모국어였던 탓에 나는 알아들을 수 없었다. 하지만 헛소리에 담긴 감정이 어떤 건지는 알았다. 그건 공포였다.

 대머리는 낮이면 연대장이 예하 부대를 순시하듯 동네를 어슬렁거렸다. 쓸데없이 참견이 많았다는 거다. 그는 자신이 엉덩이를 붙이고 시간을 보낼 만한 곳이 하산 아저씨의 정육점이라는 걸 금세 깨달았다. 아무도 그곳에 주의를 기울이지 않았기 때문이다. 낮에 보는 대머리는 새벽에 목청이 찢어져라 군가를 부르던 사람이라고는 믿을 수 없을 만큼 온순한 편이었다.
 그가 이사 온 지 일주일째 되던 날, 나는 그가 군복을 차려입고 이면도로를 따라 내려가는 걸 보았다. 어딜 가느냐는 안나 아주머니의 질문에 그는 지금 막 임관한 장교처럼 거드름을 피우며 국가의 안전과 미래를 보장하는 모임에 다녀올 거라고 말했다. 그는 역전의 용사처럼 늠름했다. 그에게 군복은 삼손의 머리카락과 같았다. 군복으로 성장하면 얼굴에 빛이 났다. 걸음도 절도가 있고 목소리에도 위엄이 있으며 표정도 근엄했다. 코를 후비거나 한쪽 다리를 들고 방귀를 뀌지도 않았으며 손가락으로 콧구멍을 막고 코를 풀지도 않았다. 그렇지만 안나 아주머니는 군복 따위에 기죽는 사람이 아니었다.

"젊은 시절에 방귀깨나 뀌었다고 큰소리치지 않는 늙은이를 본 적이 없다."

석양을 등에 지고 대머리가 돌아왔다. 여전히 힘찬 발걸음이었다. 집에 돌아가 군복을 벗기 전까지는 그랬다. 옷을 갈아입고 나온 그는 문턱조차 힘겹게 넘었고 맹랑한 녀석의 평상 한구석을 빼앗아 몸을 구부리고 졸다가 누가 건드리는 기미가 느껴지기만 해도 에구구 신음부터 냈다. 무릎 관절염 탓에 안짱다리처럼 걸었고 담배 한 대를 피우는 동안 가래를 스무 번은 뱉었다. 쿨럭쿨럭 기침을 하면 숨넘어갈 듯 발작적인 기침으로 이어졌고 얼굴이 더욱 검붉어지면서 흉측한 몰골이 되었다.

대머리는 홀아비였다. 신체가 멀쩡한 걸 보면 상이군인일 리는 없었다. 군복을 입었을 때 가슴팍에 매달 무공훈장 하나 없는 걸 보면 용감한 군인도 아니었던 것 같다. 대머리는 주로 정육점 앞에서,

가끔 안나 아주머니의 식당 앞이나 맹랑한 녀석의 평상에서 졸았다. 그러면 몸을 부르르 떨었다. 나도 가끔 몸을 떨었다. 악몽을 꾸었을 때다.

그러나 그걸 악몽이라고 말하기는 애매했다. 공포에 대한 하나의 이미지일 뿐이었다. 깨고 나면 구체적으로 무엇 때문에 공포를 느꼈는지 알 수가 없어서였다. 이마를 만져보면 식은땀이 맺혔고 꿈속에서 소리 내어 울기까지 했는데 깨어보면 내 슬픔의 기원, 내 공포의 대상이 무언지 떠오르지가 않았다. 차라리 괴물이나 외계인이 꿈에 나왔더라면 덜 무서웠을지도 모른다. 이미지로만 존재하는 공포가 더 무서웠다. 공포는 안개처럼 밀려와 바람처럼 감쌌다가 가버린다.

옷 입는 일이, 신발을 신는 일이, 밥을 먹는 일이 두려웠고 숨 쉬는 것마저 두려울 때도 있었다. 현실에서는 아무렇지도 않은 평범하고 당연한 일들이 꿈에서는 그렇지 않았다. 이 옷을 입지 못하면—그럴 때 나는 옷 입는 방법조차 모르는 사람이 되어버린 것 같았고, 이 신발을 신지 못하면—그럴 때 내 발은 수천 켤레의 신발이 있음에도 어떤 신발에도 맞지 않았으며, 이 밥을 먹지 못하면—그럴 때 숟가락으로 밥을 뜨면 밥알이 모래처럼 스르르 흘러내려 빈 숟가락을 입에 처넣길 반복했다.

거대하고 끔찍하고 스케일이 장엄한 공포는 없었다. 핵폭탄이 터져서 지구가 지글지글 녹아버리는 꿈도, 해일이 덮쳐서 도시 전체를 알사탕처럼 삼켜버리는 꿈도, 수성만 한 행성이 지구와 충돌해서 대폭발을 일으키는 꿈도 한번 꾸어본 적이 없었다. 명백한 절멸을 암시하는 꿈이 아닌데도 종말을 앞에 둔 것처럼 두려웠다. 죽지 않았는데도 이미 죽음을 체험한 기분이었고 상처받지 않았는데도 대수술을 마친 기분이었다. 그래서 나는 공포란 더럽고 추한 형태가 아니라 낯익고 순한 표정으로 다가오는 거라고 생각했다.

잠든 대머리의 얼굴에서도 공포는 그렇게 찾아왔다. 천천히 공포에 질린 얼굴이 되는 경우란 없었다. 갑자기 경악하는 표정이라고나 할까. 그러면 악몽을 꾸는구나 짐작할 수 있었다. 공포는 무방비 상태일 때만 찾아왔다. 어쩌면 그게 당연한 일인지도 모른다. 대비할 수 있고 느릿느릿 찾아오는 공포란, 진정한 공포의 자격을 이미 상실한 것이나 마찬가지일 테니. 언제나 공포는 급작스러운 그 무엇일 수밖에 없었다. 그래서일까, 사람은 그게 누구든, 성질이 고약하든 더럽든 비열하든, 잠든 얼굴이 깨어 있을 때보다 선량했다. 만약 잠든 얼굴마저 고약한 인간이 있다면 제대로 끝장인 녀석인 거다.

대머리는 잠들어 있을 때면 수행이 높은 스님처럼 보였다. 인자하고 온화하고 세상 법리를 깨달아 중생제도에 나선, 남은 일이라곤 해탈하는 것밖에 없을 듯한 구도자.

나는 대머리에게 잠든 얼굴이 아이 같다고 말했다. 대머리는 깜짝 놀랐다. 나라도 그랬을 거다. 누구도 자신의 잠든 얼굴을 본 적이 없으므로 여태 누구도 그럴 필요를 느끼지 않았으므로—앞으로도 마찬가지겠지만 사람은 자신이 잠든 모습이, 그때의 얼굴이 어떤지에 대해 참을성 있는 호기심을 지니지 못한다. 그래서 매번 놀란다. 잠든 얼굴이 평화롭다거나, 슬퍼 보인다거나, 우울해 보인다거나, 그런 이야기를 들을 때마다, 잠든 동안에도 우리가 수없이 많은 얼굴을 썼다가 벗었다가를 반복한다는 걸 깨닫는다.

아무도 대머리에게 관심을 갖지 않았다. 당연했다. 그는 우리 주변에서 흔히 볼 수 있는 늙은이 가운데 하나에 지나지 않았다. 오로지 대머리에게 관심을 갖는 건 대머리인 데다 늙기까지 한 인간을 경멸하는 일부 불량 청소년뿐이었다.

어느 정도의 나이가 되면 피부색과 인종과 국적 따위가 아무 소용이 없게 되는 걸까. 정확히는 모르지만 대머리 나이쯤 되면 그렇게 되는 게 확실했다. 지구 어디에 떨어뜨려놔도 자연스러울 게다. 인간이 늙어가면서 추해지는 건, 영생을 꿈꿀까 봐 신이 내린 저주라고 생각하는 안나 아주머니를 전적으로 지지하지는 않지만—그럴 수 없는 이유는 날 때부터 못생겼다고 해서 죽으라는 법은 없기 때문이다. 못생겼다고 영생을 보장해주는 것도 아니지 않은가—나이가 들면 사람들은 자신의 추해진 외모와 추해진 영혼을 동일시하는 경향이 있는 듯했다.

신이 그렇게 만들었다. 정상적으로라면 한군데 모일 수 없는 세 늙은이—하산 아저씨, 야모스 아저씨, 그리고 대머리, 이렇게 셋이 함께 있으면 세 사람이 마치 어린 시절부터 죽마고우로 자라 함께 늙은 게 아닐까 싶었다. 그들 셋은 과거에도 어디에선가 그렇게 모인 적이 있는 것 같다는 기분이 들었다.

대머리는 주로 야모스 아저씨를 부추기는 쪽이었다. 힘을 내라 격려하고 어깨를 떠미는 것으로, 음탕한 농지거리로 두 사람을— 야모스 소년과 안나 소녀—흥분시킬 수 있다고 믿었다. 그의 시도는 매번 실패했다. 대머리는 목표물을 바꾸어 이와 똑같은 술수를 맹랑한 녀석에게도 써먹으려 했다. 하지만 녀석은 대머리의 음탕한 말을 듣고 그만 기절해버렸다. 쓰러진 녀석의 배 위에 노란 줄무늬 고양이가 묘비처럼 웅크리고 앉았다. 흥분시키는 데 성공하긴 했지만 성공치고는 지나쳤다. 녀석은 과잉 흥분 상태에 빠졌고 그 상태가 항진이 되어 결국 육체가 부서진 것이다. 녀석은 사흘 동안이나 고열에 시달렸다. 대머리는 사흘 내내 녀석을 방문했다.

녀석의 부모는 대머리의 방문을 반기지 않았지만 그가 들고 온 꿀물 담긴 병이나 음료수, 빵, 과자, 캐러멜, 영국식 사탕은 기꺼이 받았다. 대머리가 가져온 위문품은 나와 유정에게도 분배되었다. 죽고 싶다는 녀석에겐 필요 없는 것들이었으니까. 녀석은 분한 눈빛이었다. 억지로 과자를 하나 먹긴 했으나 입에 쓴지 그뿐이었다. 그리고 생각에 잠겼는데, 아마도 자신이 죽게 되면 입던 옷까지 모조리 강탈당해 벌거벗은 채 전장에 남겨진 고대의 병사처럼 쓸쓸할 것이라는 식의 우울한 생각들이었을 것이다.

나는 네가 죽든 말든 상관없다. 네가 쓰던 모든 물건들은 내 차지가 될 것이다. 녀석이 이렇게 알아듣도록 얄밉게 먹었다.

열이 내리자 녀석은 달라졌다. 그는 나와 유정이 무엇을 제안하든 시큰둥했다.

"저 아래 위그드라실이라 불러도 좋을 거대한 물푸레나무가 있어. 그곳에 가면 너에게 지혜를 건네줄 현자를 만날 수 있을 거야."

"죽을 건데 뭐."

"유정이 신기한 동물을 발견했대. 눈이 하나야. 이마 한가운데 박혀 있대. 몸이 줄어드는 마법에 당한 키클롭스가 분명해. 보고 싶지 않니?"

"죽을 건데 뭐."

"운동화 뒤축을 그렇게 구겨 신으면 오래 신지 못해."

"죽을 건데 뭐."

"이 책 좀 봐, 멋지지 않니?"

"죽을 건데 뭐."

"이따 밥 먹고 보자."

"죽을 건데 뭐."

"젠장, 죽을 때 죽더라도 할 건 하고 죽어라."

"죽을 건데 뭐."

맹랑한 녀석은 유머 감각을 잃었다. 희극 배우의 얼굴로 비극을 연기했다.

대머리는 우리 셋 가운데 맹랑한 녀석을 특히 병약하다고 여겼다. 녀석을 군대식으로 훈련시켜 사내대장부로 만들어주겠다고 장담했다.
 "나한테 훈련을 받으면 당나귀도 야생마처럼 고지를 향해 돌격할 수가 있지. 걱정하지 말거라. 내가 너를 대한의 건아로 만들어주마."
 대머리나 맹랑한 녀석이나 체조만 십 분 해도 만사가 귀찮아지는 사람들이었다. 둘이 함께 있어도 데면데면 하늘만 보거나 멍하니 있기 일쑤였다. 전과 달라진 게 없었다. 그래도 녀석은 한마디 했다.
 "아니, 달라. 대머리 할아버지만 있으면 마음이 편해. 그래, 그게 달라진 거야. 이제야 알겠어. 나를 사로잡던 까닭 모를 슬픔의 정체가 무언지. 그건 말야, 내가 무엇 때문에 슬픈지 몰라 어쩔 줄 몰라 하던 내 불안한 마음 그 자체였어. 그 마음이 불안을 유발시켰고, 그렇게 더욱 불안해진 마음이 다시 나를 불안하게 했던 거야. 거울 두 개를 마주놓은 것처럼 끝도 없이 불안과 불안이 서로를 복사하면서 증식해왔던 거야."
 오, 그러나 내가 보기에 그들은 그냥 두 배로 지루해졌을 뿐이다. 열쇠장이 앞에 쭈그리고 앉은 나는 대머리와 유정이 지나갈 때 그들을 가리키며 물었다.
 "저 사람들이 누군지 아세요?"
 "코끼리."
 "어떤 코끼리요?"
 "분홍색 코끼리."
 "젠장 파란색 코끼리나 노란색 코끼리는 없어요?"

"분홍색 코끼리."
"알았어요. 뭐 하고 있어요?"
"지나가고 있어."
"어디로 가고 있어요?"
"……"

7

하산 아저씨는 다시 학교를 알아보기 시작했다. 돼지 콜레라 탓에 정육점을 찾는 사람들의 발길이 뜸해졌다. 고기는 냉동고에서 숙성되어갔고 정육점에는 파리들만 들끓었다. 고기를 좀더 얹어주면 사람들은 돼지 콜레라에 걸린 게 아니냐고 오히려 더 의심했다. 하산 아저씨는 돼지 콜레라에 걸린 고기는 자신이 식별할 수 있다고 했다. 그러나 아무도 믿지 않았다. 하산 아저씨는 쓸쓸한 얼굴로 집에 돌아와 기도와 식사를 마치면 다시 정육점에 나갔다. 그리고 아무도 찾지 않는 빈 정육점을 밤이 깊을 때까지 홀로 지켰다. 금요일이면 정육점 문을 닫고 어디론가 외출했다. 하산 아저씨는 특수학교 홍보자료를 들고 돌아왔다. 나는 그런 홍보물이 보일 때마다 유엔성냥으로 불을 붙여 불쏘시개로 사용했다.

나는 야모스 아저씨의 말을 믿었다. 강철로 된 부리와 발톱을 가진 커다란 새가 쇠사슬에 묶여 있다는 걸. 믿음이란 게 얼마나 위선적인지 잘 알았지만.

고아를 믿는 사람은 없었다. 하지만 그들은 늘 믿는다고 말했다. 어떤 고아원이나 똑같았다. 원장은 우리가 이 나라의 기둥이 될 거라고 믿는다고 말했다. 위문품을 전달하러 온 사람들은 우리가 훌륭한 인재가 될 거라고 믿는다고 말했다. 하지만 정말로 믿는 사람은 아무도 없었다.

나는 그들의 눈빛에서 이 세상에 태어나서는 안 될 돌연변이를 보는 듯한 경멸을 엿보았다. 더러는 애정과 동정이 가득한 눈빛을 띠기도 했지만, 그들에게 침을 뱉거나 반항하면 그 애정과 동정은 순식간에 사라졌다. 순종하지 않으면 언제라도 철회할 수 있는 싸구려 애정과 동정일 뿐이었다. 어느 고아원에서는 원장과 원장 부인이 이런 진지한 농담을 하기도 했다.

"애가 얼마나 극성스러웠으면 부모가 이렇게 무지막지하게 했을까."

"이 정도 흉터면 죽여버리고 싶었다고 보는 게 정확하지 않을까."

그들은 내 오른쪽 쇄골 아래 흉터를 보고 낄낄댔다. 상처받은 사람을 놀리는 건 인간만이 가진 능력이다.

나는 아무것도 소유하고 싶지 않았다. 어차피 내 것이 될 수 없는 것들이었다. 내게 지급된 양말, 속옷, 바지, 운동화, 학용품, 이런 것들은 잠정적으로 내게 주어진 것들이지 완벽하게 내게 속한 것들이 아니었다. 그들은 내가 이 물건들을 소유할 온당한 자격이 있는지를 시험했다. 시험에 통과하려면 그들이 말할 때 눈길을 피해서도 안 되고 딴짓을 해서도 안 되며 그들의 말을 거역하거나 반항해서도 안 된다. 그들이 가르쳐준 언어만을 사용해야 하고 그들이 준 것 이상을 욕심내서도 안 된다. 그들의 명령을 따라야 했고 그들의 체벌을 기쁜 마음으로 받아들여야 했다. 내가 가장 곤혹스러웠던 건 그들에게 감사해야 한다는 사실이었다. 고맙기는 했다. 내가 어떤 존재인지를 한순간도 잊지 않게 해주었으니.

고아원을 운영하거나 그곳과 관련이 있는 모든 사람들은 어떤 특별한 교육을 받는 듯했다. 고아들을 믿지 말 것. 이런 교본이 존재하는 듯했다.

어느 날, 나는 화장실 세면대에서 원장의 반지를 보았다. 내가 마지막으로 머물렀던 고아원이었다. 원장은 그 반지를 새끼손가락에 끼었다. 두껍고 볼품없는 반지였다. 대한민국, 충성, 이런 글자가 양각된 반지였다. 원장은 그 반지를 애지중지했다. 자신이 군대와 관련있는 사람임을 증명하는 것이기 때문이었다. 평소에는 잘 끼지 않지만 공무원이나 후원자들이 올 때면 반드시 끼고 나타났다. 그래서 우리는 원장이 그 반지를 끼고 있는 걸 보면 그날 누군가 방문하리라는 걸 알 수 있었다.

원장은 고아들을 모두 모아놓고 아무 말 없이 뺨을 한 대씩 때렸다. 평소 그의 눈 밖에 났던 아이들은 서너 대씩 맞았다. 나는 석 대를 맞았다. 일단 그렇게 때려놓고 자신이 왜 그래야 했는지를 서글픈 어조로 설명했다. 나는 너희들을 믿었다. 나는 너희들을 내 친자식처럼 여겼다. 한데 이게 대체 무슨 배은망덕한 짓이란 말이냐. 그 반지는 중요하다. 너희들도 다 알지 않느냐. 그 반지를 감춘다면 국가에 반역하는 것이나 마찬가지다. 언제나 원장의 말은 협박으로 끝났다.

　원장은 학교와 군대에서 늘 하던 방식을 썼다. 모두 눈을 감게 한 뒤 반지를 훔쳐간 사람은 손을 들라고 했다. 아무도 손을 들지 않았다. 모두 눈을 감은 채 엎드리라고 했다. 반지를 훔쳐간 사람은 조용히 일어서라고 했다. 아무도 일어서지 않았다. 원장은 평점심을 잃지 않았다. 호적수를 만난 사람처럼 승부욕을 느낀 것 같았다. 원장은 다섯 살짜리 여자아이에게 다가갔다. 눈을 뜨라고 한 뒤 누가 훔쳐갔는지 아느냐고 물었다. 그 여자아이는 말 그대로 착했다. 여자아이는 모른다고 했다. 그러나 원장은 믿지 않았다. 그는 교본에 충실했던 거다. 아이가 착한지 그렇지 않은지는 아무런 상관이 없었다. 고아의 말은 무조건 믿어서는 안 된다. 원장은 화장실 앞 복도에서 여자아이를 보았다고 말했다. 여자아이는 그곳에 간 적이 없다고 했다. 원장은 그럼 이 붉은 머리띠가 누구 것이냐고 물었다. 원장의 손에는 싸구려 머리띠가 들려 있었다. 여자아이는 울음을 터뜨렸다. 원장은 여자아이를 딸처럼 부드럽게 안았다. 그리고 머리를 쓰다듬으며 괜찮다고 말했다. 네가 훔쳐간 게 아니란 걸 안다. 그러니 정직하게 말하렴. 자, 누가 반지를 훔쳤지? 옳지, 착하지. 너를 믿는다. 원장에게 믿음은 불신의 또 다른 형태일 뿐이었다.

나는 여자아이가 자포자기하는 심정으로 아무나 가리키게 될 것이라는 걸 알았다. 나는 그렇게 지적당하는 게 얼마나 모욕적인 일인지 잘 알았다. 나 역시 여러 번 당해봤기 때문이다. 그리고 그렇게 지적을 해야 했던 아이에게도 얼마나 끔찍한 일인지 잘 알았다. 그래서 미쳐버린 애도 봤으니까.

나는 팔을 번쩍 들었다. 내가 훔쳤어요. 원장이 고개를 돌려 나를 보았다. 그가 얼굴을 벗는 게 보였다. 감춰졌던 그의 얼굴이 드러나면서 그의 입가에 잔인한 미소가 떠올랐다. 그는 내게 반지를 내놓으라고 했다. 나는 담 너머를 가리켰다. 저곳에 던졌단 말이지? 내 소중한 반지를 저 더러운 풀밭에 던졌단 말이지? 만약 저기에 반지가 없다면 각오해라. 넌 반지를 찾게 되길 빌어야 할 거야.

원장은 고아들을 모두 그 풀밭으로 내몰았다. 나도 찾는 시늉을 했다. 나보다 두 살 많은 사내아이가 바짓가랑이 아래로 반지를 흘리는 걸 보았다. 매번 부모를 찾겠다며 도망쳤다가 버스 터미널에서 붙잡혀 돌아오는 사내아이였다. 그는 부모가 살아 있었다. 그 사실만으로도 많은 고아들의 부러움을 받기도 했다. 반지가 여비가 되어줄 거라 생각했을지도 모른다. 그가 버스 터미널에서 붙잡혀 온 건 그에게 공짜표를 사줄 친절한 사람을 만나본 적이 없기 때문이니까. 그는 반지를 찾았다고 소리쳤다. 원장이 다가와 반지를 건네받았다. 원장은 반지에 입을 맞춘 뒤 손수건에 싸서 바지주머니에 넣었다.

나는 홀로 고아원 앞마당에 남겨졌다. 이제 체벌의 시간이었다. 그때 나는 보았다. 고아원 정문을 통과해 느릿느릿 걸어오는 사내를. 고아들만 잡아먹는 괴물이 있다면 아마 저런 모습일 거라고 생각했다. 하산 아저씨였다.

하산 아저씨는 홀로 선 나를 보았다. 내가 다른 아이들처럼 낯선 사람을 보고도 숨지 않은 이유는 원장의 명령 때문이 아니었다. 그런 명령쯤이야 무시하고 숨을 수도 있었다. 하산 아저씨의 눈빛 때문이었다. 그건 일찍이 내가 한 번도 경험해보지 못한, 해독이 불가능한 눈빛이었다. 고통과 슬픔, 기쁨과 희열 같은 게 한 번도 머물러본 적이 없는 듯한, 그가 보아야 할 모든 것이 본래 그 안에 담겼기에 굳이 세상을 투시할 필요가 없는 듯한, 그런 눈에서만 볼 수 있는 눈빛이었다.

조금 뒤 원장이 내게 들어오라고 했다. 원장의 새끼손가락에서 반지가 비열하게 빛났다. 하산 아저씨는 원장의 말을 듣지 않았다. 눈으로 나를 더듬었다. 그리고 나는 하산 아저씨가 나를 구체관절인형처럼 쓰다듬는 걸 내버려두었다. 쓸쓸한 손길이었다.

"그런데 장군과는 어떤 사이십니까? 우리 후원자 가운데 한 분이시죠."

하산 아저씨는 그 말도 듣지 않았다.

"전쟁에서 혁혁한 공을 세우셨다지요? 저희는 늘 감사하고 있습니다. 또다시 전쟁이 일어난다면 이 사업도 번창할 겁니다. 우리가 거둬야 할 고아들이 늘어날 테니까요……"

원장은 하산 아저씨가 자신을 노려본다는 걸 깨달았다.

"어쨌든 장군께 잘 말씀드려주십시오."

그 자리에서 원장은 내 머리가 좋지 않다고 말했다. 내 종자가 한국인인지도 의심스럽다고 말했다. 그런 말들이 하산 아저씨를 불쾌하게 할 수도 있다는 걸 원장은 전혀 모르는 눈치였다.

"반품이 안 되는 건 아시죠? 설령 저 녀석이 사고를 치거나 감당하기 힘든 불량배로 자란다 해도 저는 아무런 책임이 없습니다."

그리고 원장은 내 앞에 무릎을 굽히고 앉아 나를 껴안았다. 원장의 머리에서 역겨운 냄새가 났다. 나는 고개를 돌렸다. 하산 아저씨가 나를 지그시 내려다보았다.

"어르신 말씀 잘 들어야 한다. 안 그러면 내가 언젠가 찾아가서 혼내줄 거니까."

원장은 껄껄 웃었다. 나는 그 웃음을 배워두기로 했다. 언젠가 돌려줄 기회가 있을 테니까. 하산 아저씨가 원장은 무시한 채 내게 말했다.

"아이야, 너무 미워하지 말거라. 지금 우리와 함께 살아 있는 자들 가운데 백 년 뒤에도 이곳에서 숨 쉴 자는 단 한 명도 없단다. 우리 모두 이 아름다운 하늘과 땅과 사랑하는 사람을 두고 이곳을 떠나야 하는 존재들이다."

그 말이 충분한 위로가 되었다거나 나를 감동시켰다는 건 아니다. 하지만 내게 그런 말을 해준 사람은 없었다. 그 말이 아니었다면 순순히 하산 아저씨를 따라나서지는 않았을 것이다.

고아원에서 나와 버스 터미널에서 차를 기다리는 동안 나는 하산 아저씨에게 원장이 언급한 장군이 어떤 사람이냐고, 무슨 관계가 있냐고 물었다.

"나는 모르는 사람이다. 이맘이 아는 사람이지."

그때 나는 이맘이 누군지, 심지어 무얼 가리키는지도 몰랐다. 그저 어떤 사람의 이름이겠거니 했다.

"근데 왜 나를 데려왔어요?"

"내가 이맘에게 부탁을 했고 이맘이 그 퇴역장군에게 부탁을 했다. 퇴역장군은 원장에게 말했겠지. 너를 보내주라고."

"이건 옳지 않아요."

"옳다 그르다는 아직 네가 판단할 문제가 아니다. 이맘은 다른 고아원의 운영위원이기도 하지. 공식적으로 너는 그 고아원 소속이야. 문제될 건 없다."

"그럼 입양된 건 아니네요."

"그러고 싶어도 그럴 수가 없지."

"날 왜 데려가는 거죠?"

"……"

하산 아저씨는 그 물음에는 대답하지 않았다. 아무래도 좋았다. 입양된 게 아니니 껄끄럽게 누군가를 아버지 혹은 어머니라고 부를 필요는 없을 테니.

"그럼 아저씨라고 불러도 되겠네요? 아니, 할아버지라고 부를까요?"

"……네 마음대로 하렴."

하산 아저씨와 같이 살게 된 뒤로 나는 늘 의문이었다. 하산 아저씨가 왜 나를 데려왔을까. 나보다 잘생기고 착한 사내애도 많고 귀엽고 말 잘 듣는 여자애도 많지 않은가. 나는 이렇게 짐작했다. 대머리가 군가를 부를 때 잠결에 고통스러워하는 모습을 보면서, 내 몸의 흉터를 연민이 담긴 눈길로 본다는 걸 알게 되면서, 하산 아저씨가 전쟁에서 어떤 잘못을 저질렀으리라고. 아마 나와 비슷하게 생긴 소년병을 죽인 적이 있거나 아니면 나와 이름이 같은 사람을 개머리판으로 부숴버린 적이 있거나.

나를 처음 보았을 때 안나 아주머니는 하산 아저씨에게 이 애가 그 애냐고 물었다. 그러니까 안나 아주머니는 나를 알고 있었던 게다. 나는 안나 아주머니에게 물었다. 왜 내가 지금 이곳에 있는 거냐고. 안나 아주머니는 당황했다.

"저 늙은이가 늘그막에 자식 봉양을 받고 싶었나 보지. 널 잘 키워서 잡아먹으려는 게야. 그러니 조심해야 한다. 저 작자가 칼을 들고 있으면 근처에도 가지 마라. 알았지?"

그러면서 안나 아주머니는 어홍, 하며 옛부터 어른이 아이를 놀래키기 위해 사용한 수법을 재현했다. 두 손바닥을 얼굴 가까이 들어올린 뒤 갑자기 주먹을 쥐었다가 폈다는 거다. 안나 아주머니는 아이들은 놀림을 받아야 한다고 믿었다. 그래야 무병무탈 자란다고 믿었다.

나는 안나 아주머니에게 아무것도 알아낼 수 없으리라 여겼다.

야모스 아저씨는 늘 거짓말을 했기 때문에 묻는 내가 지칠 지경이었다.

"저 더러운 터키인의 속내를 알 수 있는 사람은 없단다. 신조차도 저 인간이라면 손을 내저으실 게다—신께서 저를 용서해주시길—어디 보자. 하산과 닮은 곳이 한 군데도 없구나. 그러니 걱정하지 말거라. 끔찍한 불행은 너를 피해간 셈이다. 저 더러운 터키인의 감춰진 아들이나 손자는 아닐 테니 말이다."

하산 아저씨와 야모스 아저씨가 어떤 관계이든 전적으로 유쾌한 관계가 아닌 것만은 분명했다. 터키인과 그리스인이 왜 한국까지 와서 서로를 잡아먹지 못해—굳이 우열을 가리자면 야모스 아저씨가 더 안달이 나 있긴 하지만—으르렁대며 지내야 하는 건지 알 수 없었다.

"야모스 아저씨, 근데 왜 이 나라에 오셨어요?"

야모스 아저씨는 잠깐 생각에 잠겼다. 오랫동안 잊었던 일을 떠올리는 사람처럼.

"내가 작은아버지를 죽였거든."

나는 텔레비전에서 본 퇴역장성들의 말투를 흉내냈다.

"전쟁이었잖아요. 전쟁에선 흔히 있는 일이라잖아요. 그런 건 잊으세요."

"작은어머니도 죽였거든."

"실수였겠죠."

"그래, 실수였어. 실수가 좀 많았어. 조카들도 죽였으니까. 일가족을 몰살한 거지. 그것도 나의 피붙이들을. 나를 조카라고 불렀던 분들의 아이들을, 나를 사촌이라고 불렀던 아이들의 부모를, 한 가족을 모조리."

맙소사, 야모스 아저씨가 피도 눈물도 없는 살인마였다니. 안나 아주머니가 옆에서 투덜댔다.

"그러니 제 나라에서 살 수 있었겠어? 이 땅은 뭐 세계의 공중변소쯤 되나? 저런 인정머리 없는 인간들만 모여들게. 내가 진작에 알아봤어. 저 사람은 파리채를 휘둘러도 꼭 한 번에 두 마리 이상씩을 잡거든. 참 용한 재주를 지녔어."

안나 아주머니식 유머도 쓸모없었다. 야모스 아저씨는 우울한 얼굴이었다.

"한국전쟁 때 이곳에 온 외국 군인들은 전부 아저씨 같은 도망자였나요?"

야모스 아저씨는 힘없이 고개를 끄덕였다. 자신의 생각에 너무 몰두해서 내가 무슨 질문을 했는지도 모르는 것 같았다.

"하산 아저씨도 그런 건가요? 일가족을 총으로 드르륵 갈겨서 이 세상에서 지워버리고 온 건가요?"

"그러지 않을까?"

야모스 아저씨는 자신도 궁금하다는 듯 되물었다. 그러다 고개를 저었다.

"우리는 함께 히틀러와 무솔리니에 맞서 싸웠다. 아버지와 작은

아버지는 유명한 게릴라였어. 작은어머니도 그랬단다. ―작은아버지와 작은어머니의 지하 결혼식은 당시 사람들의 최대의 흥밋거리였고 모든 젊은이들이 그분들처럼 자유와 독립을 위해 싸우면서 사랑하기를 꿈꿨지. 그 세 분은 얼마나 자주 지옥의 문턱까지 갔다 왔는지 그분들이 나타나면 마치 그림자 대신 죽음을 달고 다니는 것 같았단다. 전쟁이 끝나고 평화가 찾아왔지. 다들 그렇게 믿었다. 하지만 작은아버지가 산에 올라갔어. 빨치산이었지. 나는 그때 미국이 제공해준, 2차대전 때 쓰던 낡은 비행기를 몰았단다. 아버지는 왕국군 지역사령관이었지. 작은아버지 역시 그 지역 빨치산의 우두머리였단다. 아버지는 드러내놓고 하지는 못하고 몰래 작은어머니와 조카들을 보살펴주셨지."

그리스는 2차 세계대전이 끝난 뒤 내전을 겪었다. 내전이 거의 끝나갈 즈음이었다. 야모스 아저씨는 고물 비행기인 P-40의 조종석에 앉았다. 그는 드디어 자신의 꿈을 이뤘다. 하지만 그는 아직 자신의 임무가 무언지 몰랐다.

"고도를 유지하고 무전을 열어놓고 명령이 내려지길 기다렸단다. 폭격 명령은 아니었지. 그런 줄은 알고 있었다. 폭탄을 싣지 않았으니깐. 그렇다고 해서 단순한 정찰 명령도 아닐 거라고 생각했다. 우리 조종사들 가운데 아무도 폭격 명령을 달가워하지 않았단다. 우리 가운데 내전을 즐기는 정신병자는 없었으니깐. 그저 하루 빨리 전쟁이 끝나길 바랐을 뿐이다. 시계가 좋은 지역에 들어섰을 때 나는 그곳이 내가 어린 시절 매일같이 올려다보았던 내 고향의 하늘이라는 걸 알았지. 그 지역은 이미 빨치산이 소탕되어 왕국군이 장악한 곳이었지. 나는 출격하기 며칠 전 작은어머니와 사촌들을 만났단다. 모두들 작은아버지의 생사를 걱정했지. 아버지는 작은어머니를 타일렀다. 전쟁이 끝나면 사면을 받을 수 있도록 모든 노력을 아끼지 않을 거라고. 나는 아버지의 그 말이 거짓말인 걸 알았단다. 작은아버지는 죽어간 동료들 때문에라도 사면을 받아들일 위인이 아니었으니까. 결정적인 순간이 오면 자결을 할지언정 정부군의 손에 붙잡힐 사람이 아니라는 걸 사실은 우리 모두 알고 있었단다. 그렇지만 대체 그 상황에서 달리 무슨 말을 할 수 있었겠니? 나는 아버지에게 반발심을 느꼈지만 또한 동시에 깊은 연민을 느꼈단다. 만약 내가 그런 말을 할 수밖에 없는 처지와 입장이었다면 나는 번민 때문에 죽어버렸을지도 몰랐으니까."

젊은 조종사 야모스는 정찰 임무인 걸 알고 기뻤다. 그는 젊은이답게 고향 사람들에게 자신의 존재를 과시하고 싶었다. 그는 마을의 교회탑을 스칠 정도로 고도를 낮췄다. 타베르나(식당)를 나오는 사제에게 손을 흔들었다. 물론 사제는 비행기가 자기 앞으로 날아오자 놀라서 땅바닥에 엎드렸다. 그 바람에 사제의 모자가 벗겨지면서 굴러갔다. 젊은 야모스는 깔깔깔 웃었다. 그는 마을을 지나 기수를 돌리려 했다. 그때 그의 비행기는 기관총 공격을 받았다.

"가끔 그런 일이 있었지. 빨치산들이 왕국군 유수지까지 침투해 들어와 몰래 가족이나 친척을 만나고 돌아가거나 음식과 무기를 조달해가곤 했으니까. 그런 빨치산일 거라고 생각했다. 내 비행기는 구형이라 주 날개에 모두 네 개의 기관총이 달려 있었지. 나를 공격한 자들을 찾는 건 쉬웠단다. 그들은 몸을 드러내놓았거든. 나는 지체하지 않고 그들을 향해 기수를 똑바로 돌려 다가가면서 기관총으로 사격을 했지. ……민간인들을 발견했을 때는 너무 늦었단다. 바위 뒤에 숨었던 그 사람들이 왜 뛰어나왔는지는 모르겠지만."

야모스 아저씨는 어느새 눈시울이 붉게 물들었다.

"그 사람들이 누군지는 알 수가 없잖아요."

"아니, 알 수 있었단다. 누군가 바위 위에 서서 손수건을 흔들었지. 내 비행기는 단발 프로펠러야. 총에 맞은 그 사람이 손에서 놓친 손수건이 바람에 날려와 프로펠러에 감겼지. 비행을 마친 뒤 나는 누더기가 된 손수건을 보았단다. 그건 내가 사촌동생에게 생일선물로 준 손수건이었어. 거기에는 사촌의 이니셜이 남아 있었단다."

야모스 아저씨는 내전이 끝난 뒤 고향에 돌아갔다. 그리고 도망치듯 그곳을 빠져나왔다. 한국에서 전쟁이 터지자 한국 파견 그리스군에 자원했다. 그는 그렇게 고향에서 한 걸음이라도 더 멀리, 멀리 달아나고 싶었다. 그래서 지구의 반대편이나 마찬가지인 여기 된장의 나라에 오게 된 것이다. 오! 아저씨, 너무 멀리 오셨군요.

"내가 저지른 최악의 과오는 전쟁을 도피처로 삼은 거란다."

야모스 아저씨는 눈을 지그시 감았다. 감은 눈 옆으로 눈물이 새어 나왔다. 그리고 잠들었다. 오래전, 고향에서 그러했듯이 그는 시에스타에 빠져들었다.

8

그날 저녁 쌀집이 시끄러웠다. 맹랑한 녀석은 이제 쌀집과 인연을 끊었다. 결과적으로 보자면 대머리 때문이었다. 대머리와 맹랑한 녀석 그리고 노란 줄무늬 고양이는 이제 떼려야 뗄 수 없는 하나의 풍경이 되었다. 대머리는 맹랑한 녀석에게 사랑을 맺어주겠노라 약속했다.

"죽을 건데 뭐."

맹랑한 녀석은 그것도 시큰둥했다. 대머리는 온갖 감언이설로 녀석을 꼬드겼다.

"죽을 건데 뭐."

"바로 그 자세야. 그 자세로 하면 뭔들 못하겠냐?"

한입 베어 먹은 열무김치를 닮은 쌀집 둘째 딸이 지나갔다. 맹랑한 녀석은 죽을 건데 뭐 어때, 라는 심정으로 평상을 내려왔다. 그리고 쌀집 둘째 딸을 불러 세웠다. 그는 규칙 동사처럼 걸어가더니 불규칙 형용사처럼 울어버렸다. 그게 죽기보다 싫었던 모양이다.

사랑을 고백해야 할 자가 질질 짰으니 지켜보는 우리로서는 여간 낭패가 아니었다. 열쇠장이마저 히죽 웃었다. 맹랑한 녀석에게 결정타를 먹인 건 쌀집 둘째 딸이었다. 맹랑한 녀석은 태어나서 지금까지 얻어먹은 욕의 열 배에 달하는 욕을 그 자리에서 얻어먹었다. 마지막 말은 욕은 아니었지만 맹랑한 녀석에겐 최후의 일격이나 다름없었다.

"너, 사내 맞니?"

이제 맹랑한 녀석은 쌀집 쪽은 쳐다보지도 않을 것이다. 순결하게 타락해버릴 것이다. 깔깔깔 웃으며 쌀집 둘째 딸이 가버렸다.

부전여전이었다. 쌀집 김 씨는 걸어다니는 비속어사전이었다. 그가 입만 열었다 하면 지나가는 개마저 질겁했다. 그는 세상 모든 개를 이 동네로 불러들일 수 있는 사람이었다. 개, 개, 개, 개, 개, 개…… 쌀집 사내는 조선시대 환곡을 담당하던 관아의 구실아치처럼 저울 눈금을 속이거나 쌀에 이물질을 넣는 수법으로 유명했다. 그에게 쌀을 사거나 판 사람들이 뒤늦게 분노하여 일어나는 바람에 싸전에서는 늘 고성과 욕설과 드잡이가 그치지 않았다. 이 동네 가난한 사람들은 쌀을 한꺼번에 많이 사가지 않았다. 편지봉투나 서류봉투에 담긴 봉지쌀을 사 먹었다. 누군가 혼자 쌀집 김 씨와 대거리하기가 마뜩찮는지 전도사를 앞세워 쌀집을 찾았다.

김 씨는 새로운 종류의 적수를 만났다. 전도사는 뚝심과 신앙심으로 김 씨와 맞서 싸웠다. 김 씨가 전도사의 팔대조 할아버지까지 들먹이고 세상 모든 개를 불러들여도 그 앞에 무릎 꿇고 앉아 기도하는 전도사를 쫓아낼 수는 없었다. 김 씨는 더럭 겁이 났던 게 분명하다. 손으로 이마를 짚고 어지럽다는 시늉을 하더니 딸들을 불렀다. 둘째 딸도 나왔다. 김 씨의 세 딸이 들것이 되어 아비를 싣고 집으로 들어갔다. 전도사는 무릎걸음으로 그 집 안방 문 앞까지 가더니 더 큰 소리로 기도했다. 전도사는 저주를 내리기 시작했다. 세상 모든 지옥이 그 집 안방 문 앞으로 불려 나왔다.

 김 씨는 사태가 점점 자신에게 불리해진다는 걸 느꼈다. 그래서 하산 아저씨를 불러들였다. 그 시간에 하산 아저씨는 홀로 정육점을 지키고 있었다.

 "에구구 머리야, 배야. 머리는 어질어질, 속은 울렁울렁, 나 죽네."

 김 씨는 저녁에 먹은 돼지고기 김치찌개 때문에 탈이 난 게 분명하다고 스스로 진단했다. 김 씨는 식구들을 총동원해 정육점으로 보냈다.

 "이거 돼지 콜레라 아닌가?"

 구경하던 사람 가운데 누군가 이렇게 조심스럽게 말했다. 김 씨가 기다리던 말이었다.

 "맞아, 맞아. 돼지 콜레라인 게 분명해. 이게 전염도 된다지?"

 사람들이 김 씨 집에서 슬금슬금 뒷걸음질쳤다. 전도사는 여전히 저주를 내렸다. 김 씨가 짜증난 목소리로 말했다.

"이보시오, 전도사 양반. 빌어먹을 돼지를 판 터키 놈에게 저주를 내릴 수는 없는 거요?"

하산 아저씨는 정육점으로 몰려든 사람들을 무심한 눈길로 보았다. 쌀집에서 정육점까지 가는 동안 많은 사람들이 자신도 돼지 콜레라에 걸린 게 아닌가 의심했다. 그런 의심이 들자 정말로 배가 아프고 머리가 띵했다. 생각의 힘이다.

하산 아저씨는 나를 학교에 보낼 수 없다는 것 때문에 우울했다. 정육점을 점령한 사람들이 무슨 말을 하는지도 알 수 없었다. 그들은 하산 아저씨가 아무런 반응을 보이지 않자 도둑이 제 발 저린 거라고 생각했다. 그들은 진열장에서 돼지고기를 꺼내 도마 위에 올려놓았다. 누군가 칼을 집어 돼지고기를 한 점 썰어내어 하산 아저씨 앞에 던졌다. 그들은 모두 기대감에 차 있었다. 그들은 모두 가난했다. 하산 아저씨는 당황했다.

"콜레라 걸린 돼지가 아니라면 어디 한번 먹어봐요."

누군가 이렇게 말하자 다들 옳은 말이라고 했다. 나는 사람들을 비집고 들어가 하산 아저씨 옆에 섰다. 하산 아저씨는 대머리의 군가를 들을 때처럼 떨었다. 세상풍파를 다 겪어 노회한 데다 덩치까지 큰 노인네가 손가락을 부들부들 떨고 입술만 달싹이며 아무 말도 못했다.

상처의 치유는 그런 식으로 유예된다. 정작 상처 입은 사람들은 그걸 하루라도 빨리 잊기 위해 태연한 척 애를 쓰지만 타인의 시선에서 자유로울 수는 없다. 상처가 낫기도 전에 새로운 상처가 생긴다. 그런 식으로 상처가 증식하면 드디어 온몸이 상처투성이가 된다. 그때부터 우리는 누군가에게 상처를 되돌려주기 시작한다. 하지만 하산 아저씨는 스스로 부서질지언정 상처를 되돌려줄 사람은 아니었다. 나는 알 수 있었다. 정당한 항변 한마디 하지 못하는 건, 그가 스스로 고통을 감내하는 데 익숙하다는 증거였다. 아, 그건 또 얼마나 보편적인 예외이던가. 정육점에 모인 사람들 역시 상처받는 데 익숙하지 누군가에게 상처 주는 데에는 서투른 사람들이지 않은가.

나는 저울 위에 누군가 토해낸 목젖처럼 분홍빛을 띤 돼지고기 살점을 올려놓았다. 저울 눈금이 움직였다. 사람들의 시선이 저울로 향했다. 백 그램의 슬픔. 손바닥이 미끈거렸다. 나는 살점을 손으로 쥐고 입에 넣었다. 비릿한 냄새가 입속으로 왈칵 밀려들었다. 날것이 풍기는 시큼하고 들큰한 냄새. 구역질이 났다. 입가로 침에 희석된 핏물이 뚝뚝 떨어졌다. 살점은 질겨 찢어지지 않았다. 어금니로 덥석 물어 힘겹게 한 점을 찢어냈다. 내가 입을 우물거리자 몇몇이 헛구역질을 했다. 나는 발칙하게 예의 바른 태도로 정육점에 모인 사람들을 보았다. 할 수만 있다면 그들의 얼굴을 모두 스크랩해서 내 소장품 목록에 넣고 싶었다. 나는 사람들이 하나 둘 뒤돌아서 정육점을 빠져나가고 마침내 하산 아저씨와 둘만 남게 될 때까지 씹고 또 씹었다. 그것은 입천장과 혓바닥과 잇몸의 틈새를 맴돌았다.

나는 돼지고기를 꿀꺽 삼킬 수 있기를 바랐다. 내 안에서 소화되어 움푹 팬 흉터를 메우는 양분이 되어주길 바랐다. 붉은 셀로판지를 붙인 전구에서 흘러나온 빛이 음산하고 처연하게 하산 아저씨의 일그러진 얼굴을 더듬었다.

하산 아저씨는 정육점 문을 닫았다. 당분간이라고 했다. 안나 아주머니가 툴툴댔다. 순댓국 재료를 구하려면 발품을 팔아야 하기 때문이었다. 쌀집 김 씨는 멀쩡했다. 대신 전도사가 몸져누웠다. 한꺼번에 너무 많은 저주를 내리느라 목이 붓고 기운이 소진해서 열병을 앓았다.

나는 문이란 문은 모두 열었다. 그러면 맹랑한 녀석의 중얼대는 소리가 또렷이 들려서 불편하긴 했지만 집 안에 배어든 돼지 비린내는 더욱 견디기 힘들었다. 살점을 삼킨 뒤로 나는 직장에 든 것까지 토했다. 조금만 더 구역질을 했더라면 항문이 입 밖으로 튀어나왔을지도 모른다. 하산 아저씨는 장롱 속의 옷까지 꺼내 빨래를 했다. 어딘가 깊숙이 보관되었던 옷들마저 끌려나왔다. 연한 나프탈렌 냄새가 코끝에 맴돌았다. 야모스 아저씨는 나를 가리켜 '바보는 신도 못 말리는 법'이라면서 혀를 찼다.

빨랫줄에 널린 하산 아저씨의 군복은 낡고 바랬다. 군복 상의 오른쪽 팔에는 초승달과 별이 붙었다. 왼쪽 팔에는 무언가를 뜯어낸 흔적만 있었다. 계급장이 있던 자리 같았다. 군복 하의는 무릎이 툭 불거졌고 아랫단이 뜯겨 실밥이 너덜너덜해 술을 붙여놓은 서커스

곡마단의 바지를 연상시켰다. 찌그러진 군모와 전투화도 밖으로 나왔다. 빨랫감이 많은 탓에 하산 아저씨는 도중에 일손을 멈추고 기도를 해야 했다.

하산 아저씨는 아무런 말이 없었다. 날은 맑았다. 햇살이 비춘 회칠한 벽들에서는 오래된 부스럼 딱지가 떨어지듯 말라붙었다가 들뜬 석회들이 잠자리 날개처럼 얇은 조각들로 부스스 흘러내렸다. 나는 기운이 없었다. 머리가 핑핑 돌았다. 가만히 누워 있으면 지구가 회전하는 것도 느낄 수 있었다. 부끄럽기도 했다. 지난밤 나는 하산 아저씨의 품에 안겨 바보처럼 울었다. 나는 내 입에서 그런 말이 튀어나올 줄은 몰랐다. 엄마, 라니. 바보처럼 엄마, 하고 울다니. 엄마를 그리워한 적도, 여태 그런 식으로 울어본 적도 없었다. 그런데 덩치 큰 터키인 늙은이의 품에 안겨 엄마, 라고 울었으니.

물컹하게 씹히던 돼지고기 살점이 여전히 입안에 남은 것 같았다. 입속의 혀마저 부담스러웠다. 아무리 입안을 자주 헹구고 치약으로 이빨을 닦아도 그 냄새와 느낌이 가시지 않았다. 하산 아저씨가 만든 케밥도 역겨웠다.

"뜨거운 우유에 입을 덴 뒤에는 요구르트도 불어서 먹는 법이지. 그래, 억지로 먹으려 할 필요는 없다. 시간이 지나면 나아지겠지."

내장이 텅 비었다. 내 몸은 슬픔으로 충만한 공허였다. 하산 아저씨는 빨래를 하다가도 내 옆으로 다가와 물기 있는 손으로 내 이마를 짚어보거나 배를 어루만지기도 했다. 나는 괜찮다고 했다. 꼬챙이로 들쑤신 듯 쇄골 아래 흉터가 아프기는 했다. 하산 아저씨는 내 흉터에 눈을 줬다가 고개를 돌렸다. 나는 손으로 내 흉터를 더듬었다. 손끝에 피고름이 만져질 것 같았지만 아무 이상이 없었다. 기원을 알지 못하는 나의 흉터. 나는 기억하지 못하는데 왜 내 몸은 기억하는 걸까. 내 몸의 흉터들은 내 슬픈 과거의 기록이었다. 내 영혼이 고통받았다는 증거이기도 했다. 내 영혼이 잊어버린 고통을 내 육체가 대신 기억해주는 거였다. 위대한 육체다.

나는 하산 아저씨에게도 남모르는 흉터가 있냐고 물었다. 하산 아저씨는 뒤돌아보지 않고 말했다.

"세상에 흉터 없는 사람은 없단다. 모든 상처는 아무리 치료를 잘해도 흉터가 남게 마련이다. 이 세상은 사람들로 이뤄진 가시덤불이라서 지상에 단 일 초를 머물더라도 상처 입지 않을 수가 없단다."

"말 돌리지 말고 있는지 없는지만 말씀해주세요."

"왜 없겠니. 나도 많이 있다. 희미한 것도 있고 선명한 것도 있지. 하지만…… 흉터에 집착하지 말거라. 네 흉터는 그걸 바라고 있는 거야. 네가 집착해야 오래 남을 테니."

"이 흉터에 대해 뭔가 알고 계신가요? 그런 느낌이 들어요."

나도 의문이었다. 왜 나는 이토록 흉터에 집착하는지. 흉터를 떠올릴 때면 배신감이 들었다. 사춘기 소년이 아무리 가꿔도 빛나지 않는 자신의 얼굴을 거울에 비출 때마다 느끼는 것과 비슷한 배신감이었다.

야모스 아저씨는 그리스식으로 처방을 하겠다며 내게 신비의 물을 먹였다. 알고 보니 그 물은 막걸리에 설탕을 탄 것이었다. 처음에는 그럭저럭 몇 모금 마셨지만 압정을 삼킨 듯 속이 쓰라렸다. 내가 신비의 물을 다 토해내자 야모스 아저씨가 애석해했다.

안나 아주머니는 야모스 아저씨를 쫓아내고 죽그릇을 내 머리맡에 내려놓았다.

"가끔 멍청한 사내 녀석들이 자기가 인간이라는 걸 깜빡하고 사자나 호랑이가 먹어야 할 것들을 날름 삼키곤 하지. 그래놓고 탈나지 않은 사내 녀석을 본 적이 없다. 사내자식들이란 이상한 족속들이야. 애나 어른이나 늙은이나 할 것 없이 죄다 멍청하거든. 자, 이걸 좀 먹어보렴. 속이 좀 가라앉을 게다."

그러나 나는 안나 아주머니의 몸에 배인 순댓국 냄새마저 역겨웠다. 내가 헛구역질을 하자 안나 아주머니는 끌탕을 하고 돌아갔다. 우울했다. 야모스 아저씨는 한국 여자와 산 적이 있다고 했다. 조울증을 앓던 여자라고 했다. 안나 아주머니가 그런 사람과 함께 사는 건 어떤 거냐고 물었다. 야모스 아저씨는 어깨를 으쓱하고 이렇게 말했다. '그냥 하루 종일 술에 취한 사람과 산다고 생각하면 편해요. 무슨 말을 하든 어떤 행동을 하든 술에 취했으니 그럴 수도 있겠지 하면 되거든요.'

하산 아저씨가 오래된 군용 단검을 갈았다. 나는 칼 가는 소리를 귀로 들으면서 잠이 들었다.

나는 악몽을 꾸다 잠에서 깼다. 꿈속에서 들려온 괴상한 비명의 정체는 대머리의 노랫소리였다. 대낮에 대머리가 노래를 부르는 건 처음이었다.

 "우리는 이 노래만 부르면 총탄이 빗발처럼 날아와도 몸을 숙이지 않고 전진할 수 있었죠. 어때요, 멋진 노래 아닙니까?"

 대머리가 다시 노래를 부르려 하자 하산 아저씨가 그만두라고 손을 내저었다. 대머리는 빨랫줄에 걸린 군복을 가리키며 득의양양한 태도로 말했다.

 "그때 저 깃발만 보면 우리도 환호성을 질렀지요. 그런데 좀 이상하네. 저렇게 초승달이 아래로 내려가 있었던가? 가만 보자."

 하산 아저씨가 퉁명한 목소리로 말했다.

 "아이일디즈는 왼쪽 위 귀퉁이에 초승달이 그 오른쪽에 별이 있지요."

 "맞아요, 그렇지요. 이걸 오른쪽으로 돌리면 월성기가 되는군요. 참, 어쨌든 대단했지요. 우리는 월성기만 보면 토이기 병사다, 형제국의 병사다, 하며 소리를 쳤지요. 당신도 기억하시겠죠? 그때 왜, 군우리에서 뙤놈들을 무참하게 무찔렀잖아요. 대단했지요. 백병전으로……"

 하산 아저씨가 침울한 목소리로 대머리의 말을 바로잡았다.

 "아니오, 군우리 전투는 무슬림으로선 있을 수 없었던, 있어서도 안 되는 치욕스러운 전투였어요. 명령도 없이 철수하여 수많은 동료 전사들을 죽음으로 몰아갔으니까요."

 그들의 이야기가 내게는 마치 지난해에 도시를 휩쓸고 간 태풍에 대해 말하는 것처럼 들렸다.

"그럼, 용인전투였나요? 김량장에서 백병전으로 고지를 점령했잖아요. 그렇지요?"

"맞아요. 하지만 그것도 썩 내세울 만한 전공은 아니었지요. 우리는 미군 폭격기에 사정없이 두들겨 맞아 넋이 빠진 적군을 상대했던 거니까."

"그런데 왜 훈장이 하나도 없나요? 김량장에서 보여준 토이기군의 활약은 전쟁이 끝난 뒤에도 줄곧 화젯거리였는데. 그 전투에 참여했던 병사들은 전부 무공훈장을 받지 않았던가요?"

하산 아저씨는 내 바지를 힘차게 털었다. 물방울이 대머리의 얼굴로 기관총 총알처럼 날아갔다. 대머리는 순식간에 벌집이 되어 전사했다. 어른들은 그런 식으로 전쟁놀이를 계속했다.

맹랑한 녀석은 노란 줄무늬 고양이의 며느리발톱을 간질였다. 고양이는 눈을 감은 채 가르랑댔다. 유정은 원시 인류를 그린 상상도를 스크랩해서 가져왔다.

"네, 네가 조, 좋아할 것 가, 같았어."

나는 마음에 든다고 말해줬다. 유정은 맹랑한 녀석이 귀를 막고 있는데도 악착같이 노란 줄무늬 고양이의 말을 번역해줬다. 맹랑한 녀석은 자신도 고양이의 말을 알아들을 수 있다며 유정의 말을 못 듣는 척했다.

"싸, 쌀집 두, 둘째 누나가 또, 또 지, 집을 나갔어."

맹랑한 녀석은 귀를 막았던 손가락을 빼고 손톱에 묻은 귀지를 입으로 훅 불어 날렸다.

"이, 이번에는 펴, 편지까지 써, 써놓고 갔대. 여, 영영 아, 안 도, 돌아올지도 모, 몰라."

"흥, 죽을 건데 뭐."

"너, 넌 그, 그런 생각 아, 안 해봤니?"

유정의 말끝이 올라갔다. 흥분했다는 뜻이다.

"주, 죽는 건 며, 멸망을 뜻해. 다, 다시는 그 아, 아름다운, 긴 머, 머리채를 보, 볼 수 없다는 뜨, 뜻이기도 해. 아, 아름다운 거, 것들이 사, 사라지면 우, 우리는 누, 눈이 필요 없는 거야. 그, 그걸 보, 보기 위해 누, 눈이 이, 있으니까."

유정은 사라져가는 것들에 연민을 지녔다. 유정은 우리가 고양이를 쓰다듬을 때 느낄 수 있는 부드러움과 가르랑대는 고양이의 턱 밑에 손을 댔을 때 느낄 수 있는 규칙적이고 조용한 울림과 까끌까끌한 고양이의 혀가 손등을 핥을 때 느낄 수 있는 부드러운 간지럼에 대해 이야기했다. 고양이가 기지개를 켜며 한껏 허리를 늘였을 때 볼 수 있는 곡선과 앞발을 모으고 턱을 댄 채 끄덕끄덕 졸 때 웅크리고 있는 모습과 도약하기 직전 몸을 좌우로 흔들며 목표물을 바라보는 고양이의 빛나는 눈에 대해 이야기했다. 그리고 그 모든 것들이 한순간에 소멸한다는 것도. 영원한 것은 없다는 것도.

"죽을 건데 뭐."

유정은 침묵했다. 유정은 언어의 부정확성에 대해 고민하는 중이었다. 그는 말로 표현한 모든 것들이 사실은 아무것도 표현하지 못한다는 생각을 했다. 그게 유정의 고민이었다.

"언어가 모든 걸 말해줄 수는 없겠지만, 말하지 않으면 안 되는 것도 있는 거겠지."

유정은 선뜻 고개를 끄덕이지 않았다. 나는 그의 말더듬이 증세가 선천적인 게 아니라는 건 알았다. 광산 출신의 신부처럼 벙어리인 것도 아니고, 혀나 발성기관에 이상이 있는 것도 아니었다. 유정은 다만 두려울 뿐이었다. 자신이 말로 표현한 것들이 상대방에게 자신의 의도 대로 전달될 수 있을지 확신하지 못했다. 그는 모든 걸 언어로 환언하는 사람들을 두려워하고 경멸했다. 언어가 날카로운 화살이 되어 상대방에게 상처를 줄 수 있다는 걸 고려하지 않는 사람도 마찬가지로 두려워하고 경멸했다. 그러나 유정은 남을 진정으로 두려워할 수는 있을지언정 경멸할 수는 없는 녀석이었다. 타인을 두려워할 수만 있는 사람은 결국 스스로를 경멸할 수밖에 없는 것인지도 모른다. 유정은 자신이 견딜 수 없을 만큼 밉다고 했다. 그는 자신이 얼마나 사랑스러운 존재인지를 모른다. 나는 유정이 말할 때마다 분수대에서 볼 수 있는 햇빛들을 본다. 투명한 구슬들이 한꺼번에 쏟아지듯, 물알갱이마다 햇살이 스며들어 제각각 빛나는 순간처럼, 유정의 언어가 저마다의 빛깔로 허공을 떠도는 걸 본다. 더듬어서 반복되는 음절조차 색깔이 달랐다. 그가 제, 젠, 자, 장,이라고 해도 나는 젠장과 제엔장과 제에엔자아앙을 한꺼번에 들었다. 그래서 유정이 말할 때면 그의 입에 무지개가 걸린 듯한 기분이 들었다. 너무나 개성적이어서 단조롭기까지 한 나의 언어, 안나 아주머니를 비롯해 이 동네 사람들 대부분의 언어는—하산 아저씨와 야모스 아저씨의 언어는 유정의 언어와 비슷했다—생명이 없는 언어였다. 비유하자면 격발하기도 전에 과녁에 꽂힌 탄환 같은 몰염치한 언어였다.

유정은 일종의 완벽주의자였다. 머뭇거리면서 재빠르게 언어의 장벽을 세우고, 벽에 총안을 뚫어 도적 떼를 감시하는 발칸인들처럼 자신이 격발한 언어가 어떤 식으로 상대방에게 전달되는지를 노려보는 것이었다. 유정은 자신의 혀 밑에 숨은 사람이었다. 그는 언어의 정확성을 불신하는 자라기보다는 언어의 부정확성에 매료된 자에 가까웠다.

맹랑한 녀석은 유정의 침묵을 이해하지 못했다. 그런 사람들이 흔히 그러듯 맹랑한 녀석 역시 침묵을 못 견뎌 했다.

"죽을 건데 뭐. 다시 태어나면 되는 거야. 쌀집 둘째 딸도 똑같아. 오히려 그건 바람직한 일이라고도 할 수 있어. 이 지긋지긋한 세상에서 일탈하지 않는 게 비정상이니까. 돌아오거나 말거나 상관없어. 어떤 사람도 타인의 운명에는 끼어들 수가 없는 거야."

유정은 한숨을 내쉬었다. 한숨도 더듬거릴 수 있다면 그렇게 했을 것이다.

"내, 내가 하, 한 가지 말해줄까? 네 고양이가 그, 그랬어. 주, 죽을 때까지 네, 네 곁을, 떠, 떠나지 않겠다고. 그, 그러니까 무,

무서워하지 마, 말래. 네, 네 운명이 무, 무엇이든 사, 상관하지 아, 않겠대. 그 우, 운명과 하, 함께하, 하겠대."

맹랑한 녀석은 밤새 고민하게 될 거였다. 운명을 상관하지 않는다는 말이, 그 운명이 어떤 식으로 흘러가든 모른 체하겠다는 뜻일 수도 있고 그 운명이 아무리 참혹해도 모른 척하지 않겠다는 뜻일 수도 있다는 것 때문에 머리에 쥐가 날 거였다. 맹랑한 녀석도 점차 유정처럼 언어의 부정확성에 매료될 거였다. 말을 더듬지 않는다고 해서 우리의 영혼이 확신에 차 있는 건 아니다.

맹랑한 녀석이 평상에서 내려왔다. 대머리는 군복으로 성장을 하고 임무를 부여받은 현역병처럼 의기양양하게 집 앞에서 자신의 부하에게 훈시를 했다.

"첫째도 복종, 둘째도 복종, 셋째도 복종. 무슨 말인지 알겠지?"

대머리는 초조해했다. 과연 맹랑한 녀석을 믿어도 좋을지 알 수 없기 때문이었다. 그는 훈련이 필요하다고 생각했다.

"지금 이 순간부터 너는 술래다. ……지금 내가 어디에 있지?"

대머리는 사람들이 북적이는 곳에서 맹랑한 녀석을 잃어버릴까 봐 걱정이었다. 훈련이랍시고 평상 밑에 들어간 거였다. 맹랑한 녀석이 기가 막힌다는 얼굴로 말했다.

"나 참, 죽을 건데 뭐."

그런 식으로 대머리는 숨바꼭질을 되풀이했다. 여기저기 숨었지만, 그가 느릿느릿 걸어다니면서 신체의 어느 부위를 드러냈기 때문에 번번이 맹랑한 녀석에게 발각됐다. 대머리는 자신의 치밀한 실수에 흡족해했다. 맹랑한 녀석에게 자신감을 충분히 심어줬다고 여긴 대머리는 부하를 이끌고 출정했다. 군복을 입은 늙은이와 조로한 소년이 손을 잡고 이면도로를 내려갔다. 두 사람의 걸음걸이는 퍽 대조적이어서 번번이 박자가 맞지 않아 썩 폼 나는 행진은 아니었다. 대머리는 파격적으로 자신의 전투모를 벗어 맹랑한 녀석의 머리에 얹어주었다. 그걸로 둘은 화해가 된 모양이었다.

그들이 떠난 뒤에도 나는 방 안에 누운 채 오전을 고스란히 흘려보냈다. 눈을 감으면 칼 가는 소리가 들려왔다. 하산 아저씨는 다시 어딘가 깊숙한 곳에 대검을 보관했다. 그곳이 어디인지 나는 알 수 없었다. 이 집은 비밀의 장소가 많았다. 하산 아저씨라면 이 작은 집에서 누구에게도 발각되지 않고 삼십 년쯤은 숨어 지낼 수 있을 것이다.

얼마 전 나는 하산 아저씨가 벽에서 튀어나오는 걸 보고 깜짝 놀랐다. 나중에 그 벽을 유심히 살폈지만 도대체 어디로 숨어들어갔는지 알 수가 없었다. 야모스 아저씨는 하산 아저씨가 유령이 되어가는 증거라고 했다. 사람은 누구나 나이가 들면 유령이 된다는 거였다. 그렇게 따지면 야모스 아저씨는 유령이 되고도 한참 지났을 나이다. 내가 그렇게 묻자, 야모스 아저씨는 그럼 내가 사람으로 보이냐고 되물었다. 그 질문이 하도 진지해서 농담으로 여겨지지 않았다. 나는 고개를 끄덕였다. 사람인 게 분명한 것 같다고 말했다.

야모스 아저씨는 안도의 한숨을 쉬었다.

야모스 아저씨는 얌전히 있다가 갑자기 활개를 치듯 두 팔을 벌려 퍼덕거렸다. 나는 그가 유령보다는 새가 되고 싶은 거라고 생각했다. 그는 그리스의 하늘이 한국보다 더 맑고 푸르다고 했다. 한국도 대륙에서 툭 떨어져 나온 곳이기는 하지만 그리스는 바다를 가르 듯 쑥 밀고 들어간 곳이어서 늘 거센 바람이 그칠 줄 모른다고 했다. 그 바람을 맞으며 포도와 오이와 올리브가 익어가고 때로는 종을 치는 사람이 없는데도 천사가 그러기라도 한 듯 교회 종탑에서 종이 울린다고 했다.

그에게 이곳은 신이 없는 땅이었다. 맨 처음 파견군으로 이 땅에 첫 발을 내디뎠을 때 그는 동료들과 함께 울었다. 내가 왜 그랬냐고 묻자 그는 신이 없는 땅에서 살아 돌아가지 못할 수도 있다는 생각이 퍼뜩 들어서였다고 했다.

"이국의 병사들을 보면서 그런 생각이 점점 더 커져갔단다. 너는 잘 모르겠지만, 이곳에 수없이 많은 나라의 수많은 군인들이 묻혔지. 인류 가운데 제일로 밤일을 잘하는 앵글로-색슨들이야 말할 것도 없고—그런 출중한 능력을 지니지 않고서야 어찌 지구 곳곳에 퍼져 있을 수 있겠니? 앵글로-색슨이 더럽히지 않은 대륙과 대양은 이 지구에는 없단다—안데스에서 커피나 마시던 게으름뱅이에 허풍쟁이들이었던 콜롬비아인들, 춥다고 참호에 난로를 피워놓고 꼼짝도 안 하던 멍텅구리 태국인들, 그놈들과 전혀 분간이 안 되던 필리핀인들—오 신이시여, 더러운 이교도 놈들을 입에 올리는 걸

부디 용서해주시길—정원에서 튤립이나 기르면 꼭 어울릴 것 같던 네덜란드인들, 사내다움이라곤 전혀 없이 수탉처럼 꽥꽥대던 프랑스인들, 프랑스와 네덜란드에 잔뜩 기가 죽어 지내던 겁쟁이 벨기에인들, 코딱지만 한 곳에서 장난감 같은 총을 들고 왔던 룩셈부르크인들, 유태인처럼 밤을 아침이라고 생각하던 고집쟁이 에티오피아인들도 있었지. ……어디까지 했지? 그래, 맙소사! 입만 열면 고약한 물담배 냄새와 계피 냄새가 나는 더러운 터키 놈들도 있었지. 보스포루스 해협에 오줌이나 갈겨대던 녀석들이 사내랍시고 우우 몰려왔어. 만약 이곳이 한국이 아니었다면, 우리가 가장 먼저 총을 겨눈 건 그놈들이었을 게다. 우리 그리스인들이 튀르크들의 엉덩이를 크레타에서 차면 그놈들은 단번에 에게 해 위를 날아서 카파도키아에 곤두박질친단다."

나는 이쯤에서 야모스 아저씨를 현실로 돌려세울 필요를 느꼈다. 내버려둔다면 자신이 무슨 말을 하려고 했는지도 잊은 채 언제까지고 터키와 하산 아저씨에게 저주를 내릴 테니까.

"신이 없는 땅인데 왜 오셨어요?"

"젠장, 내가 말하지 않았니?"

"했죠. 일가족을 한꺼번에 지옥에 보내버렸다고."

"너는 입만 열면 지옥의 유황불 냄새가 나는구나. ……처음에는 아무런 상관이 없었다. 내가 가는 곳이 어디든, 그곳에 무엇이 있든 내 고향, 내 고국을 벗어날 수만 있다면 아무래도 좋았으니까. 그때 나는 젊었지. 미군 수송선에 올라 피레우스 항—이 아름다운 항구에 신의 은총이 내리기를!—을 떠날 때는 신의 품에 들어가는 듯한 기분이었지. 나는 짐을 내려놓은 수고로운 자 가운데 하나였으니까—그렇다고 믿었다. 달리 무슨 수가 있었겠니?— 한 달 가까이 배 위에서 지냈다. 간단한 한국말을 배우고 무기를 점검하는 지루한 나날이었지. 물론 익살꾼들이 있어서 흥겨운 시간이기도 했단다. 우리는 망망한 바다에서도 생을 희롱할 줄 아는 민족이니까. 포세이돈의 가호로 우리는 무사히 부산항에 도착했다. 그리고 낯선 이 땅에 하선하여 첫발을 딛는 순간 향수와 공포가 동시에 찾아왔단다. 그건 어쩌면 내가 그리스인이기 때문에 느껴야 했던 감정이 아닐지도 모른다. 남의 전쟁에 동원되어—우리가 원수 같은 터키 놈들과 한편이 되어 싸우게 될 줄 누가 알았겠느냐. 우리는 기꺼이 나바리노 해전을 재현할 준비가 되었단다—그처럼 이 나라에 왔던 모든 군인들이 나와 비슷한 감정을 느꼈을지도 모르니까."

야모스 아저씨는 그렇게 말한 뒤 그리스가 있는 쪽을 보기라도 하듯 고개를 돌려 먼 곳을 보았다. 하산 아저씨라고 달랐을까. 먼 길을 돌아 이곳에 온 사람이라면 누구나 그러지 않았을까. 야모스 아저씨의 눈빛이 그렇게 말하는 듯했다.

나 또한 먼 길을 돌아 낯선 곳에 이른 사람 가운데 하나였다. 내가 그들과 다른 점이 있다면 어디에서 왔는지를 모른다는 것뿐이었다. 박혁거세처럼 알에서 태어난 게 아니라면, 누군가의 배 속에서 열 달쯤 머물렀을 테고, 강보에 싸여 젖을 먹기도 했으리라. 아마도 지금 내가 보는 하늘과 똑같은 빛깔의 하늘을 보았을 테고, 지금 내가 숨 쉬는 공기와 똑같이 눅눅하고 더러운 공기를 호흡했을 것이다. 이 마을의 갓 태어난 다른 아이들처럼 옹알이를 했을 테고, 그러면서 하나씩 지금 내가 쓰는 언어를 배워왔을 게다. 내가 그 사실들을 단지 추측만 할 수 있을 뿐 기억할 수 없어야 옳은 것이라면, 나는 언제까지고 그럴 수 있을 것이다.

"한데 말이다. 어쩐지 나는 이곳에서 꼭 신을 만날 수 있을 것만 같았다."

점심시간이 지나고 충남식당이 한가해졌다. 그제야 안나 아주머니가 밥을 차려주었다. 울렁거림도 가라앉았다. 식당에 밴 고기냄새도 역겹지 않았다. 그래도 순댓국을 먹을 수는 없었다. 안나 아주머니는 감자, 호박, 버섯, 고추, 두부를 넣고 끓인 된장찌개를 식탁에 올렸다.

주정뱅이 열쇠장이가 끄덕끄덕 졸다 깨어나는 게 보였다. 검은색 승용차 두 대가 슈퍼 앞에 섰다. 그곳에서 원색의 원피스를 입은 여자 넷이 내렸다. 이곳 사람들이 떡방이라고 부르는―복덕방을 줄여서 그렇게 불렀다―원형탈모증이 있는 사내가 그들을 인솔하여 골목을 올라갔다. 야모스 아저씨는 그 사내가 머리에 거울을 달고 다닌다고 했다. 정말 그가 고개를 숙이면 탈모가 생긴 손거울만 한 자리가 반짝 빛났다.

식탁을 치우고 야모스 아저씨가 커피를 마시는 동안 그들이 다시 내려와 승용차에 올랐다. 안나 아주머니는 알 수 없는 소리로 투덜댔다. 아마도 팔자 타령이었을 것이다. 나는 야모스 아저씨에게 물었다.

"그래서 만나셨나요? 저도 만나고 싶어요. 그런데 왜 이렇게 만나기가 힘든 거죠?"

그가 웃었다.

"신이 아니더라도 이 세상엔 만나보기 힘든 작자가 너무 많아. 우린 다른 세상에 살고 있는 거나 마찬가지다. 혹시라도 저 마나님이 널 보고 웃는다 해도 그건 널 보고 웃는 게 아냐. 자신과는 다른 세상을 사는 한심한 인간을 보며 자신이 얼마나 행복한 인간인지를 깨닫고 흡족해하는 거란다."

안나 아주머니는 야모스 아저씨의 말에 만족한 듯했다.

"시집살이하면서 매일처럼 부엌에 정화수 떠놓고 빌었어도 조왕신 코빼기 한번 본 적 없다. 절간에 수백 번을 다녔어도 부처상 말고 진짜 부처님 발뒤꿈치도 본 적 없다. 나라도 너 같은 녀석에게 나타나지는 않을 게야. 한번 나왔다 하면 소문이 짜르르 퍼질 테고 그러면 이놈저놈이 다 불러낼 게 아니냐? 안 그래도 바쁘신 양반들인데. 아무튼 한 가지 확실한 건 저 마나님이든 충남식당 아줌마든 신 앞에서는 공평하다는 거지."

언제나 그렇듯 이런 자위의 말을 하고 나면 누구나 쓸쓸해졌다. 안나 아주머니도 자신의 말을 확신하지는 않는 듯했다. 신 앞에서 누구나 공평하지는 않다는 걸 이 동네 사람들은 잘 알았다. 동네 사람들끼리 어울릴 때는 아무도 이런 사실을 인식하지 않았다. 그럴 때 사람들은 신 앞에서 누구나 공평하다는 생각을 했다. 가난한 그들은 서로를 시기 질투했지만 진정으로 미워하지는 않았다. 누군가 이따금 행운을 잡기도 했다. 그러면 소리도 없이 이 동네를 떠났다. 하지만 그런 경우는 드물었다.

유정은 이곳을 돌출된 늪이라고 했다. 늪은 그 자체가 하나의 거대한 입이다. 특이한 게 있다면 배출구가 없다는 것. 늪은 자신이 삼킨 것들로 끊임없이 몸집을 불려간다. 유정은 처음부터 늪이었던 곳은 없다고 했다. 늪은 호수에 대량의 토사가 유입되거나 동물의 사체가 바닥에 쌓여가면서 형성되는 법이었다.
"느, 늪도 벼, 변화과정의 일부일 뿐이야. 호, 호수에서 느, 늪으로, 느, 늪에서 소, 소택지로, 소, 소택지에서 초, 초원으로, 그 초, 초원에 웅덩이가 생기면 다, 다시 호, 호수가 생기는 시, 식이지. 이, 이곳이 다른 게 이, 있다면 수, 순환하지 아, 않는다는 거야."
유정은 늪에서 소택지로 바뀐 뒤 이곳의 남은 운명은 사막이 되는 것뿐이라고 했다.
유정은 사람의 가슴에도 바람이 드나드는 통로가 있다고 했다. 바람이 몸을 관통하면서 수분을 가져가고 다시 불어올 때 수분을 품고 온다고 했다. 그렇게 사람은 살아 있는 동안 영원히 메마르지 않을 수 있다고 했다. 나는 벙어리 신부를 떠올렸다. 신부는 우리 모두 갱도에서 태어난다고 했다. 어머니의 배 속, 그곳이야말로 세상에서 가장 아늑하고 서글프고 파렴치한 갱도라고 했다. 이 동네도 마찬가지다. 평지에서 산꼭대기까지 사람들은 점차 주거구역을 늘려가면서 올라왔다. 길을 내고 전봇대를 세우고 수도를 만들고 꽃을 심었다. 그리고 다시는 되돌아갈 수 없다. 아무것도 없던 시절로, 이곳이 민둥산에 지나지 않던 시절로. 나는 신부가 말한 갱도가 무엇인지 어렴풋하게나마 알 수 있을 듯했다. 신부가 상상했던 갱도는 일방통행만이 허용된 곳일 것이다. 몸을 돌려 뒤돌아갈 수 없을 만큼 좁은 통로일 것이다. 우리가 어머니 배 속으로 다시 기어들어갈 수 없듯이, 신부는 세상이라는 것도 그저 좁다란 통로에 지나지 않는다고 생각했던 것이리라.

나는 지루한 오후를 맛없는 빵처럼 뜯어먹었다. 무에진의 기도 시간을 알리는 소리가 그친 뒤 이면도로를 따라 출정했던 대머리와 맹랑한 녀석이 돌아왔다. 대머리는 대전차포탄에 맞은 전차 승무원처럼 넋이 나간 상태였고 맹랑한 녀석은 목숨을 걸고 점령한 고지가 알고 보니 아군의 고지였다는 식의 재미없는 농담에 신물이 난 사람이나 지을 법한 표정이었다. 나는 주정뱅이에게 다가가 물었다.
"저 사람들이 누군지 아세요?"
"코끼리."
"어떤 코끼리요?"
"분홍색 코끼리."
"뭐 하고 있어요?"
"지나가고 있어."

"어디로 가고 있어요?"

"……"

나는 고개를 돌려 충남식당을 보았다. 그 안이 훤히 들여다보였다. 사람들로 붐볐다. 웃고 떠드는 사람들로 가득한 충남식당이 쓸쓸해 보였다. 저토록 많은 이들이 즐겁게 술을 들이켜고 대화를 나누는데도 적막하기 이를 데 없었다. 사막이란 그런 것일지도 모른다. 사막에 가면 마땅히 모두 모래가 되어야 한다. 잘게 부서지고 흩어져 무리 속으로 스며들어가야 한다. 영원히 쓸쓸한 모래 알갱이로 서로가 부비며 나는 소리를 위안 삼아 길고 뜨거운 낮과 춥고 막막한 밤을 견뎌야 한다. 그리고 점점 더 잘게 부서져 흔적도 없이 사라질 것이다. 그런 게 사막이라면 유정의 말이 옳다. 이곳은 사막이 될 늪이다.

9

 맹랑한 녀석은 내가 처음 그를 보았을 때의 표정으로 되돌아갔다. 나와 유정은 잠자코 현관 앞에 앉아 맹랑한 녀석이 홀로 슬퍼하다가 기뻐하다가, 자신이 지을 수 있는 모든 표정을 연습해보는 걸 지켜보았다. 하산 아저씨는 보이지 않았다. 나는 하산 아저씨가 집 안 어딘가에 있을 거라고 믿었다. 우리 눈에 쉽사리 띄지 않는 아저씨만의 비밀 공간에 들어가 있을 거라고.
 이맘이 유령처럼 걸었다. 그의 그림자가 예전보다 짧아진 듯했다. 태양이 곤두서 있지도 않은데 그림자가 작아졌다는 건 무슨 의미일까. 햇빛이 그의 몸을 통과하게 되었다는 뜻일 수도 있다. 아직은 일부일 뿐이지만, 언젠가 모든 햇살이 그를 관통해버리게 될지도 모른다.
 유정이 헛기침을 하자 맹랑한 녀석은 말을 걸었다고 생각했는지

어제 무슨 일이 있었는지 이야기하기 시작했다. 바라던 거였지만, 역시나 녀석의 이야기를 듣고 있자니 퍽 지루했다.

대머리와 맹랑한 녀석은 보무도 당당하게 역전의 용사들이 기다리는 곳으로 향했다. 두 전우는 함께 치른 전투는 없었지만 말이 통했다. 왜냐하면 그들이 길을 걸으면서 지나치는 모든 여자들에 대해 품평을 했기 때문이다. 맹랑한 녀석은 여전히 쌀집 둘째 딸에 대한 맹렬한 증오심을 품었기에 모든 여자들을 향해 개처럼 짖어댈 수 있었다.

둘 다 명사 같은 사람이었기에 그 둘이 함께 걷기 시작하자 일종의 합성명사가 되어버렸다. 대머리의 습관이 맹랑한 녀석에게서 나오기도 하고 맹랑한 녀석의 성질이 대머리의 것이 되어 나오기도 했다. 그래서 둘은 이전과는 전혀 다른 존재인 새로운 합성명사가 되어 거리를 누볐다.

대머리의 전투모를 쓴 맹랑한 녀석은 가슴에 알 수 없는 용기가 꿈틀대는 걸 느꼈다. 그때의 맹랑한 녀석이라면 장대만 쥐여주면 남대문도 거뜬히 뛰어넘을 수 있을 거였다. 그들은 발정 난 수캐처럼 서로를 견제하고 협력하며 목적지에 이르렀다.

그들이 도착한 곳은 넓은 운동장이었다. 전국 각지에서 올라온 전세버스들을 보고 맹랑한 녀석의 눈이 휘둥그레졌다. 버스마다 적게는 서른 명에서 많게는 쉰 명까지 토해냈다. 후방에서 전선으로 이송된 보충병들보다 활기가 넘치는 노병들이 구더기처럼 득시글댔다. 맹랑한 녀석은 난생처음 차분한 흥분을 맛보았다.

지방에서 올라온 노병들은 새벽처럼 일어나 부산을 떨었을 텐데도 사우나를 하고 난 뒤처럼 개운한 얼굴들로 버스에서 내렸다. 그들은 탈선한 딸을 잡으러 온 아버지처럼 기세등등했고 빌려준 돈을 받으러 온 빚쟁이처럼 노기등등했다. "얼마나 겁이 났는지 나도 서울이 아니라 지방에서 올라왔다고 말해야 할 것 같은 기분이었지."

대머리는 신이 났다. "여기 있는 사람들이 모두 나의 전우들이란다." 대머리는 자신의 말을 증명하기라도 하듯 여러 사람과 악수를 하고 인사를 나누고 안부를 물었다. 맹랑한 녀석은 대머리가 이처럼 활기차게 웃고 떠드는 걸 처음 보았다. 그러나 맹랑한 녀석은 조금 뒤 깨달았다. 그곳에 모인 사람들은 일면식이 없더라도 대머리가 그랬던 것처럼 서로 안부를 교환하고 인사를 나눈다는 사실을 말이다.

노병들은 군데군데 모여 술잔을 기울이고 과거의 무용담을 풀어놓았다. 어딜 가나 그런 얘기들뿐이었다. 맹랑한 녀석은 슬슬 지겨워지기 시작했다. 처음부터 끝까지 전투뿐인 영화를 관람하는 기분이 들었다. 사방에서 총검 소리가 났다. 271고지, 423고지, 369고지, 188고지가 수없이 점령되었다가 탈환되었고 박격포탄 소리와 총탄 소리가 그치지 않았다.

맹랑한 녀석은 주위를 둘러보았다. 운동장을 호위하듯 빙 둘러선 조경수들은 마치 팔꿈치쯤에서 잘린 손을 갖다 박아놓은 것처럼 을씨년스러웠다. 엔진을 끄지 않은 전세버스들이 내뿜는 배기가스가 사람들 사이를 포복하며 퍼지는 바람에 목과 눈이 따끔거렸다. 단상 위에서는 똑같은 목소리로 여러 사람이 오르락내리락하며 연설을 했지만 누구도 그 연설에 귀를 기울이지 않았다. 그러면서도 끊임없이 박수를 치고 동조를 하고 욕설을 내뱉고 군가를 불렀다.

맹랑한 녀석은 이제 화가 났다. 대머리에게 불평을 터뜨렸다. "제기랄, 진짜 군인들은 어디 있어요?" 대머리는 눈을 동그랗게 뜨고 말했다. "그런 건 국군의 날에나 볼 수 있지."

노병들도 오와 열을 맞추어 움직이기는 했다. 하지만 맹랑한 녀석이 희망했던 열병식을 하는 늠름한 군인들은 아니었다. 견장과 버클이 눈부시게 빛나고 검은 선글라스 뒤로 총명한 눈을 빛내는 군인들은 아니었다. 누군가는 갈고리손을 휘둘렀고 누군가는 다리를 절룩이며 지팡이를 휘둘렀다. 얼굴 반쪽이 떨어져나간 사람도 있었고 팔다리 가운데 하나가 없는 사람은 부지기수였다. 가까이에서 보니 그들의 군복은 색이 바랬고 보풀이 일었으며 해진 자국이 선명할 만큼 낡았다. 단추가 하나쯤 없는 건 예사였고 군화는 쭈글쭈글했다. 여기저기 군화에서 떨어져나온 뒷굽이 굴러다녔다. 노병들의 입가에는 김칫국물이 묻었고 눈가에는 떼어내지 않은 눈곱이 부스럼처럼 붙었다.

대머리는 모닥모닥 모인 노병들 틈새로 들어가 그들과 전투에 대해 이야기했다. 대머리가 겪어보지 않은 전투는 없는 듯했다. 전쟁 초기의 전투들—의정부, 미아리, 한강방어전투, 대전시가전, 금강방어전투 등은 물론이고 낙동강방어선에서의 전투들과 전쟁 후기의 전투들—에서 마지막까지 치열했던 고지쟁탈전까지 대머리가 모르는 전투란 없었다. 대머리는 육군 소총병으로 돌격전을 감행했다가 어느새 공병이 되어 도하작전을 수행했고 해병대원으로 상륙작전에 참가했으며 시가전에서는 박격포 사수가 되었다. 노병 가운데 누군가 잘못된 이야기를 하면 대머리가 곧바로 지적해서 바로잡아주었다. 노병들은 대머리의 기억력에 감탄했고 자신들이 직접 치렀음에도 불구하고 결코 알 수 없었던 몇 가지 사실들—그 전투에 대한 작전계획서, 명령서, 전투보고서, 구체적인 전황, 노획물의 수, 전상자의 수까지 기억하는 데에는 감동받지 않을 수 없었다.

그 사이에도 연설은 계속되었다. 연설 내용은 한결같았다. 우리가 목숨 걸고 지킨 이 나라를 다시 구해야 할 때가 왔다는 둥, 우리 내부의 적인 빨갱이를 처단하자는 둥, 지금 당장 총을 쥐여주기만 하면 적을 소탕하러 나갈 것처럼 자신만만한 연사들이었다.

맹랑한 녀석의 눈에 그들은 패잔병으로 보였다. 핏대가 선 그들의 붉은 얼굴은 주름이 자글자글 잡혀서 낙서를 해놓은 듯 보였고 호두알만 한 목젖이 달린 목의 거죽은 털 뽑힌 닭 같았다. 배가 나오고 풍채가 좋은 노병도 있었지만 걸음걸이는 아이 같았고 키가 크고 깡마른 노병도 등이 굽어 앞을 똑바로 보려면 몸을 부들부들 떨어야 했다. 방아쇠에 손가락을 넣으면 수전증 때문에 아군이고 적군이고 가리지 않으며 당겨버릴 것 같았고 군장을 메기에는 어깨가 너무 좁아 보였다.

맹랑한 녀석이 기대했던 풍경과 사람은 눈을 씻고 찾아봐도 없었다. 늠름한 군인들이 절도 있게 사열하며 수많은 군기가 바람을 따라 눈부시게 펄럭일 것이라고 말해준 건 대머리였다. 하지만 그곳은 마치 전국의 노인정에서 괴팍한 노인들만 골라 누가 더 억울한지를 경합하는 대회장인 것만 같았다.

대머리는 노병들이 권하는 술잔을 사양하지 않고 받았으며 평소보다 왕성하게 먹어댔다. 맹랑한 녀석도 어떤 노병이 건네준 빵과 우유를 먹었다. 그에게 빵과 우유를 건네던 노병의 손엔 손톱이 두 개밖에 없었다. 그래서인지 맹랑한 녀석은 빵과 우유가 아니라 손톱을 씹고 마시는 기분이 들었다. 맹랑한 녀석은 가슴이 울렁거렸다. 그는 버스 사이에 쭈그리고 앉아 토악질을 했다. 시큼한 위액이 올라와 입안이 썼다. 팔이 하나뿐인 노병이 그에게 물을 주었다. 그 물에서는 사람 팔 맛이 났다.

맹랑한 녀석은 대머리를 찾으러 인파 속으로 들어갔다. 키가 작고 몸집이 다부졌으나 머리 반쪽이 함몰된 한 노병이 대머리의 멱살을 잡고 을러대는 중이었다. 그들은 무용담을 나누다가 서로의 기억이 옳으니 그르니 했던 거였다. 그 노병이 대머리에게 관등성명을 대라고 했다. 대머리가 자신이 복무했던 부대와 소속을 밝혔다. 그러자 노병이 멱살 잡았던 손을 놓았다. "아, 네놈이 그 유명한 공갈군인이었군." 노병들이 술렁댔다. "어쩐지 나보다 더 잘 알더라니깐." 이런 말들이 터져 나왔다. "이런 놈은 버릇을 고쳐줘야 해. 군인도 아닌 자식이 버젓이 참전용사 행세를 하면서 우리 명예를 더럽히고 있잖아." 어느 노병이 대머리의 뺨을 때렸다. 맹랑한 녀석은 그 노병의 사타구니를 걷어찼다. 맹랑한 녀석도 뺨을 한 대 맞았다. 하지만 노병들은 곧 그들을 잊었다. 맹랑한 녀석은 씨근덕대며 무리를 빠져나왔다. 그 뒤를 대머리가 따랐다.

그들은 합성명사에서 분리되어 각자의 고유명사로 귀환했다. 돌아오는 길에 맹랑한 녀석이 대머리에게 물었다.

"나한테 거짓말한 거야?"

대머리는 한사코 고개를 저었다.

"그럼 공갈군인이라는 게 뭐야?"

대머리는 입을 삐죽 내밀기는 했으나 아무 말도 하지 않았다. 맹랑한 녀석은 대머리의 가슴팍을 주먹으로 때렸다. 그 서슬에 대머리의 가슴에 달렸던 훈장이 떨어졌다. 대머리가 몸을 굽혀 훈장을 주웠다. 어쩌면 그 훈장도 직접 만든 가짜인지 모른다. 그런 생각이 들자 맹랑한 녀석은 노병들 전부를 합쳐도 자신의 억울함에는 비할 게 못 된다는 생각이 들었다. 하지만 맹랑한 녀석의 분노는 오래 가지 않았다. 쉽게 체념하는 게 녀석의 장점이었다.

"죽을 건데 뭐."

대머리는 핏기 없는 얼굴로 변명했지만 맹랑한 녀석의 귀에는 아무 소리도 들리지 않았다. 그 뒤는 우리가 아는 것과 같다. 대머리는 대전차포탄에 맞은 전차 승무원처럼 넋이 나간 상태로, 맹랑한 녀석은 목숨을 걸고 점령한 고지가 알고 보니 아군의 고지였다는 식의 재미없는 농담에 신물이 난 사람이나 지을 법한 표정으로 이

후락한 동네에 복귀했다. 아무런 전과도 전리품도 없이.

이른 아침 나는 하산 아저씨와 함께 공원에 갔다 왔다. 정육점 문을 닫은 뒤로 하산 아저씨는 종종 혼자서도 그곳에 갔다. 어디론가 사라졌다 싶다가도 기도 시간이 되면 어김없이 집에서 나타났다. 하산 아저씨는 내게 기도하라고 강요하지도 권유하지도 않았다. 내가 지켜보는 게 방해가 된다는 말을 한 적도 없었다. 하산 아저씨는 밥을 먹듯 숨을 쉬듯 자연스럽게 기도할 줄 아는 사람이었다.

언젠가 전도사가 성경을 식탁 위에 펼쳐놓고 손가락으로 자신이 외우는 구절들을 짚어가며 자랑한 적이 있다. 아마도 이맘이 맹랑한 녀석의 평상 위에 앉아 멍하니 도시를 바라보던 게 전도사의 호승심을 부채질했던 것 같다. 전도사는 눈을 감고 손가락을 움직여가며, 자신이 얼마나 성경을 깊이 이해했는지 또한 가슴에 얼마나 깊숙이 새겼는지를 증명했다. 그리고 이맘에게 『꾸란』을 들려달라고 요구했다. 혹시라도 『꾸란』에 새겨들을 만한 이야기가 있다면, 이라는 전제를 달고.

이맘은 고개를 저었다. 전도사가 의미심장한 미소를 지었다. 이맘은 다시 고개를 저었다. 그리고 이맘은 손가락으로 하산 아저씨를 가리켰다. "『꾸란』에는 고정된 의미가 없지요. 받아들이는 사람에 따라 그것은 성스러운 말씀일 수도, 악마의 유혹일 수도 있습니다. 하지만 굳이 『꾸란』의 한 구절을 듣고 싶으시다면 저이에게 청해보세요. 내가 아는 한 이 나라에서 『꾸란』을 모두 외우는 하피즈는 하산 저 사람 하나뿐이니까." 그제야 나 역시 무슬림들이 신주단지 모시듯 한다는 『꾸란』이 집 안에 없는 게 이해되었다. 이맘의 무심한 듯한 이 말은 전도사에게 큰 충격을 주었다. 전도사의 눈가가 푸르르 떨렸다. 광대뼈가 툭 튀어나와 볼이 팽팽하게 당겨지더니 이윽고 깊은 한숨이 그의 가느다란 입술 사이로 새어 나왔다.

전도사는 탁 소리가 나게 성경을 덮고 그것을 옆구리에 낀 채 뒷걸음질로 멀어졌다. 나는 전도사의 우스꽝스럽고 조심스러운 뒷걸음질에서 존중과 예의를 느꼈다. 하산 아저씨도 그랬던 것 같다. 평소와 달리 문 앞에 나서 전도사를 배웅했으니.

기도를 할 때 하산 아저씨는 자신의 모국어로—그게 아니라면 『꾸란』의 언어라는 아랍어로 중얼거렸기에 나는 단 한 마디도 알아듣지 못했다. 그러나 내가 음악을 들을 때 그것을 연주하는 악기가 무엇인지 몰라도 감동받을 수 있듯이, 나는 하산 아저씨의 저음의 기도 소리를 좋아했다. 무에진보다 훨씬 고즈넉하며 차가운 열정이 느껴지는 목소리였다.

이른 아침 공원은 청량함과는 거리가 멀었다. 이슬이 맺힌 식물들과 젖은 땅에서 피어오르는 상쾌한 냄새들도 소용이 없을 만큼 곳곳에 쓰레기가 널렸으며, 버려진 신문지처럼 흠뻑 젖은 사람들도 쓰러져 있었다. 그들 가운데 몇몇은 낯이 익었다. 하산 아저씨는 한 사내를 오랫동안 바라보았다. 나도 그 사람을 알았다. 고수머리 청년이었다.

나는 고수머리 청년이 그들 무리 가운데서 구박받는 걸 본 적도 있었다. 그는 늘 좁은 어깨를 웅크리고 걷는 탓에 이국에서 수입한 애완동물 같았다. 잠들었던 노숙자 몇이 인기척을 느껴서인지 눈을 떴다 감았다. 고수머리 청년도 몇 번 눈을 껌벅이더니 벌떡 일어나 앉았다. 그리고 주위를 둘러보았다. 자신이 왜 그곳에서 잠들었는지를 모르는 듯했다. 그는 관자놀이를 손가락으로 지그시 누르더니 우리 쪽을 힐긋 보고는 공중화장실로 느릿느릿 걸어갔다. 뒤통수가 소용돌이 모양으로 납작하게 눌려 있어 오래된 철수세미가 어깨 위에서 건들거리고 있는 듯했다. 밤새 수십 년은 늙어버린 듯 뒷모습만 보자면 영락없이 세상 다 산 노인네였다. 그가 고개를 돌려 한 번 더 우리를 보았다. 혀를 내밀어 입가를 핥는 그와 눈길이 잠깐 마주쳤다. 그리고 그는 내게 변명을 하듯 두 팔을 벌려 어깨를 으쓱 했다. 그의 눈빛과 몸짓에서는 막연한 동경심이 엿보였다. 나와 하산 아저씨를 부러워하는 듯했다.

그가 내 몸의 흉터를 보았다면 달랐을지도 모른다. 하산 아저씨가 모욕을 받으며 돼지고기 써는 모습을 보았다면 그러지 않았을지도 모른다. 물론 확신할 수는 없었다. 때로는 자신을 제외한 모든 것들이 동경과 부러움의 대상이 될 수도 있는 법이니까.

하산 아저씨를 따라 고아원을 나올 때 나는 내가 소유한 것들을 재빨리 떠올려보았다. 잠정적으로 내 것이었던 그 모든 것들 가운데 단 하나도 애착이 가지 않았다. 할 수만 있다면 내가 입었던 옷마저 벗어던지고 알몸으로 하산 아저씨를 따라가고 싶었다.

나는 늘 내 삶에서의 무단결근을 꿈꾸었다. 하산 아저씨가 내게 그런 기회를 줄 것인지 아닌지 알 수는 없었지만, 무단결근이란 그처럼 느닷없이 찾아오는 것이라는 사실만은 알았다. 무단결근을 한 뒤 무엇을 하고 싶으냐고 묻는다면, 그저 아무도 없는 곳에서 하루 종일 잠을 잔다거나, 누구의 방해도 받지 않고 좋아하는 책을 읽는다거나, 그런 대단치 않은 일들을 하고 싶다고 대답할 것이었다.

대단치 않은 일이 대단한 거였다. 식판을 들고 줄을 맞춰 식당으로 향한다거나, 소리 나지 않게 숟가락질을 한다거나, 입을 다문 채 김치를 씹는다거나, 그런 사소한 일들에서 벗어나고 싶을 뿐이었다. 하산 아저씨가 내게 왜 그러냐고 눈빛으로 물었다. 나는 원장이 챙겨준 가방을 열고 얼굴들을 스크랩한 노트만 꺼냈다. 나는 그것을 출생증명서처럼 품에 안고 하산 아저씨를 따라갔다. 하산 아저씨는 그 노트가 무엇이냐고 묻지 않았다. 고마웠다. 내게는 소중하지만 남들에게는 전혀 가치가 없는 것들. 남들에게 들키면 치부가 드러난 것마냥 부끄러워지는 것들. 스크랩북도 그런 것들 가운데 하나였다.

사실을 얘기하자면 그때 나는 나 자신과 스크랩북만 제외하고 모든 게 그리웠다. 내게 속할 수밖에 없는 것들을 제외한 모든 것들은 늘 그렇게 그리움의 대상으로 남게 되리라는 것도 그때 알았다.

공원에서 돌아와 충남식당에 들렀다. 안나 아주머니는 간밤에 대머리가 군가를 구슬프게 불러서 머리가 지끈거린다고 했다.

"한참을 듣고 있으려니까 심장에 매미가 들러붙은 것처럼 가슴이 뛰는 거 아니겠어? 군가를 배호처럼 부르는 사람이 또 어디 있겠니? 정말 이 동네를 떠야지 징그러워서 못 살겠다."

안나 아주머니는 신세한탄의 의미가 담긴 속담을 스무 개쯤 주워섬긴 뒤 주방 뒷문으로 사라졌다. 하산 아저씨가 먼저 집으로 돌아가고 나는 신문 뭉치를 뒤적이며 미처 스크랩하지 못한 얼굴들이 있나 살폈다. 고아원을 나올 때 겨우 한 권이었던 스크랩북은 그 사이 네 권으로 늘었다. 세 권은 집에 놓아두고 새로 만든 네번째 스크랩북은 식당에 놔두었다. 내가 수집한 얼굴 가운데 똑같은 건 하나도 없었다. 하지만 스크랩을 하기 위해 신문 따위를 뒤적이면 나는 매번 같은 얼굴을 만났다. 그 안에는 인간이 지을 수 있는 표정이 다 있었다.

안나 아주머니는 물기 묻은 손을 앞치마에 닦으며 내게 다가왔다. 그리고 스크랩북을 들여다보더니 고개를 갸웃 기울였다.

"참 이상도 하지. 왜 행복한 사람 얼굴은 없는 거지? 보렴, 네가 수집한 이 얼굴들 말야. 이상하지 않니? 웃고 있어도 왠지 서글퍼 보여."

나는 보는 사람에 따라 표정은 다르게 읽히는 거라고 대답하고 싶었다.

"이건 다 터키 늙은이 때문이야. 애를 어떻게 키우길래 죄다 멍청한 표정만 짓는 거지?"

그리고 안나 아주머니는 슬쩍 웃었다. 하마터면 안나 아주머니에게 속아넘어갈 뻔했다. 나는 그때의 얼굴을, 의뭉스럽고 사랑스러운 안나 아주머니의 얼굴을 스크랩할 수 있다면 좋겠다고 생각했다.

"말해봐야 무슨 소용이 있겠니? 어차피 이곳에서 행복이란 녀석은 장님이거든. 엉뚱한 녀석들 귀나 만질 줄 알지 우리 같은 사람들을 방문하는 법이란 없으니까."

집에 돌아가니 문 앞에서부터 하산 아저씨가 만드는 터키식 미트볼 냄새가 났다. 맹랑한 녀석은 평상에 똑바로 누워 하늘을 보고 있었다. 나는 맹랑한 녀석 옆에 누워 똑같이 하늘을 보았다. 시선에는 한계가 없다. 어디든 볼 수가 있다. 저 하늘 너머가 우주라는 걸 안다. 하늘 역시 우주의 일부라는 것도 안다. 그러므로 내가 하늘을 보는 순간 이미 나의 시선은 저 끝없는 우주를 달려가고 있는 셈이다. 그러나 손바닥을 눈앞에 대고 보아도 운명을 알 수 없었고 끝이 없다는 하늘을 보아도 운명을 알 수 없었다. 그래서 눈빛이라는 게 필요한지도 모른다. 보아도 볼 수 없고 볼 수 없어도 보아야만 하는 것들은 눈빛 안에 전부 들었으니까.

"밤새 한숨도 못 잤어. 너도 들었지? 대머리가 부르던 노래 말야."

맹랑한 녀석은 레몬 껍질처럼 누렇게 뜬 얼굴로 중얼거렸다. 나도 들었다. 하산 아저씨도 들었다. 어쩌면 이 동네 사람 모두가 들었을지도 모른다. 하산 아저씨는 가위에 눌린 것처럼 끙끙댔다. 대머리의 목소리에는 귀기가 서렸다. 길고 낡은 파이프를 관통한 망치 소리처럼 둔탁하고 끈질기게 귓가를 파고들었다. 종내는 망토처럼 온몸을 휘감아 꽁꽁 동여맸다. 대머리의 노랫소리에 결박당한 채 새벽을 맞았다. 푸르스름한 기운이 방 안에 퍼지고 또 하루가 시작되려 했다. 그때까지도 대머리의 노래는 그치지 않았다.

 오래전 사람들은 우주에는 우리의 귀에 들리지 않는 음악이 끝없이 연주되고 있다고 믿었다. 별들의 운행과 천체의 움직임을 얼마나 귀로 듣고 싶었으면 그런 상상을 했던 걸까. 만약 우주에 실제로 그런 음악이 존재한다면 대머리의 노랫소리와 비슷할 거라는 생각이 들었다. 모든 살아 있는 것들의 자기 존재를 증명하는 소리들은 어딘가 모르게 서글픈 구석이 있었다. 천지가 창조되던 순간의 굉음이란 것도 사실은 보잘것없는 가냘픈 목소리와 같은 것이었을지도 모른다. 음악은 소리의 강도에 의해서가 아니라 얼마나 우리의 영혼과 유사한 리듬을 지녔느냐에 따라 음악으로 인식되는 법이니까.

 대머리가 계단 아래서 우리 쪽을 보았다. 노란 줄무늬 고양이가 대머리의 다리에 몸을 비볐다. 대머리의 손끝에서 검은 비닐봉지가 달랑댔다. 맹랑한 녀석은 고개를 돌려 대머리를 보더니 벌떡 일어나 평상 아래서 밤톨만 한 돌멩이를 주워 던졌다. 돌멩이가 대머리 앞에 힘없이 떨어졌다. 노란 줄무늬 고양이가 꼬리와 온몸의 털을 바짝 곤두세웠다.

 "꺼져, 가, 가란 말야!"

 삼류 멜로드라마의 한 장면 같았다. 대머리는 검은 비닐봉지를 우리 쪽으로 던졌다. 평상 앞에 떨어진 그것을 맹랑한 녀석이 우울한 눈길로 내려다보았다. 노란 줄무늬 고양이가 달려와 비닐봉지

주둥이에 코를 박고 킁킁댔다. 대머리는 컴퍼스처럼 뻣뻣하게 뒤돌아서더니 보이지 않는 지팡이를 짚은 것처럼 허공을 의지하며 걸어갔다.

"대머리 아저씨 말야, 기억을 못한대. 전쟁이 일어났던 날부터 휴전이 성립되었던 날까지, 삼 년간의 기억이 지워졌대. 기록에는 참호에 매몰되었다가 구조된 걸로 나와 있대. 그런 걸 '외상 후 스트레스 장애'라고 해. 자신이 겪었던 끔찍한 사건들을 매번 되풀이해서 겪는 거지. 감당하기 힘들다고 여겨지면 우리의 뇌는 아예 모든 걸 지워버리거든. 그러니까 대머리 아저씨에게는 모든 세월이 전쟁이 일어났던 그때로 귀속되어버린 거야. 다른 기억들은 쓸모가 없어. 중간의 공백을 메우지 못하는 한 의미가 없게 된 거지. 우리는 기억할 수 있는 것보다 기억하지 못하는 것들에 쉽게 유혹당하는 존재들이니까. 그때부터 대머리 아저씨는 공부를 시작했어. 자신의 잃어버린 세월을 찾고 싶었던 거지. 어느 전투에서 사용된 총탄이 몇 발인지까지 외웠대. 하지만 대머리 아저씨는 자신도 있었다고 여겨지는 전투에 대해 아무리 세세한 부분까지 알아봐도 기억이 살아나지는 않더래. ……그저께 내가 여기서 널 보며 인상을 찌푸렸던 거 기억나? 사실은 네 이름이 떠오르지 않아서 그랬어. 물론 나중에는 기억해냈지. 사람 이름을 잠깐만 까먹어도 머리가 빠개질 듯 아파. 그런데 자신의 청년시절을 삼 년씩이나 잃어버린 사람이 느끼는 고통은 무엇에 견줄 수 있을까. 그걸 생각하는 중이었어. 나는 전쟁이란 영화에서 보듯 끔찍하면서도 아름답고 숭고한 그 무엇이라고 믿었어. 어떻게 나는 그런 더러운 믿음을 가지게 되었던 걸까. 대체 지금 내가 옳다고 믿는 것들은 누가 가르쳐준 걸까. 원래 사람은 이런 존재인 걸까?"

하산 아저씨가 터키식 미트볼을 가져다 주었다. 맹랑한 녀석은 터키식 미트볼에는 손도 대지 않았다. 대신 검은 비닐봉지를 주워 그 안에 든 과자를 꺼냈다. 노란 줄무늬 고양이를 품에 안고 대머리의 위문품을 먹여보려 애썼다. 노란 줄무늬 고양이는 몇 번 혀로 핥더니 이내 흥미를 잃고 맹랑한 녀석의 품에서 잠들었다.

하산 아저씨가 맹랑한 녀석의 머리를 쓰다듬었다.

"너무 미워하지 말거라. 그가 자신의 전공을 과장했더라도 네게 거짓으로 자신을 포장했더라도 너무 속상해하지 말거라. 그는 영혼이 상처받은 사람이란다. 차라리 팔이나 다리 하나쯤을 떼어주고 영혼을 지킬 수 있었다면 그 역시 기꺼이 그걸 선택했을 거란다. 우리가 믿어야 할 사람이 있다면 바로 그런 사람이다."

나는 하산 아저씨에게 묻고 싶었다. 내 몸의 흉터는 무엇을 지키려고 한 흔적인지. 내게도 지켜야 할 영혼이란 게 있었는지. 과연 그런 게 있다면 왜 내 영혼은 여전히 가난한지. 왜 나는 육체와 영혼 모두 상처를 받았는지. 내 영혼은 육체를 지켜주지 못했고 내 육체는 영혼을 지켜주지 못했으니, 내 영혼과 육체는 한 번도 일치해본 적이 없는 게 아닌지.

맹랑한 녀석은 자신의 내부에 정글짐을 짓고 탐험을 시작했다. 이따금 나와 유정에게 좋은 방법이 없는지를 묻기도 했다. 자신이 찾아낸 방법을 설명하며 가능성을 조심스럽게 타진하기도 했다. 그의 머릿속에 펼쳐진 작전계획서는 썩 훌륭하지 않았다. 우선 정신질환자가 국가유공자로 지명된 사례가 거의 없었다. 전쟁으로 외상 후 스트레스 장애를 앓았다는 걸 증명하는 것도 어렵기는 마찬가지였다. 소송을 맡아줄 변호사를 구하는 것도, 그 비용을 마련하는 일도, 어떤 것도 쉽지 않았다. 맹랑한 녀석은 복면강도가 될 생각까지 했다. 그의 계산으로도 복면강도로 비용을 마련하는 데 칠십 년이 걸렸다. 대를 이어서 임무를 완수하겠다고 마음먹어도 소용이 없었다. 그사이 대머리는 지하에 묻히고 말 테니까.

"이건 명예의 문제야. 나는 반드시 대머리 아저씨의 명예를 되찾아줄 거야."

맹랑한 녀석은 나이 든 사람들을 두려워했다.

"나이 든 사람에게서는 묘한 기운이 느껴지거든. 특히 풍족하게 오랜 세월을 산 사람에게는 어떤 잔인함이 내재되어 있는 것만 같아. 하루하루 목숨을 이어가는 것만으로도 힘겨운 사람들이 태반인 이곳에서 오래도록 떵떵거리며 살아오자면, 얼마나 많은 이들을 착취했던 것일까. 내가 만난 노병들도 어쩌면 잔인한 사람들일지도 몰라. 어쨌든 전쟁에서 살아남았잖아. 하지만 두렵지가 않았어. 험악하게 인상을 쓰고 칼날 같은 말을 뱉어내는데도 그들이 무섭지가 않았어. 맹목적인 분노만이 느껴졌거든. 그런 분노는 대개 자신을 향하게 되거든. 대머리 아저씨는 노래를 부르면서 간신히 견디는 거야. 그렇게라도 하지 않으면 이미 산산조각이 나서 사라져버렸을 거니까."

맹랑한 녀석도 사막에 대해 말했다. 사막 위에서도 사랑은 자란다.

"사람들은 너무 쉽게 노병들을 바보 취급하고 만 거야. 대머리 아저씨는 자신이 사랑했던 여자가 사내라는 걸 뒤늦게 발견한 남자나 똑같은 거야. 그래서 뭇사람들의 비웃음을 받게 된 거지. 하지만 생각해봐. 내가 사랑했던 사람이 여자가 아니면 어때? 남자라고 해서 죄가 될 게 뭐가 있지? 사람이 아닌 괴물로 밝혀졌다 해도 아무것도 더 중요하지 않아. 그자를 사랑했다는 사실보다. 그런데 사람들은 노병들을 바보 멍청이라고 놀리는 거야. 지켜야 할 조국이란 게 애초에 없다는 사실을 왜 몰랐냐고, 무시하고 깔보고 이용해먹고 내버리는 거지. 그 사실을 노병들도 잘 알고 있어. 하지만 그들은 할 줄 아는 게 없거든. 그게 진실이야."

맹랑한 녀석의 말은 유정이 보증해줬다.

"또, 똑같은 말이라고 해, 해서 다 가, 같은 건 아, 아니거든. 노, 노병들이 무, 무슨 말을 하든 그, 그건 단지 배가 고, 고프다는 말일 수도 이, 있거든."

안나 아주머니는 전쟁을 기억하지 못한다고 했다. 대머리처럼 병에 걸려서가 아니라 너무 어린 시절이었기 때문이라고 했다.

"얼마나 다행이냐? 만약 내가 전쟁마저 기억했다면 진즉에 미쳐버리고 말았을 거야. 기억하지 않아도 좋을 일들이 너무 많거든. 거

기다 전쟁이라니! 오, 생각만 해도 끔찍하구나. ……그런 이야기를 들은 적은 있단다. 사촌 언니였지. 전쟁 전에는 아이를 쑥쑥 잘 낳던 언니였는데 전쟁 때는 통 아이를 낳지 못했다더구나. 그러다 전쟁이 끝나자 거짓말처럼 아이가 섰다지. 내 생각이 옳다면 대머리 늙은이는 말이다, 아직도 전쟁이 끝났다는 사실을 모르고 있거나 모른 체하는 게 분명하단다. 전쟁이 끝났다는 걸 인정하게 되면 사촌 언니가 임신을 한 것처럼 기억도 되돌아오지 않겠니?"

나는 안나 아주머니가 옳을지도 모른다고 생각했다. 그렇다면 대머리는 얼마나 스스로가 낯설고 무서웠을까. 자신도 모르는 습관에 이끌려 군복을 입고 군가를 부르고 그런 자신을 거울로 보면서 흠칫 놀라고 자신이 부르고도 의미를 알 수 없는 노래에 당혹해하면서. 그렇게 자신의 몸에 각인된 기억에 이끌려 숨을 쉬고 밥을 먹으며 수십 년을 견뎌온 대머리는 훗날 자신을 무엇으로 기억하게 될까. 언제까지 이렇게 살아야 하는지 알려주는 사람이 없으므로 그 모든 공포는 오롯이 대머리의 것이었을 게다. 야모스 아저씨는 대머리를 찾아가 그리스군과 관련된 모든 이야기를 들었다. 자신도 몰랐던 사실을 대머리를 통해 알게 된 야모스 아저씨는 한참을 울었다. 그리고 대머리에게 물었다.

"우리 그리스군이 어땠지요? 사실대로 말씀해주세요."

대머리가 확신에 찬 어조로 말했다.

"아주 용감했지요. 희랍군은 명예와 정의를 아는 군인들이었지요. 제가 기억하는 한 그들은 이 땅에서 잘못을 저지른 적이 없답니다. 그들은 아테네군처럼 현명했고 스파르타군처럼 용맹했지요. 이 땅에서 아무것도 갈취하지 않았고 오히려 그들의 살점과 피를 나눠주어 기름진 땅으로 만들어주었지요. 그들은 이곳에 희생하러 온 숭고한 이방인들이었습니다. 그들이 섬기던 신의 명령을 따라."

야모스 아저씨가 부들부들 떨리는 손으로 대머리의 메마른 손을 잡았다. 그리고 힘겹게 내뱉었다.

"고, 고마워요. 정말 고마워요."

꼴불견을 꼽으라면 나는 주저 않고 두 늙은이가 손을 맞잡고 울던 이 광경을 추천할 게다. 두 노병은 말로 다하지 못한 이야기들을 눈빛으로 나누었다. 저들이 전장에서 마주친 적은 없을지라도 할 말이 많으리라는 걸 알 수 있었다. 나는 할 말이 없었다. 할 말이 있다는 건 과거가 있다는 뜻이기도 하다. 나에겐 과거를 공유하는 사람이 없었다. 누구도 내 기원을 알지 못했고 나 또한 몰랐다. 나는 폭설이 내리는 길 한가운데 서 있다. 지금 내가 선 곳이 아니고는 어디에도 나의 족적이 없다. 지금 이 순간의 발자국조차 내 발에 가려 보이지 않는다. 그걸 확인하기 위해 발걸음을 옮기는 순간 발자국은 지워질 것이다. 나는 과거를 봉인하며 앞으로 가는 존재다. 내가 원하든 원하지 않든 나는 미래를 향해 갈 수밖에 없는 사람이다. 미래라는 낱말이 이처럼 가슴 아프게 여겨진 건 처음이었다. 내게 허용된 미래 역시 사막뿐일지도 모른다는 예감이 종양처럼 자랐다.

나는 세 권의 스크랩북을 선반에서 내려 탁자 위에 올려놓았다. 스크랩북을 펼치면 거기서 은은한 향기가 났다. 오래된 종이 냄새, 잉크 냄새가 섞인 사람의 향기였다. 나는 사진을 찍으면 영혼이 빠져나간다고 믿었던 사람들을 이해한다.

야모스 아저씨도 그런 의미의 말을 한 적이 있다. 그는 1951년 겨울, 참전한 뒤 처음으로 불법적인 처형 장면을 목격했다. 마치 고대처럼—언제나 전쟁은 인간을 고대로 되돌려놓는다—커다란 칼로 사람을 목 베어 죽였다. 잘린 목에서 그는 나이테를 보았다. 사람은 어떤 식으로든 자신이 살아온 흔적을 남기는 법이라는 믿음은 그때 생겼다.

"나는 그때 사람의 몸에 나이테가 있다는 걸 처음 알았단다. 처음에는 그런 말들을 믿지 않았다. 그런 말을 하는 한국인들을 미개인 취급했지. 하지만 내가 직접 목격한 뒤로는 믿지 않을 도리가 없었다. 그건 끝없이 나를 괴롭히는 문제가 되었단다. 사람은 말이다, 일용할 양식 때문이 아니라 쓸모도 없는 문제 때문에 일생을 괴로워하기도 한단다."

나는 내 손가락을 잘라 잘린 단면을 확인해보고 싶은 충동을 느끼기도 했다. 거기에 나이테가 있다면 적어도 내가 이 세상에 거주하기 시작한 지 얼마나 되었는지는 알 수 있을 테니까. 그러나 팔도 아니고 다리도 아니고 모가지도 아닌데, 겨우 손가락 하나일 뿐인데도 용기가 생기지 않았다. 그래서 또한 한 가지는 확실해졌다. 내 몸의 흉터가 자해의 흔적은 아니라는 것이었다. 아이였을 때는 그럴 힘조차 없었을 테고 그럴 수 있을 만큼의 힘이 생긴 뒤로는 용기가 없었으니까.

나는 스크랩한 얼굴들을 하나하나 살폈다. 잘생긴 얼굴도 있었고 못생긴 얼굴도 있었다. 하지만 잘생겼는지 못생겼는지 판단하기 힘든 평범한 얼굴이 더 많았다. 평범하다는 것도 애매했다. 그걸 판단하는 게 생각처럼 쉽지가 않았다. 잘생겼다고 생각한 얼굴도 다음에 보면 반대로 여겨지기도 했다.

하산 아저씨는 식탁 위에 다리를 올리고 졸았다. 나는 하산 아저씨의 두꺼운 발바닥과 스크랩한 얼굴을 번갈아 보았다. 발바닥에도 표정이 있었다. 생강을 으깬 감자인 줄 알고 씹은 표정이라고나 할까. 하산 아저씨는 졸면서 물었다.

"그 사진들로 뭘 할 거냐?"

"모르겠어요. 그냥 언제까지고 이렇게 수집만 할지도 몰라요."

"낯익은 얼굴이 없다고 해도 실망하지는 말거라. 너의 기억을 일깨우는 얼굴이 없다 해도 네 기억은 오롯이 너의 것이니까 사진들에 의지할 필요는 없단다."

"그런 게 아니에요. 나는 아무것도 기대하지 않아요."

"한 가지가 아쉽더구나. 너는 수없이 많은 사람들의 다양한 표정을 수집하고 있지. 하지만 단 한 사람이 수천 가지의 표정을 지을 수 있다는 걸 잊어서는 안 된다."

기분이 나빴다. 스크랩북을 선반에 올려놓고 충남식당으로 갔다.

하산 아저씨는 내가 그의 품에 안겨 엄마를 찾으며 울었던 걸 염두에 두고 있는 게 분명했다. 나는 몇 번이나 힘주어 말했다. 그립지 않다고. 그렇게 울었던 건 내가 아니라고. 내 안에 숨었던 또 다른 나일 뿐이라고. 그건 평생 살아가면서 기껏해야 서너 번 마주칠 또 다른 나일 뿐이라고.

식당은 여전히 소슬했다. 유정의 아버지인 연탄장수와 걸어다니는 비속어사전인 쌀집 김 씨가 서로의 멱살을 잡았지만 아무도 놀라지 않았다. 드잡이도 식당 풍경의 일부였다. 팝콘 대신 깍두기와 풋고추를 으썩 씹으면서 관람하는 영화 같은 것이었다. 언제나 그렇듯 걸어다니는 비속어사전의 패배였다. 일상어를 이길 수 있는 비속어는 없었다. 비속어는 잠정적으로만 승리할 수 있을 뿐이다. 김 씨는 개, 개, 개, 개, 개…… 세상의 모든 개를 호출하는 순간만은 승리자가 될 수 있었다. 유정의 아버지는 잠자코 듣다가 이렇게 묻기만 하면 됐다. "네가 사람이니?" 그러면 김 씨는 자신이 정말 사람인지 아닌지를 집에 돌아간 뒤에도 고민할 수밖에 없었다. 술기운에 의지해 잠을 불러들일 수는 있더라도 새벽이면 어김없이 눈을 떴다. "내가 왜 사람이 아니란 말이냐?" 절규도 해보았다. 그리고 다시 평정심을 되찾아 자신이 사람인지 아닌지 자문했다. 쌀을 저울에 달다가도, 신발을 꿰어 신다가도, 둘째 딸의 뺨을 때리다가도 이 질문이 불쑥 되살아나 김 씨를 괴롭혔다. 그러면 김 씨는 스스로를 위안하기 위해 더 많은 욕설을 고안했으며, 그럴수록 더 커진 의문덩어리만 되돌려 받았다. 왜 나는 되로 주고 말로 받는가 억울해하다가도 비속어의 승리를 믿어 의심치 않으며 줄기차게 욕설을 퍼부었다. 그리고 매번 연탄장수에게 훈계를 들었다.

우리 삶을 지배하는 건 비속어가 아니라 일상어였다. 이 세상은 단순한 언어가 승리하게끔 만들어졌다. 돈, 사랑, 명예, 우정, 행복…… 평범한 언어가 지배하는 세상은 평온한 대신 지루하다. 비속어도 소용이 없다. 식당 안을 떠도는 수많은 비속어들도 어느새 식상해지면서 관용어가 되기 때문이다. 비속어마저 일상어에 포획되어 날카로움과 저속함을 잃어버리고 점차 일상어에 편입된다. 결국 김 씨와 연탄장수의 싸움은 결과가 예정된 것일 수밖에 없었다. 그럼에도 불구하고 식당에는 단 한 사람의 승리자도 없었다. 그들이 모두 소심하기 때문이었다. 소심한 사람의 특징은 자신에게 퍼부어지는 비난에 예민하다는 거였다. 반대로 말하자면, 자신을 겨냥한 비난을 한쪽 귀로 듣고 다른 쪽 귀로 흘려보낼 수 있다면 대범한 사람인 거다. 식당 손님들은 오해받는 걸 못 견뎌 했다. 자신을 호명하는 목소리가 있으면 눈으로는 문밖을 보는 척하면서 귀를 쫑긋 세웠다.

식당 구석 자리에 대범한 사람이 한 명 있었다. 하산 아저씨 또래의 노인이었다. 그의 지저분한 회색 턱수염은 술에 젖었고 술잔을 쥔 손가락은 갈고리처럼 휘었다. 짙은 두 눈썹 위에 삼각끌로 밀어 생긴 듯한 깊은 주름이 잡혔고 탄저병에 걸린 작물처럼 얼굴이 새

까맸다. 바짝 깎아 더 뻣뻣해 보이는 짧은 회색 머리칼과 입을 꾹 다물었을 때 문손잡이처럼 직각으로 꺾이는 입꼬리 탓에 차돌처럼 단단한 인상이었다. 그는 식당 어느 곳에도 눈길을 주지 않았다. 그는 고요하고 우직했다. 선천적인 아둔함을 효과적으로 감출 줄 아는 사람인 것 같았다. 빈자리는 그의 맞은편뿐이었다. 나는 그 자리에 앉아 술 마시는 사람들을 둘러보았다. 멱살을 잡았던 두 사람은 언제 그랬냐는 듯 술친구로 돌아왔다. 사실 이 식당에서는 한 사람만 자리를 비워도 그 빈자리가 퍽 크게 느껴졌다. 누가 화장실이라도 갈라치면 사람들은 잠시 침묵했고 스스로의 침묵에 허둥댔다. 화장실에 갔던 사람이 돌아오면 다시 왁자지껄 떠들었다. 그래서 아무도 타의로 이 식당 밖으로 쫓겨나지는 않았다. 노인은 맞은편에 앉은 나를 고개를 들어 한번 보고 그만이었다. 그의 눈길은 식당의 사물이나 그 어디로도 향하지 않았다. 내부를 향한 눈길이 있다면 꼭 그런 눈길일 것이다.

안나 아주머니는 손님들의 말참례에 응수하지 않았다. 입을 다문 채 좁은 주방을 다람쥐 쳇바퀴 돌듯 휘저었다. 안나 아주머니의 몸놀림은 부산스러웠지만 어딘지 모르게 위태롭기도 했다. 평소보다 더 자주 손에서 그릇을 놓쳤고 바닥에 떨어진 그릇들이 내는 소리마저 더 요란했다.

나는 식당의 차분한 소란이 좋았다. 여기서는 아무도 누추하지 않았다. 신이 굽어보지 않아도 괜찮았고 행운이 찾아오지 않아도 상관없었다. 악마가 온대도 겁나지 않았고 불운이 습격한대도 두렵지 않았다. 식당 앞으로 어둠과 하나가 된 이맘이 지나갔고 고뇌에 찬 맹랑한 녀석이 지나갔다. 전도사가 성경을 외며 지나갔고 유정이 유리문에 얼굴을 대고 안을 들여다보다 갔다. 주정뱅이 열쇠장이가 안나 아주머니에게 술을 받아 갔고 대머리와 야모스 아저씨가 한참을 문 앞에 쭈그리고 앉았다가 갔다. 그사이 달이 한 뼘 서쪽으로 이동했고 몇 개의 별이 사라지고 몇 개의 별이 나타났다. 사육장에서 불어온 바람이 문을 두드리다 갔고 모스크의 하얀 몸뚱이에서 반사된 달빛이 식당 앞 가로등 불빛에 섞여들며 사그라졌다. 더럽고 작은 식당에 앉은 채로도 세계를 볼 수 있었다.

밤이 깊었다. 안나 아주머니는 평소보다 빨리 손님들을 식당에서 몰아냈다. 술 취한 사람들이 낄낄대며 어둠 속으로 뿔뿔이 흩어졌다. 구석 자리의 노인만 남았다. 그는 잔에 손가락을 찔러 휘휘 저었다. 식당에 고였던 시큼한 냄새들이 희미해졌다. 나는 안나 아주머니를 도와 식당을 정리했다. 의자를 식탁에 거꾸로 올려놓고 바닥을 쓸었다.

"왜 이 시간까지 죽치고 있는 거냐? 터키 늙은이랑 싸웠구나? 늙은이들과는 싸우는 게 아니다. 그 나이 먹도록 얼마나 많은 사람과 얼마나 많이 다퉈왔겠니? 너까지 그래선 안 된다."

천장이 들썩거렸다. 다락방의 야모스 아저씨가 부스럭대는 모양이었다. 곧이어 야모스 아저씨가 계단을 내려오는 발소리가 쿵쿵 들렸다. 식당의 빈지문을 닫아주기 위해서였다. 안나 아주머니가 힐끔 구석 자리의 노인을 보았다. 노인이 마지막 잔이라는 듯 고개를 한껏 젖혀 술을 마신 뒤 입가를 손등으로 쓱 문질렀다. 그는 단단한 걸음으로 식당을 나섰다. 식당 문을 닫고 그 앞에 빈지문을 덧대어 달았다. 그 일은 야모스 아저씨가 했다. 밤은 어둡고 외로웠다. 이 동네는 밤마저 가난했다. 노인은 가로등 불빛을 받으며 한동안 이면도로의 아래쪽을 보았다. 야모스 아저씨가 손을 털고 다시 다락으로 올라갔다. 노인은 뒤돌아 나와 안나 아주머니 쪽을 보았다. 그리고 갈고리 같은 손을 쥐고 입에 대면서 헛기침을 했다. 그의 입에서 탁한 목소리가 흘러나왔다.

"자네, 몸은 성하신가?"

안나 아주머니가 살풋 고개를 끄덕였다.

"내 긴 말은 않겠네. 그놈은 죽었어. 지난 그믐밤이었네. 술 마시고 논에 갔다가 수로에 빠졌어. ……미련이 없다는 거 잘 아네. 하지만 어디 아비 마음이야 그러겠는가? 소식이라도 전해야 도리를 다할 것 같은 기분이었다네. 자네, 이제는 용서해주게나. 그놈이 극락왕생까지는 아니더라도 편히 쉴 수 있기를 빌어주게나."

안나 아주머니는 대답하지도 고개를 끄덕이지도 않았다. 그는 한숨을 내쉬었다.

"내 새끼들은 자네 새끼들이기도 하지. 그놈이 죽었으니 두려워할 것 없다네. 언제든 새끼들이 보고 싶으면 찾아오게나. ……그럼, 난 이제 가네."

노인은 어색하게 오른팔을 올렸다가 내렸다. 그가 가로등 불빛이 만들어낸 공간을 빠져나가자 안나 아주머니가 입을 열었다.

"이 밤에 어떻게 가시려고요?"

"역 대합실에서 잠깐 눈을 붙이면 금세 첫 기차 시간이라네. 걱정하지 말게나."

노인은 어둠 속으로 스며들었다. 징검돌처럼 그의 모습이 이따금 가로등 불빛 아래 드러나기도 했다. 그러다 결국 휘어진 길을 따라 사라졌다. 안나 아주머니가 바닥에 털썩 주저앉았다. 흉터의 여왕인 안나 아주머니. 잠복했던 고통이 흉터를 출구 삼아 나오려 했다. 나는 그 고통을 알 수 있었다. 내 흉터들도 그런 식으로 존재를 증명하니까.

"괜찮으세요?"

고통받는 사람에게 건넬 수 있는 언어의 목록은 너무 간단하다. 우리에게는 남을 위로해줄 능력이 다른 능력에 비해 턱없이 부족하다. 안나 아주머니가 물기 가득한 눈으로 나를 올려다보았다. 통통한 손을 뻗어 내 팔을 잡아 끌어당겼다. 나는 무릎을 굽히고 안나 아주머니 앞에 앉아 풍성한 가슴에 볼을 댔다.

"괜찮지 않다. 괜찮을 리가 있겠니? 어른도 때로는 아이처럼 울어야 살 수 있는 거란다. 언젠가는 듣게 될 소식이었고 만나게 될 사람이었다. 한때 내가 시아버지라 불렀고 나를 며느리라 불렀던 사람이란다. 이렇게 될 줄 알았고 예정된 일을 겪은 것뿐이란다. 안다고 해서 아프지 않은 건 아니지만 말이다. 하지만…… 나는 네가 더 걱정이구나. 너도 언젠가, 어쩌면 머지않아, 아주 가까운 날에 너의 과거와 대면하게 될 거다. 그때 네가 감당해야 할 고통, 여태 마음 깊숙이 갈무리했던 기억들이 풀려나와 네 몸 구석구석에 독약처럼 퍼져 너를 아프게 할 고통이 나는 벌써부터 눈물겹구나. ……사랑한다, 애야."

안나 아주머니는 사람의 몸에서 일어나는 지진의 진원은 과거라고 말하는 듯했다. 가슴을 절개해서 속을 들여다볼 수 있다면 거기에 웅크린 과거를 발견할 수 있을 것이다. 리히터 규모 10의 강진이 안나 아주머니를 한차례 휩쓸고 지나갔다. 안나 아주머니는 통통 부은 눈을 가라앉히려는 듯 두 손바닥으로 꾹꾹 눌렀다.

"이런, 너무 늦었구나. 어서 들어가렴. 터키 늙은이가 네가 도망이라도 간 줄 알고 잠 못 이룬 채 눈알을 뒤룩뒤룩 굴리고 있을 게다. 이 시간까지 널 붙잡았던 걸 알게 되면 퉁명스럽기 짝이 없는 그 늙은이가 내일 아침 나를 어떤 눈으로 볼지 뻔하구나. 눈썹 묘기도 당분간은 보여주지 않으려고 할 거다."

안나 아주머니는 이렇게 말하며 내 등을 떠밀었다.

집 안은 캄캄했다. 하산 아저씨의 숨소리조차 들리지 않았다. 내가 하산 아저씨 옆에 눕자 그가 몸을 돌려 벽 쪽을 향했다. 하산 아저씨는 소리 나지 않게 한숨을 쉬려 애썼지만, 그 가느다랗고 기다란 숨소리가 내 귀에 또렷이 들렸다. 나는 실수인 듯 팔을 하산 아저씨의 몸뚱이에 얹었다. 그의 평온한 떨림이 느껴졌다. 그리고 이내 나는 잠들었다.

10

 금일 휴업. 안나 아주머니가 한 시간을 끙끙대다 찾아낸 말이었다. 나는 안나 아주머니가 불러준 대로 쓰고 식당 유리문에 그 종이를 붙였다.
 "식당 문을 열어놓고 휴업하는 건 또 뭐래요?"
 구청의 지휘를 받아 도로를 보수하러 온 용역업체의 일꾼들이 아침을 먹으러 식당 안에 들어왔다가 쫓겨나면서 투덜댔다.
 "일한다고 돈 받아 처먹으면서 농땡이 치는 건 괜찮고?"
 "이 아주머니가 사람 잡겠네. 누가 농땡이를 친다고 그래요?"
 "그러게 남이야 문을 열어놓고 장사를 쉬든, 밥 지어놓고 국수를 먹든 무슨 상관이야!"
 오전 내내 지켜본 결과, 안나 아주머니는 식당을 찾는 사람들에게 이런 식으로 말대꾸하며 즐거워하기 위해 휴업을 선언한 게 아난가 싶었다.

"쉬려면 제대로 쉬어야지. 안 되겠다. 이리 와서 좀 도와주렴."

나는 안나 아주머니가 가리키는 대로 의자를 모두 빼서 한군데 모으고 식탁도 식당 가운데 한꺼번에 잇대어 놓았다. 안나 아주머니는 슬리퍼를 벗고 끙끙 소리를 내며 식탁 위에 올라가 인어처럼 옆으로 누웠다. 누군가 식당에 들어오면 말도 없이 한 손을 까딱 내저었다. 그대로 머리를 댄 채 아이처럼 색색 숨소리를 내며 졸기까지 했다. 그러면 내가 대신 손을 까딱대야 했다.

야모스 아저씨는 간밤의 사건을 알았기에 안나 아주머니를 내버려둔 채 혼자 주방을 뒤져 먹을 걸 찾아냈다. 그는 팔을 엇갈려 온몸을 긁었다.

"밤새 모기 때문에 한숨도 못 잤다. 모기향을 피워봐야 소용이 없어. 모기는커녕 오히려 내가 먼저 질식해 죽을지도 몰라. 신께서 진노하신 거야. 흡혈귀들을 보내신 거지.—오, 신이시여, 진정 당신은 인간을 피 말려 죽이려는 것이나이까?"

강력한 모기향을 하사해주길 바란다는 말을 덧붙이긴 민망했던지 야모스 아저씨는 피딱지가 맺힌 팔다리를 긁다가 설거지를 했다. 그릇 부시는 소리에 안나 아주머니가 눈을 번쩍 떴다. 그러다 지금 식탁 위에 누워 모처럼의 휴업을 즐기고 있다는 걸 깨달은 듯 스르르 눈을 감았다. 안나 아주머니가 잠깐 일어나려고 몸을 꿈틀댄 탓에 식탁들 사이가 조금 벌어졌다. 야모스 아저씨는 식당을 나가려다 문턱에 발이 걸려 넘어졌다. 무릎과 정강이를 문지르며 일어나더니 문턱을 원수처럼 노려보았다.

"젠장, 이제 세상의 모든 것이 인간에게 적대적으로 되어버렸어. 머지않아 대지가 생육을 거부하고 짐승이 복수를 감행하고 지구가 인간을 우주로 뱉어버릴 거야."

지구가 맨 먼저 뱉어버릴 인간은 야모스 아저씨였다. 그에게는 사람들을 간질이는 재주가 있으니 지구도 재채기를 참지 못할 거였다.

하루가 평온하게 흘렀다. 순댓국 뚝배기, 김치와 깍두기 접시, 다진 양념통, 소금통, 숟가락, 젓가락, 물잔, 술잔, 술병이 올랐던 식탁에 불쌍한 여인이 대신 올랐다. 눈빛과 목소리와 투박한 손으로 몇 번 쓰다듬어주는 것만으로 아픈 이를 낫게 하는 신비한 치유 능력을 지녔음에도 정작 자신의 고통은 다스릴 줄 모르는 우둔한 여인이 식당에 바쳐진 제물처럼 식탁 위에서 잠들었다.

안나 아주머니의 잠든 얼굴은 기이했다. 영락없이 전형적인 한국 여인으로 여겨지다가도 중국계나 일본계 혹은 베트남계나 인도네시아계라 해도 전혀 이상하지 않을 것 같았다. 아니, 히스패닉계라 해도 좋았고 뮬라토 혹은 삼보라 해도 좋았다. 종내는 안나 아주머니가 어떤 사람인지, 누구의 피를 물려받았는지가 모호해졌고, 인간이란 이처럼 애초에 혼혈로 태어나는 게 아닌가 하는 생각마저 들었다. 하산 아저씨와 야모스 아저씨도 그랬다. 그들은 오랜 세월을 한국에서 보낸 탓에 그들의 완고한 성품에도 불구하고 이곳에 길들여졌다. 누군가는 그들이 이방인임을 한눈에 알아보았지만 또 다른 누군가는 전혀 눈치채지 못했다. 터키와 그리스에서 왔다고 일러주어도 원래 한국인인 게 분명하다고 주장하는 사람도 있었다. 자신이 아는 사람과 닮았으며 그 사람이 한국인인 게 분명하니 틀림없노라고 증거를 대기도 했다. 이 동네 사람들은 그런 착각을 거의 하지 않았다. 하산 아저씨와 야모스 아저씨가 누구인지를 알아서인지도 모른다. 안나 아주머니의 말대로 아는 게 꼭 모르는 것보다 좋은 건 아닌 듯싶다.

안나 아주머니가 몸을 뒤척였다. 그 사품에 탁자 사이가 조금 더 벌어졌다. 안나 아주머니는 꿈을 꿨다. 지독한 꿈일 것이다. 입술만 달싹이며 잠꼬대조차 내뱉지 못했으니 말이다. 이내 안나 아주머니의 불룩한 눈시울에서 진득한 눈물이 흘렀다. 나도 꿈을 꾸면서 가끔 눈물을 흘렸다. 식탁 사이를 지나다니며 음식을 차리고 술잔을 따르고 핀잔을 주고 돈을 세던 여인이 이제 식탁과 식탁을 잇는 거대한 다리처럼 그 위에 누워 꿈을 꾼다. 식탁들을 가로질러 하나로 연결하고 식탁 위에서 태어난 생처럼 그곳에서 잠든 채.

식은 햇살이 고양이처럼 은밀하게 들어와 식당을 채웠다. 나는 눈을 가늘게 뜨고 식당 밖을 보았다. 하루가 저문다. 내 생의 수많은 날들 가운데 하나인 오늘 하루가 저문다. 어느새 안나 아주머니가 깨어나 말끔한 얼굴로 식당 밖을 보았다. 안나 아주머니의 눈동자에 식당 밖 세상이 고스란히 비쳤다. 나는 하산 아저씨가 가르쳐준 대로 이렇게 말했다. 터키의 풍습이라고.

"좋은 꿈이길 바라요."

안나 아주머니는 딱히 나를 의식하지 않는 목소리였다.

"내 어릴 적 고향집이었지. 담도 없는 낡은 초가집이었단다. 그래도 앞마당에선 꽃이 피고 강아지들이 뛰놀았지. 닭도 있고 오리도 있었다. 외양간에는 소도 있었고 돼지도 있었단다. 뒤란에는 장독대가 있고 커다란 보리수나무가 차양처럼 덮었지. 헛간 옆에는 감나무가 섰고 맞은편에는 커다란 살구나무가 자랐단다. 집 앞 텃밭에는 길차게 자란 오동나무가 웬만한 바람에는 끄떡도 않는 커다란 잎사귀를 달고 섰고 그 밑에 키 작은 동백나무가 한 그루 있었다. 그 집에서 칠남매가 자랐다. 언니 오빠가 둘씩 있었고 내 밑으로 남동생 하나, 여동생 하나가 있었지. 큰언니는 이웃마을 후취로 들어갔다가 폐병에 걸려 죽었고 손위 오라비 하나는 사고를 치고 감옥에 들어갔다가 그곳에서 영영 살아 나오지 못했다. 목숨들이 동백꽃처럼 졌다. 할아버지, 할머니 그리고 아버지가 그 집에서 숨을 거두었지. 하지만 집은 좀처럼 낡지 않았다. 어릴 적이나 시집갈 무렵이나 그대로인 것만 같았단다. 사람들은 그 안에서 나고 자라고 늙는데 집은 그 사람들의 피와 눈물과 살점을 먹으면서 늙지도 낡지도 않았지. 때로는 그 집이 소름끼치기도 했단다. 벗어나고 싶었고 한번 떠나면 돌아오고 싶지 않았다. 그런데 말이다. 나이를 먹을수록 그 집이 그립구나. 꿈에서 고향집을 찾아갔다. 낯익은 마을 길을 걸어 옛 동무들의 집을 지나 오동나무가 있는 텃밭에 이르렀는데…… 흔적도 없더구나. 텅 빈 공터였단다. 아버지와 할아버지가 봄이면 새로 지붕을 이던 초가집이 보이지 않더구나. ……내 유년이 그처럼 깨끗하게 사라져버린 걸 알았다. 꿈속에서 나는 당황하지 않았어. 이렇게 될 줄 알았던 거야. 기어이 이렇게 될 줄을……"

어른이란 어린아이를 질투하는 사람이다. 소중한 걸 지니고도 모르는 바보들이라는 눈빛으로. 야모스 아저씨는 안나 아주머니에게 아이가 있다고 했다. 그 아이들은 안나 아주머니가 어머니인 줄을 모른다고 했다. 나는 안나 아주머니가 원하면 기꺼이 아들이 되어줄 수 있었다. 내 몸의 흉터야말로 내가 안나 아주머니의 아이라는 증거가 아닐까. 어미와 자식은 그렇게 닮은 흉터를 지녀야 하는 거다.

안나 아주머니가 식탁에서 내려오려다 굴러떨어졌다. 식탁이 양쪽으로 밀려나면서 그 틈으로 떨어진 거였다. 다친 곳은 없었다. 이 식당에서라면 이순신과 싸워도 안나 아주머니는 털끝 하나 다치지 않을 것이다. 식탁과 중력을 몇 번 저주한 뒤 안나 아주머니는 평소의 모습으로 돌아왔다. 몇 사람이 지나가다 안나 아주머니가 주방에 있는 걸 보고는 영업을 개시한 줄 알고 들어왔다.

"눈을 사탕처럼 주머니에 넣고 다니는 사람들이군. 금일 휴업인 거 안 보여?"

"솥에서 김이 나길래 들어왔수다. 그러지 말고 출출한데 순댓국 한 그릇 먹읍시다."

눙치고 뻗대는 사람도 있었지만 안나 아주머니는 단호했다. 오는 족족 발로 차고 손으로 떠밀고 욕인지 속담인지 구분이 안 되는 말로 불쾌하게 만들어 스스로 발걸음을 돌리게끔 한 안나 아주머니는 솥뚜껑을 열고 새된 목소리로 말했다.

"고기가 영 못 쓰겠다. 괜찮겠구나 싶어 끓여봤는데 안 되겠다. 망할 놈의 터키 늙은이. 정육점은 언제 다시 연다니? 그 늙은이가 허우룩해도 고기 보는 눈만은 내가 한 수 접는다. 어디서 구해오느냐고 물어도 눈썹만 꿈틀대는 능갈맞은 늙은이. 가서 늙은이들 데리고 오렴. 우리끼리 저녁이나 먹자꾸나."

나, 하산 아저씨, 야모스 아저씨, 이렇게 쓸모없는 세 사내는 휴업 중인 안나 아주머니가 식탁을 차리는 걸 멀뚱히 지켜보아야 했다. 손가락 하나라도 까딱하면 다른 손님들처럼 쫓아낼 거라고 안나 아주머니가 으름장을 놓았기 때문이다.

안나 아주머니는 소꿉놀이를 하는 것처럼 즐거워했다. 나는 말 안 듣는 멍청한 자식이었고 하산 아저씨는 게으름뱅이 시아버지였으며 야모스 아저씨는 빈털터리 남편이었다. 안나 아주머니는 이 하찮은 세 사내 위에 군림하는 여왕이었는데, 집안의 대소사를 주관하는 가장으로서 무능한 다른 식구들의 보호자를 자처했다. 얼마나 무능한지 세 사내는 밥상을 차릴 줄도 몰랐다. 가만히 앉아서 밥상이 차려지길 기다리고 반찬 투정을 하는 게 우리에게 주어진 임무였다. 내게는 특별히 음식을 흘리면서 먹을 것을 요구했다. 그러면 안나 아주머니는 기꺼이 턱받이를 목에 채워주고 밥을 떠 먹여 줄 거였다.

"내 인생에 또 언제 있을지 모르는 이 좋은 날에 다 큰 사내 녀석들 시중이나 들고 있다니 대체 이게 무슨 팔자람."

안나 아주머니의 이런 푸념을 묵묵히 듣는 것도 우리에게 주어진 임무 가운데 하나였다. 야모스 아저씨가 처음이 어려울 뿐 한번 하면 자꾸 하게 될 거라고 예언하자 안나 아주머니가 발끈했다.

"무능한 남편 역할을 하라고 했지, 잔소리하는 시어머니 역할을 맡긴 게 아니잖아요. 굶어 죽고 싶어 환장한 것도 아닌데 오늘 하루면 됐지 뭘 또 휴업을 하려구."

밤이 깊었다. 휴업인 금일이 다 끝나고 있었다. 금일 휴업이라 씌어진 종이도 지쳤는지 금방이라도 떨어질 듯 스스로 펄럭였다. 안나 아주머니의 목소리는 점차 생기를 잃었다. 하루를 온통 허비했는데도 고된 노동을 한 것과 다름없이 시든 목소리였다. 우리는 끝까지 안나 아주머니의 소꿉놀이에 동참하는 게 옳은지 아니면 당장 자리를 박차고 일어나 식탁을 치우고 설거지를 하는 게 옳은지 분간이 안 되었다.

안나 아주머니는 생의 막바지에 이르러 대체 어떤 식으로 이 삶을 끝장내야 하는지를 모르는 사람처럼 오늘 하루를 어떻게 마감해야 할지 몰라 허둥댔다. 아무도 태어나는 방법을 가르쳐주지 않았어도 우리가 태어났듯이, 어떻게 죽어야 잘 죽는지 가르쳐주지 않아도 사람들은 다들 잘 죽었다. 죽는 데 실패한 인간이 있다는 이야기는 들어본 적이 없으니까. 무드셀라도 삼천갑자 동방삭도 결국엔 죽었다.

우리는 안나 아주머니의 차분하기 이를 데 없는 광기를 또한 조용히 견디며 밤의 한가운데로 들어갔다. 나는 차라리 안나 아주머니가 지난밤처럼 지진이 온몸을 지나가듯 소란을 떨며 한바탕 통곡을 했으면 싶었다. 한 꺼풀 옷으로 감싸인 안나 아주머니의 몸에는 내 몸에 새겨진 것보다 훨씬 많은 흉터가 있었다. 하지만 사실 우리 가운데 누구도 그걸 직접 목격한다거나 입으로 말할 용기를 지닌 사람은 없었다. 그래서 하산 아저씨는 눈썹을 움직이는 묘기를 보이면서 시아버지답게 다정한 말을 건넸고, 야모스 아저씨는 남편답게 어깨를 빌려주었으며, 나는 자식답게 대체 지금 눈앞에서 벌어지는 일의 의미가 무엇인지 알 수는 없지만 엄마가 우니까 나도 슬프다는 식으로 안나 아주머니의 두툼한 팔뚝을 붙잡고 거기에 볼을 댔다. 르누아르 정도라면 이 장면을 행복한 저녁식사로 윤색해서 그릴 수도 있을지 모르겠지만, 그렇다 해도 고흐의 「감자 먹는 사람」에 더 가까울 것이다.

안나 아주머니가 앞치마에 코를 팽 푼 뒤 하산 아저씨와 야모스 아저씨를 겨드랑이에 하나씩 끼고 남자의 도리에 대해 훈계할 때 쌀집 둘째 딸이 식당 앞을 지나갔다. 그는 고개를 돌려 식당 쪽을 보았는데 어둠 속에서 두 눈이 짐승의 그것처럼 발광했다. 쌀집 둘째 딸의 눈빛은 예전보다 날카로웠다.

고아원에서 탈출했다가 붙잡혀서 혹은 바깥세상을 견디다 지쳐 스스로 돌아온 아이들의 눈빛도 그랬다. 탈출을 준비할 때 그들의 눈빛은 호기심과 기대로 가득했다. 깊고 푸른 호수처럼 눈동자에 신선한 물기가 어렸고 선과 악 모두를 가리지 않고 받아들일 수 있는 용기도 도사렸다. 한마디로 그들의 눈은 도약을 위해 웅크린 고양이처럼 부드럽게 팽팽한 긴장 상태였다. 그들은 하나같이 언젠가 추억할 가치는 있겠지만 당분간은 전혀 기억하고 싶지 않은 곳이라는 듯 자신들이 머물렀던 곳을 신중하게 일별한 뒤 작별인사를 남기고 떠났다. 그들도 공포를 느끼기는 했지만 아직 공포를 감추기 위해 폭력을 행사하는 방법을 알지는 못했기에 그들의 공포는 순진했다. 모든 감정의 시작은 순수하다. 그것이 설령 증오일지라도.

그들은 돌아온 뒤 자신들이 겪은 일을 과장해서 떠벌렸다. 그들이 스스로의 경험을 과장한다는 걸 아는 데 특별한 능력이 필요하지는 않았다. 호기심과 기대는 환멸과 체념으로 바뀌었고 그걸 감추기 위해 헛되이 새로운 희망을 덧씌워야 했으므로 날카로워질 수밖에 없었다. 쌀집 둘째 딸이 가출하여 무엇을 겪었고 무엇을 느꼈는지는 그 눈빛으로 짐작할 수 있었다. 한층 더 날카로워진 눈빛은 그가 도망갔던 고아들이 만났던 것과 별다르지 않은 세상을 대면하고 돌아왔다는 증거였다. 타인의 시선을 땀구멍으로도 느낄 수 있는 안나 아주머니가 고개를 돌렸으나 이미 쌀집 둘째 딸은 식당 앞을 지나친 뒤였다.

"이 노인네들 몸에 쥐벼룩 있는 거 아냐? 왜 이렇게 등짝이 땀띠라도 난 것처럼 따갑고 간질간질하지? ……어라, 저건 또 웬 녀석이야?"

누군가 숨을 헐떡이며 식당 앞을 지나갔다. 야모스 아저씨가 이때다 싶어 안나 아주머니의 겨드랑이를 빠져나왔다. 고개를 밖으로 내밀고 방금 지나간 사람의 정체를 중계해주었다.
 "계집 뒤꽁무니 쫓아다니는 녀석인데 꼭 발정난 당나귀 같군."
 고수머리 청년이었다. 얼마 되지 않아 우리는 쌀집 둘째 딸과 고수머리 청년을 둘러싸고 앉게 되었다. 걸어다니는 비속어사전인 쌀집 김 씨가 자신의 몸을 펼쳐 일 쪽부터 등재된 단어를 차근차근 읊어대며 둘째 딸의 뺨을 때리고 침을 뱉었기 때문이었다. 고수머리 청년은 전봇대 뒤에 숨어 지켜보다가 쌀집 둘째 딸이 쌀뜨물처럼 집 앞에 끼얹어지자 슬금슬금 다가가 널브러진 그를 간동그려 이면도로를 따라 내려왔다. 그때까지 보초처럼 식당 앞을 지키던 야모스 아저씨가 손짓을 했다. 고수머리 청년은 잠시 망설였지만 식당 안에 있는 나와 하산 아저씨를 보고는 쌀집 둘째 딸을 부축하며 들어왔다. 쌀집 둘째 딸에게선 쌀겨 냄새가 났다.
 "쌀바구미 같은 이 녀석은 또 뭐야?"
 안나 아주머니가 고수머리 청년에게 바투 다가앉으며 심드렁하게 물었다. 야모스 아저씨가 킥킥댔다. 야모스 아저씨는 이따금 안나 아주머니의 명을 받아 양지바른 곳에 신문지를 펴놓고 바구미가 들끓는 쌀을 부은 뒤 감시인 노릇을 했는데, 쌀무더기 밖으로 스멀스멀 기어나오는 작고 까맣고 단단한 벌레를 손톱으로 툭툭 눌러 죽이는 데 일가견이 있었다. 야모스 아저씨는 고수머리 청년을 쌀바구미처럼 손톱으로 눌러 깨뜨리는 상상을 했던 것이다.

고수머리 청년은 까맣고 작은 데다 단단한 사내였다. 그가 쌀집 둘째 딸의 팔을 붙잡았던 손을 놓고 식탁 위에 올려놓으며 사기 컵을 살짝 스쳤을 뿐인데 컵이 단번에 깨졌다. 야모스 아저씨는 세 조각이 난 컵을 집어 들며 방금 전 웃었던 걸 후회했다.

쌀집 둘째 딸은 아비의 손자국이 선명하게 찍힌 뺨을 자신의 손으로 사납게 문질렀다. 안나 아주머니는 그보다 더 사납게 다시는 걸어다니는 비속어사전이 식당을 출입할 수 없도록 할 것이라 선언했으며, 제 딸을 그토록 무자비하게 폭행하는 자는 최후가 비참할 것이라는 의미의 속담을 줄줄 쏟아냈다. 하산 아저씨는 수건을 가져와 쌀집 둘째 딸의 얼굴을 닦아주었다. 윗몸을 고수머리 청년 쪽으로 살굿이 기울인 채 하산 아저씨의 손길에 자신의 얼굴을 맡긴 쌀집 둘째 딸은 일반미는 못 되고 그보다는 품질이 낮은 정부미처럼 푸석푸석했다. 눈빛도 날카로움을 잃어 맹랑한 녀석의 평소 눈빛보다 무뎠고, 파랗게 질린 입술이 갈라져 잎맥처럼 보였다. 고수머리 청년은 쌀알을 움켜쥔 왕바구미처럼 시선의 촉수를 내밀어 쌀집 둘째 딸을 꽉 껴안았다. 그들은 피곤한 표정이었다. 더 정확히 말하자면 배고픈 표정이었다. 안나 아주머니가 한숨을 내쉬었다.

"밥도 못 처먹고 다닐 거면 가만히 방구석에 앉아 숨쉬기운동이나 할 것들이지. 내 이럴 줄 알았다. 어째 하루가 무사히 지나간다 싶었어. 버르장머리 없는 사내 셋을 먹이는 걸로도 모자라 이젠 바구미 같은 녀석들까지 모셔야 하다니. 휴업은 무슨 얼어 죽을 휴업. 저걸 떼어버려라."

나는 안나 아주머니가 가리킨 종이를 뗐다. 그들은 안나 아주머니가 차려준 음식을 먹고 트림을 했다. 한결 기분이 좋아진 얼굴이었다. 밥을 먹으면서도 내내 하산 아저씨를 힐끔거리던 고수머리 청년에게선 더 이상 이국에서 수입한 애완동물의 흔적을 찾을 수 없었다. 배가 부르면 누구나 관대하고 용감했다.

하산 아저씨가 끓인 커피를 마시며 우리는 할 말이 없는 사람들처럼 각자의 생각에 잠겼다. 밤이 존재하는 이유는 우리가 우주의 일부라는 걸 가르쳐주기 위해서인 듯했다. 어둠은 모든 백색소음을 삼켜버리는 재주가 있었다. 그러면 비로소 낮 동안 들을 수 없었던 소리를 들을 준비가 되었다. 우리는 자신의 내면에 귀를 기울였고 거기에서도 늘 소리가 존재했다는 걸 새삼 깨달았다. 왜 그 소리에 주의를 기울이지 않았던가를 자책도 하고 잊지 않겠노라 다짐도 했지만 또다시 날이 새고 해가 뜨면 모든 소리를 압도하는 소음들 때문에 그런 다짐을 까맣게 잊고 말았다.

쌀집 둘째 딸의 볼엔 여전히 손자국이 남았다. 볼에 남은 자국은 곧 사라지겠지만, 그의 영혼에 새겨진 손자국은 쉬이 사라지지 않을 것이다. 하산 아저씨는 장미꽃을 사랑하는 사람은 그 가시도 감내하는 법이라고 말했다. 그 말이 쌀집 둘째 딸을 향한 것인지 고수머리 청년을 향한 것인지는 불분명했다. 아무려나, 우리는 그 말을 각자 자신의 방식대로 받아들였다. 그것으로도 부족해 서로의 얼굴을 살폈다.

고아원에서 나오던 날 하산 아저씨와 이렇게 말했다. "우리가 타인을 거울로 삼아야 하는 이유는, 우리 내부의 모순을 모순으로 여길 능력이 없기 때문이란다. 타인의 모순된 행동을 통해서 나를 유추해볼 수밖에 없기 때문이지. 타인을 거울로 삼지 않는다면 우리는 스스로를 미지의 영역에 내버려둔 채 한평생을 살아야 할 거다." 그때 하산 아저씨가 염두에 둔 타인은 원장이었다. 나로서는 수긍하기 어려운 말이었다. 타인은 타인일 뿐이었다. 그가 행복하거나 고통스럽거나 나와는 상관없었다. 그가 나의 행복과 고통에 관여하지 않는다면 말이다. 원장은 내 고통에만 관여했다. 그래서 나는 고아원을 떠나는 게 전혀 아쉽지 않았다.

하지만 이 순간만은 행복이나 고통도 실내를 채운 공기처럼 공유할 수 있는 그 무엇일 수도 있다는 생각이 들었다. 나를 포함해 식당의 여섯 사람이 본질적으로 아무런 차이도 없는 것만 같았다. 서로의 영혼이 연결되어 있다는 식의 기분은 아니었다. 그건 생각만으로도 끔찍했다. 야모스 아저씨와 내 영혼이 연결되어 있다니! 나는 아직 살인마가 아니다. 다만, 가청 범위를 넘어선 소리를 듣기 위해서는 영혼에도 귀를 하나쯤 지녀야 한다는 생각, 그런 생각이 터무니없다고 여겨지지 않고 실제로 우리 영혼에 귀가 존재하는 것 같은 기분. 그때 나를 사로잡았던 느낌은 그런 것이었다.

지금 식당 밖 어두운 곳을 엄폐물 삼아 이쪽을 염탐하는 맹랑한 녀석도 영혼에 귀가 있는 게 분명했다. 그 귀가 유난히 쌀집 둘째 딸에게만 민감하다는 게 문제랄까.

야모스 아저씨의 손에 귀를 잡혀 끌려 들어온 맹랑한 녀석은 거의 울상이었다.

"내 비명 소리 들었지? 맙소사! 난 이 녀석이 지옥에서 올라온 악마인 줄만 알았어."

우리 모두 야모스 아저씨의 비명을 들었다. 화장실에 가겠다며 그가 식당을 나가고 오래지 않아서였다. 그가 식당에서 나오는 걸 본 맹랑한 녀석이 어두운 곳으로만 골라 뒷걸음질을 쳐서 간 곳이 화장실이었던 거다.

"캄캄하기에 아무도 없는 줄 알았지. 불을 켜니까 이 녀석이 불쑥 튀어나오는 거 아니겠어. 난 거대한 변종 구더기가 공격하는 줄만 알았다. 젠장, 하마터면 내 영혼이 코끝으로 튀어나올 뻔했다니깐."

안나 아주머니는 맹랑한 녀석의 귀를 문질러주고 머리를 쓰다듬어주었다. 치유 능력을 발휘한 덕분인지 맹랑한 녀석도 금세 안정을 찾았다. 뜻밖에 정체가 탄로나 당황스러웠던 녀석은 이제야 수치를 느꼈다. 난생처음이기라도 하듯 식당 안을 둘러보았다. 안나 아주머니는 충남식당이라는 왕국의 여왕답게 무얼 해야 하는지 잘 알았다. 안나 아주머니는 맹랑한 녀석 앞에 새 밥그릇을 놓아주고 물었다.

"또 다른 누군가를 초대한 사람 있어? 더 올 사람 있냔 말이다."

다들 고개를 저었다. 우리는 남은 커피를 마시며 돌을 씹듯 밥을 먹는 맹랑한 녀석을 지켜보았다. 그는 이따금 고수머리 청년을 힐끔거렸다. 그의 눈빛이 예사롭지 않다는 걸 느낀 고수머리 청년이 단단한 주먹으로 자신의 허벅지를 문질렀다. 별 뜻은 없었다. 허벅지가 가려웠던 거다. 하지만 그게 맹랑한 녀석에게는 위협으로 여겨졌을지도 모른다. 우리가 눈치채지 못한 사이에 들어온 노란 줄무늬 고양이가 맹랑한 녀석 발치에서 야옹, 하고 울었다. 안나 아주머니는 어깨를 으쓱하고는 고기 몇 점을 식탁 밑에 던져 줬다. 나는 맹랑한 녀석에게 대머리 아저씨를 구제하는 일은 잘 되어가는지를 물었다. 그는 우울한 얼굴로 고개를 저었다. 맹랑한 녀석의 눈동자 위로 군대, 사회, 국가와 같은 것들을 향한 맹렬한 증오심이 떠올랐다가 사라졌다.

하산 아저씨는 구석 자리에 앉아 집에서 그러듯 식탁에 발을 올리고 끄덕끄덕 졸았다. 두 바구미는 상객의 지위를 놓친 게 무척 아쉬운 듯 맹랑한 녀석을 떨떠름한 얼굴로 지켜보았다. 우리는 별로 가치 있는 일을 하지 않았지만 시간은 계속해서 흘렀다. 어둠은 밤이라는 시간 속에서 양생하며 한층 더 두터워지고 견고해졌다. 세상은 불 꺼진 유실물센터처럼 고요하고 쓸쓸했다. 나는 고아원 바깥의 세상이 고아원 내부와 그리 다르지 않다는 사실을 점점 익숙하게 받아들이게 되었다. 천장이 높아 작은 소리도 공명되어 들리던 그곳에서 나는 세상이 이처럼 생기 없고 겁먹은 아이 같을 것이라고 생각해본 적이 없었다. 만만치 않은 곳이라는 사실은 알았지만, 내가 상상했던 세상의 모습은 이보다 활기가 넘치고 생명이 충만한 그런 곳이었다. 협잡과 음모가 판을 치더라도 견딜 만한 가치가 있는 협잡과 음모일 거라고 상상했다. 그러나 세상도 별수 없었다. 세상을 활보하는 협잡과 음모는 고아원 아이들 사이에서 벌어지는 일들이 조금 더 규모가 크게 재현되는 것일 뿐이었다.

고아원에서는 밤이 불손하기 이를 데 없었다. 밤은 나를 감춰주는 시간이 아니라 내 존재가 지워지는 시간이었다. 차갑고 어두운 방, 낡고 더러운 장판 위에 누워 잠을 청하는 시간. 고아들은 유실물처럼 누운 채 누군가 자신을 집어가길 바랐다. 자신이 고의적인 유실물이라는 사실도 잘 알았다. 하지만 이제 자신을 집어갈 사람이 그를 잃거나 혹은 버린 원래의 주인이 아니어도 괜찮았다. 누구든 자신을 집어가 쓸모 있는 무엇으로 여겨주고 사용해주길 바랐다.

세상도 마찬가지인 듯했다. 이곳에서도 사람들은 늘 쓸모 있는 무언가가 되기를 바랐다. 밤이 되면 수십만 년 이어져온 습관을 따라 왜 그런지 이유도 모른 채 조금은 허전한 마음으로 밤이 지나 아침이 오면 상황이 나아지길 바라며 잠을 청했다.

밥은 묘약이었다. 맹랑한 녀석은 한결 느긋해진 얼굴이었다. 그리고 대담하게 고수머리 청년을 똑바로 보았다. 녀석은 손을 들어 고수머리 청년의 얼굴을 가리켰다. 두 바구미가 서로의 얼굴을 보았다.

"귀가 왜 그래요? 하산 아저씨 귀랑 비슷하네요."

야모스 아저씨가 호기심이 번득이는 눈으로 고수머리 청년의 두

귀를 살폈다. 안나 아주머니는 아까부터 자신도 그게 궁금했다고 호들갑을 떨었다. 쌀집 둘째 딸도 처음 발견한 것처럼 고수머리 청년의 한쪽 귀를 집게손가락으로 건드렸다. 하산 아저씨는 여전히 졸았다. 하산 아저씨의 두 귀는 롤러로 밀어붙인 것처럼 뒤로 누워 머리에 딱 들러붙었다. 야모스 아저씨는 잠든 하산 아저씨와 비교하더니 이처럼 못생긴 귀를 가진 자가 한자리에 둘씩이나 모인 건 기적 같은 일이라고 말했다. 고수머리 청년은 어린 시절 레슬링을 했다고 대답했다. 레슬링이라는 낱말이 식당 안을 둥둥 떠다녔다. 이 단어는 그 뒤에 줄줄이 드롭킥, 헤드락, 코브라 트위스트와 같은 새끼들을 달고 다녔다. 그러면서 야모스 아저씨의 목을 조르고 관절이란 관절은 죄다 꺾었다.

"운동부에 있었어요. 잠깐 선수로 활동한 적도 있구요. 프로레슬링과는 좀 달라요. 무척 신사적이고 아름다운 운동이에요."

한마디로 고수머리 청년은 멋지고 잔인한 녀석이었다. 쌀집 둘째 딸도 놀란 표정이었다. 그런 표정을 보고 있노라면 대체 쌀집 둘째 딸이 고수머리 청년에 대해 아는 게 무얼까 싶을 정도였다.

사람들은 옛 레슬러의 귀를 한 번씩 만져보고 레슬링에 대해 궁금한 걸 물었다. 하산 아저씨는 여전히 졸았다. 나는 하산 아저씨도 젊은 시절 레슬링을 했던 게 아닐까 하고 생각했다. 맹랑한 녀석의 말대로 두 사람의 귀는 닮았다. 하산 아저씨의 귀가 좀더 자연스럽게 붙어 있는 점이 다르다 할까. 아마 세월이 흐르면 고수머리 청년의 귀도 자연스러워질 것이다. 하산 아저씨는 저 귀로도 세상의 모든 소리를 들었다. 납작하고 볼품없는 귀를 가지고도 듣지 못할 소리란 없었다. 귀가 있어도 듣지 못하는 사람이 부지기수인데, 이처럼 못생긴 귀를 가지고도 가청 범위를 넘어선 소리까지 들을 수 있는 사람이 하산 아저씨였다. 나는 그의 잠든 얼굴에 서린 표정을 보고, 그가 비록 잠들었어도 세상의 모든 소리를 듣고 있으리라 짐작했다. 하산 아저씨는 드물게 우리가 만날 수 있는, 영혼에 귀가 달린 사람이니까. 어쩌면 맹랑한 녀석에게도 그런 게 있을지 모른다. 그가 자신의 연적을 증오만 했더라면 고수머리 청년의 귀가 독특하다는 걸 영영 몰랐을 테니까. 맹랑한 녀석은 사랑과 증오 모두 관심의 다른 표현이라는 걸 알려주려는 건지도 모른다. 쌀집 둘째 딸은 자신의 무신경을 별로 부끄러워하지 않았다. 그 역시 고수머리 청년의 귀를 신기해했고, 마치 아직도 탐험해야 할 미지의 영역이 남았다는 사실이 즐거운 탐험가처럼 새로운 무언가를 발견하게 되기를 기대하는 듯한 표정이었다. 안나 아주머니도 새롭게 알게 된 사실이 무척 즐거웠는지, 이 상황에 그리 어울리지 않는, '열 길 물속은 알아도 한 길 사람 속은 알기 어렵다'식의 속담들을 줄줄이 쏟아 냈다.

조금 뒤 우리는 신을 원망하는 목소리를 들을 수 있었다. 그 목소리의 주인은 전도사였다. 전도사는 식당에 들어와서 빈 의자에 앉더니 머리를 두 손으로 마구 헝클었다. 안나 아주머니는 기가 막힌다는 얼굴로 전도사를 내려다보았지만 그를 쫓아내지는 않았다. 우리는 전도사가 술 마시는 모습을 처음 보았다. 그는 안나 아주머니가 가져다 준 밥은 한 숟가락도 뜨지 않고 순댓국을 안주 삼아 소주를 마셨다. 그는 비영비영한 얼굴을 들어 식당을 둘러보기도 했는데, 무언가를 호소하고 싶어 하는 듯한 눈빛이었다. 점점 사람들 사이가 가까워졌다. 사람이 하나씩 늘어나면, 그 사람을 균등하게 배분하여 한 조각씩 공유했기 때문이었다. 한정된 공간에서 여러 사람이 함께 머물 수 있는 방법은 서로 가까워지는 수밖에 없었다.

나는 언젠가 이 동네를 떠난, 대머리 아저씨의 방에 앞서 살았던 일가족을 떠올렸다. 그들이 좁은 방에서도 함께 기거할 수 있었던 이유는, 내가 짐작했던 것처럼 서로를 퍼즐처럼 끼워 맞췄기 때문이 아니었을지도 모른다. 그들은 공간을 효율적으로 공유하는 능력을 넘어 서로를 공유하는 능력을 지녔던 것인지도 모른다. 서로에게 스며들어 여섯 식구가 마치 한 사람처럼—포개고 겹쳐져 팔과 다리가 열두 개인 전혀 다른 생명체로 거듭났던 건지도 모른다.

전도사는 성격이 급했다. 우리가 묻기도 전에 고해를 하듯 자신이 괴로운 이유를 털어놓았다.

"기억이 안 나요, 기억이!"

충남식당의 여왕과 그 졸개들은 시큰둥한 반응이었다. 기억나지 않는 일이 한두 가지가 아니었으므로 전도사를 동정할 수 없었다. 그는 자신이 어머니 배 속에서 막 수정된 순간부터 충남식당에 앉아 '기억이 안 나요, 기억이!'라고 절규하는 이 순간까지를 차분히 더듬었다. 그래도 기억이 안 난다고 했다. 안나 아주머니는 멸망하는 왕국을 속절없이 지켜보아야 하는 제국 말기 최후의 여왕처럼 비감한 얼굴이었다. 돌이킬 수 없는 일을 지켜볼 때는 그처럼 차분하게 절망할 수도 있는 모양이었다.

"왜 하필이면 내가 오늘 영업을 쉬었을까. 이건 마치 삼만 년 전부터 이렇게 될 거라고 예정되었던 일을 겪고 있는 듯한 기분이야. 누가 설명 좀 해주렴. 왜, 하필이면 오늘, 왜, 생전 한번 여기 찾아오지 않던 군상들까지 모여서, 왜, 나를 괴롭히는 거지?"

안나 아주머니의 말은 일리가 있었지만, 그렇기 때문에 금세 무시되었다. 이 식당 안에는 지당한 이야기에 귀를 기울이는 사람은 없었다. 하산 아저씨는 여전히 졸았다. 노란 줄무늬 고양이가 어느새 식탁 위에 올라 앉아 근엄한 모습으로 한심한 인간들을 바라보았다. 쌀집 둘째 딸은 전도사가 자신의 집에 찾아와 아버지와 기싸움을 벌인 적이 있어서 그를 못마땅해했다.

"말을 좀 해봐요. 대체 뭐가 기억이 안 난다는 거죠?"

짜증 섞인 목소리로 쌀집 둘째 딸이 묻자 전도사가 두 손으로 머리를 움켜잡고 두 팔꿈치를 서로 맞댄 채—인간이 취할 수 있는 절망의 포즈 가운데 우리에게 가장 익숙한 형태로—두 팔로 만든 역삼각형의 작은 공간에서 두 눈을 번쩍 빛내며 대답했다.

"기억이 안 나요, 기억이! 주기도문이 기억이 안 나요."

안나 아주머니는 순댓국 끓이는 방법을 잊게 된다면 어떨까를 생각했고, 야모스 아저씨는 성호를 그으면서 만약 성호 긋는 방법을 잊는다면—훗날 야모스 아저씨는 자신도 성호를 그을 때 왼쪽이 먼저인지 오른쪽이 먼저인지 헷갈리는 순간이 있었다며, 전쟁 중이었으므로 신도 자신을 용서했을 거라고 고백했다―이처럼 괴로울 거라고 생각했다. 누군가 성경에 실린 주기도문을 보면 되지 않느냐고 묻자 전도사는 고개를 저었다. 그는 다른 무언가의 도움 없이 스스로 기억을 되찾고 싶었던 거다. 그는 시험에 빠진 사람처럼 당황했고 악에 농락당한 사람처럼 괴로워했다.

그때 유정이 식당 문이 열렸음에도 불구하고 굳이 문에 얼굴을 대고 식당 안을 들여다보았다. 안나 아주머니는 화를 낼 기운이 없었으므로 아무 말 없이 주방으로 들어갔고 전도사는 여전히 스스로를 학대할 방법을 궁리했다. 유정은 식당에 들어오지 않았다. 문턱을 넘은 건 유정의 머리통뿐이었다.

"호, 혹시 우, 우리 어머니 어, 어디 갔는지 아, 아세요?"

유정은 평소보다 유난히 더듬었다. 유정이 아버지인 연탄장수를 찾지 않은 건 처음이었다. 모두 고개를 저었다.

"어, 어머니가 사, 사라졌어요."

안나 아주머니는 밥상을 새로 차린 뒤 유정을 끌고 들어왔다. 하지만 그는 밥을 먹으려 하지 않았다.

"도, 동생도 구, 굶었어요."

안나 아주머니는 유정을 달랬다.

"먹을 걸 좀 줄 테니 돌아갈 때 가져가렴. 그러니까 우선은 먹어라. ……옳지."

안나 아주머니는 식당을 나가 문 앞에 섰다. 나는 아주머니 옆에 섰다. 금일 휴업. 그러나 오늘 충남식당은 여느 날 못지않게 붐볐다.

"정말 즐겁구나. 맛대가리 없는 고기를 저 인간들이 전부 처먹었으니. 이제 다 온 거지? 대머리 노인네야 진즉에 식당에 온 거나 마찬가지잖니. 저 소리 들리지? 배호 목소리로 군가를 불러대는 노인네는 이미 목소리로 우리 식당을 찾아온 거야. 오늘따라 주정뱅이 열쇠장이 노인도 저 자리를 떠나지 않는구나. 그럼 이제 귀신같은 이맘인지 저맘인지만 오면 다 온 거네."

그때 식당에서 이맘이 나왔다. 그는 오래전부터 식당에 있었노라고 말했다. 밤이 되면 그가 사라지고 대신 그의 그림자가 일어나 돌아다녔다.

"놀랍지도 않다. ……당신도 밥 드실라우? ……안 먹겠다고? 맘대로 하시우. 안 그래도 이제 더는 밥도 국도 없으니깐. 근데 왜 이렇게 마음이 허전한지 모르겠구나."

"왜 마음이 허전해요?"

안나 아주머니는 고개를 숙여 나를 보더니 싱긋 웃었다.

"이렇게 사람들이 많이 올 줄 알았다면 말이다, 좀더 좋은 고기를 준비해두는 건데. 저 사람들한테 질 나쁜 고깃국을 먹였다는 사실이 못내 안타깝구나. 언제 다시 우리가 이렇게 한식구처럼 모여서 밥을 먹을 수 있겠니."

나는 그 순간의 안나 아주머니 얼굴을 가슴속에 스크랩했다. 식당 안 사람들의 얼굴도 모두 스크랩했다. 세월이 흐른 뒤 반드시 나는 이들을 꺼내 오늘 이 시간을 추억하게 될 것이다. 이 순간을 되돌릴 수 없다면, 나는 방금 전의 안나 아주머니의 얼굴 표정과 목소리만이라도 생생하게 떠올리고 싶을 것이다.

"자, 이제 저 주정뱅이 노인네에게 가봐야지. 대체 우리가 뭘 하고 있는지 좀 물어보거라."

나는 밤의 일부처럼 슈퍼 앞에 앉은 열쇠장이 노인에게 다가갔다. 그의 앞에 쭈그리고 앉아 물었다.

"저 사람들이 누군지 아세요?"

"코끼리."

"어떤 코끼리요?"

"분홍색 코끼리."

"맞아요. 저도 이젠 분홍색 코끼리 같다고 생각해요. 뭐 하고 있어요?"

"지나가고 있어."

"저렇게 식당 안에 앉았는데 어딜 간다는 거예요?"

"……"

"어디로 가고 있어요?"

"……"

어디로 가는지 아는데도 가르쳐주기 싫은 것이거나, 주정뱅이조차 어디로 가는지 알 수 없는 건지도 모른다. 나는 식당 문 앞에 우두커니 선 안나 아주머니의 실루엣을 눈으로 더듬었다. 식당에서 쏟아져 나온 빛이 만들어낸 풍성하고 부드럽고 서글픈 곡선. 왕국을 지키기 위해 스스로 보초를 선 여왕. 그곳은 세상에서 가장 가난한 왕국이었다. 가난하다고 해서 지킬 만한 가치가 없는 게 아니라는 걸 안나 아주머니는 말없이 웅변했다. 만약 안나 아주머니가 정말 그런 말을 하고 싶은 거라면, 저 식당 안 사람들은 안나 아주머니를 위로하기 위해 머나먼 나라에서, 똑같이 가난한 나라에서 달려온 사절들일 것이다.

11

　동네 입구에 또 다른 정육점이 있었다. 하산 아저씨가 정육점 문을 닫은 뒤로 사람들은 고기가 필요하면 그곳까지 가야 했다. 그 정육점 주인은 사십대의 사내였는데—물론 한국인이었다—수입산 돼지고기를 국산이라고 속여 팔다 영업정지를 당했다. 그런 이유로 이제 이 동네 사람들은 돼지고기를 구하려면 더 먼 곳까지 가야 했다. 식성이 금세 바뀔 리는 없으니 양고기를 즐기지도 않았고, 쇠고기는 생일과 명절이 아니면 아예 쳐다보지도 않았다. 사람들은 초식동물로 전락한 육식동물처럼 맥 빠진 얼굴로 정육점 앞을 지나다녔다.
　하루에도 몇 사람이 하산 아저씨의 정육점을 기웃거리며 왜 이곳은 영업을 하지 않느냐고 투덜대고 돌아갔다. 하산 아저씨는 정육점 안에서 그런 사람들을 지켜보곤 했다. 문을 닫은 채 그 안에서 시간을 보냈다.

안나 아주머니는 하산 아저씨의 고기 보는 눈썰미로 짐작건대 최소한 삼십 년 이상 그 일을 해왔을 거라고 추측했다. 어떤 이들은 하산 아저씨를 만나면 국산과 수입산을 구별하는 방법을 가르쳐달라고 졸랐다. 하산 아저씨는 먹어보면 안다고 했다. 맛이 없으면 수입산이고 맛이 좋으면 국산이라는 거였다. 안나 아주머니는 자존심이 상했다. "나도 돼지고기라면 이가 갈릴 정도로 주무르고 산 사람인데, 내 참 뭐가 아쉬워서 저런 괴팍한 늙은이한테 묻는 거야?"

육절기를 판매하는 외판원이 충남식당에 종종 모습을 드러냈다. 정육점이 문을 닫은 뒤로는 안나 아주머니에게 업소용 냉동고를 팔아보기 위해 정성을 다했다. 외판원은 반드시 정육점의 문을 두드려보고 갔다. 거기에 하산 아저씨가 있건 없건 자신의 의무라도 되는 듯.

여름이 깊어가고 말복이 코앞에 다가왔다. 안나 아주머니는 하산 아저씨에게 복날 무슨 계획이 있냐고 물었다. 그런 게 있을 리 없는 하산 아저씨는 대답도 없이 물끄러미 충남식당 여주인을 바라보았다.

"내가 아는 언니가 교외에서 농사를 짓고 사는데 집에서 돼지를 좀 기른답디다. 거긴 가내 도축이 허용된 지역이라 상관이 없어요. 어때요, 우리 한번 돼지 한 마리 직접 잡아볼까요?"

하산 아저씨는 마장동이나 독산동의 도축장에서 나온 고기를 썼다. 직접 도축을 하면 중간 단계의 비용을 줄일 수 있어 훨씬 이익이었다. 하산 아저씨는 이 문제를 숙고하는 듯했다.

"하지인지 뭔지 순례를 떠나려면 하루라도 빨리 돈을 모아야 할 게 아니우?"

그 말 때문은 아니었다. 하산 아저씨에게 고기를 공급하던 업자가 단가를 높이겠다고 했다. 그날 밤 내내 하산 아저씨는 집 안 어딘가에 처박혀 모습을 드러내지 않았다. 집 안을 샅샅이 살폈지만 어디에 숨었는지 알 수 없었다. 하지만 나는 집을 나설 때 어딘가에 있을 하산 아저씨에게 인사를 했다.

"어디 계신지 모르겠지만 나갔다 올게요. 유정이 어머니가 아직도 돌아오지 않았대요."

벽이 고개를 끄덕이는 것만 같았다. 유정은 맹랑한 녀석 옆에 우두커니 앉아 있었다. 기시감을 느꼈다. 고아원은 표정이 단순한 곳이었다. 그곳에서 발견할 수 있는 표정은 넋 놓고 있다가 물건을 강탈당한 사람들에게서 엿볼 수 있는 것들뿐이었다. 그중에는 자신이 왜 지금 고아원에 있어야 하는지를 잘 알고 있다는 듯 자신만만한 표정을 짓는 고아도 있었다. 하지만 진짜 표정은 뒤통수에 있었다. 우리는 모두 똑같은 뒤통수를 지녔다.

나는 유정과 함께 그의 어머니를 찾아 돌아다녔다. 맹랑한 녀석의 관심사는 다시 대머리 아저씨에게 돌아왔다. 나는 노련한 탐정처럼 유정의 어머니가 집을 나갔을 때 거쳤을 경로를 탐색하고 그

부근을 중심으로 탐문을 시작했다. 동물의 말을 알아듣는 유정의 능력도 그다지 쓸모가 없었다. 동물들은 입을 다물었다.

그러나 사실 내가 한 일이란 유정을 따라다닌 것뿐이었다. 유정은 침착하게 한번 탐색했던 길을 역순으로 되풀이했다. 출발점으로 돌아오면 다시 시작했다. 우리의 종착점은 산 아래 버스정류장이었다. 유정은 버스정류장보다 더 멀리 가지 않았다. 그곳이 세상의 낭떠러지라도 되는 것처럼 한 걸음도 넘어가지 않았다. 정류장에서 발을 떼고 버스 발판에 올려놓으면, 그것으로 끝이었다. 정류장은 사람들이 내연기관으로 움직이는 네모난 쇠로 된 상자 속에 스스로를 싣고 사라지기 위한 지상의 마지막 장소였다. 우리는 그곳에서 허공으로 사라진 수많은 다리를 보았다. 정류장에 있던 사람들은 버스가 오면 무릎 높이의 허공으로 사라졌다. 허공은 사람을 토해내기도 했다. 하지만 그들 가운데 유정의 어머니는 없었다. 유정은 정류장과 집을 오가는 임무를 부여받은 사람 같았다. 그는 순례자처럼 묵묵히 걸었다. 태양은 공평하게 잔인했다. 자연은 가난한 사람들에게 단 한 번도 아름다웠던 적이 없다. 그게 잔인한 이유는…… 자연이 아름답기 때문이다.

유정에게 이곳은 이미 사막이었다. 이건 비유가 아니다. 그는 메마르고 뜨거웠다. 그의 몸은 열기로 가득했고 잘 구운 과자처럼 바삭거렸다. 그러나 나는 그가 부러웠다. 그는 슬퍼할 권리를 지닌 사람이었다. 나는 내가 왜 지금과 같은 존재가 되었는지를 기억할 수 없었으므로 그런 권리가 없었다. 우리가 왜 지구가 아닌 다른 행성에서 태어나지 못했는지를 슬퍼할 수 없는 것과 마찬가지로, 나는 누구를 원망해야 할지 몰랐고, 내가 과연 행복한 존재에서 그렇지 않은 존재로 추락한 건지도 확신할 수 없었다.

　내게는 순례의 목적도 이유도 없었다. 누굴 그리워해야 하는지조차 몰랐다. 잃어버린 게 무엇인지도 몰랐으므로 되찾아야 할 게 무엇인지도 몰랐다. 한 가지만은 알았다. 유정과 나는 뒤통수가 닮았다. 유정은 확신하는 듯했다. 그는 어머니가 걸어갔던 길을 걷는 것이었다. 그는 왜 어머니 홀로 그 길을 걷게 내버려두었는가를 자책하는 것이었다. 가로막는 사람도, 붙잡는 사람도 없는 이 거리. 그는 흔적이라도 붙잡고 싶은 것이었다. 나는 그가 누군가 어머니를 보았다고 말해주길 기대하며 같은 길을 반복해서 오가는 게 아닐 거라고 생각했다. 그는 어머니가 되어보고 싶었던 것이다.

　하산 아저씨는 나를 학교에 보내기 위해 노력했다. 야모스 아저씨는 콧방귀를 뀌었다. 야모스 아저씨의 논리는 이렇다. 교육의 목적은 그들에게 이 사회에 무언가를 빚졌다는 강박관념을 심어주는 것이다. 그래서 교육받은 사람들은 한평생 사회를 위해 좋은 일을 해야 한다는 생각을 지니고 살며 그걸 위해 자신을 바치는 것이다. "주는 것 없이도 미운 놈이 바로 학교라는 곳이지." 나는 등교하는 학생들보다 하교하는 학생들이 부러웠다. 그저 나 역시 어딘가에서 귀가를 바라며 시간을 보내고 싶을 뿐이었다.

　유정이 학교에 다니는 이유가 궁금해서 물은 적이 있다. "넌 왜 교육을 받는 거지?" "나, 난 소, 소설가가 될 거니까. 소, 소설가는 특권을 지, 지닌 사람이야. 대, 대신 그는 하, 한 가지 일을 해, 해야 돼. 사, 사람들이 증언하길 꺼, 꺼리는 걸 세상의 버, 법정에서 대, 대신 증언해야 하, 하거든. 화, 환자의 종기에 이, 입을 대고 피, 피고름을 빨아주는 의, 의원처럼, 소, 소설가는 사람의 여, 영혼에 흐르는 피, 피고름을 닦아줘야 해. 너, 다, 다른 사람의 가래침이나 코, 코딱지를 먹을 수 있어?" 나는 단호하게 고개를 저었다. "거봐. 소, 소설가는 그걸 머, 먹는 사람들이야." "더러운 사람들이군." 나는 그렇게 대꾸했다.

유정은 낙타도 없이 물주머니도 없이 홀로 사막을 걸었다. 그의 어머니도 아마 그랬을 것이다. 동행도 없이 사막을 가로질렀을 것이다. 사막을 관통하는 사람들은 가슴속에 사막여우의 귀처럼 확성기를 닮은 귀를 지녔다. 그것은 소리를 내기 위한 확성기가 아니라 듣기 위한 집성기(集聲器)였다. 그럼에도 불구하고 유정은 물론 나 역시 아무 소리도 듣지 못했다. 말해지지 않은 것들을 듣기 위해서는 특별한 노력이 필요했다. 동물들조차 입을 꾹 다물면 유정도 별수 없듯이, 우리는 아직 어른들의 언어를 해독할 수가 없었다. 왜 집을 나가야 했는지, 왜 사막에 입장해야 했는지, 왜 기꺼이 이 모든 상황을 받아들이지 않으면 안 되는지.

느리지만 어김없이 어둠이 찾아왔다. 우리는 맹랑한 녀석의 평상에 앉아 또다시 찾아온 어둠을 맞았다. 이 밤을 유정은 두려워했다.

이처럼 밤이 거듭되면 어머니가 집을 나갔다는 사실마저 더 이상 큰일이 아닐 것이므로. 그보다 더 서글프고 감당키 어려운 일이 반드시 그에게 일어날 것이므로.

집에서 안나 아주머니와 하산 아저씨가 나왔다. 안나 아주머니는 기쁜 목소리로 말했다.

"애들아, 너희들에게 전해줄 소식이 둘 있다. 좋은 소식과 나쁜 소식이 있는데 뭣부터 들을래? 그래, 우선 좋은 소식부터 전하지. 우리가 소풍을 가기로 했다. 어때, 생각만 해도 즐겁지 않니?"

우리 가운데 즐거워하는 사람은 아무도 없었다. 하산 아저씨도 전혀 즐거운 표정이 아니었다.

"불쌍한 녀석들. 기쁜 소식을 듣고도 기뻐할 줄 모르다니. 다음으로 나쁜 소식을 전하마. 우리가 직접 돼지를 잡아야 한다. 끔찍하고도 흥미로운 일이지. 나는 이 소풍에 많은 사람을 초대할 생각이다. 질투에 사로잡힌 작은 꼬마 녀석도 물론 포함해서."

맹랑한 녀석은 질투에 사로잡히지 않았다고 항변했다. 안나 아주머니는 맹랑한 녀석의 말은 무시했다. 대신 내게 이렇게 말했다.

"만약에 나는 아무도 질투하지 않아, 라고 말하는 녀석이 있다면 그놈만은 피하거라. 그자는 사람이 아닌 거다. 질투하고 분노하고 슬퍼해서 사람인 거다. 그런 헛소리를 하는 자가 있다면 의심해라. 그자가 사람인데도 그따위 말을 한다면 그건 십중팔구 너를 속이려는 거니까."

유정이 자리에서 일어났다. 안나 아주머니가 유정에게도 꼭 함께 가야 한다고 말했다. 그는 대답하지 않았다. 하산 아저씨가 저녁을 권했지만 유정은 나를 보며 한마디를 툭 던지는 것으로 거절을 대신했다.

"동생."

유정에겐 동생이 있다. 그에게는 보살펴야 할 누군가가 있는 것이다. 그가 슬퍼할 수 있는 권리는 시효가 지났다. 슬픔에 시효가 없다는 점이 인간이 지닌 권리를 초라하게 만든다.

낡은 트럭 한 대가 이면도로를 따라 올라왔다. 꽁무니에서 뿜어낸 그을음 섞인 시커먼 배기가스가 길 위로 낮게 퍼졌다. 트럭은 불길한 소식을 전하기 위해 오는 집배원처럼 당혹스러운 표정을 감추지 못했다. 트럭은 충남식당을 지나 복덕방 앞에서 잠시 멈췄다. 열린 차창으로 고개를 내민 운전사가 안나 아주머니에게 손을 흔들었다.

트럭은 전진 후진을 반복했다. 그러면서 조금씩 몸을 돌렸다. 복덕방 옆에 딸린 화장실—충남식당을 비롯해 근처 네 건물의 사람들이 함께 쓰는—문을 들이받은 건 트럭이 도로와 직각을 이루었을 때였다. 그 안에서 사색이 된 떡방이가 튀어나왔다. 야모스 아저씨는 배꼽을 잡고 웃었다. 떡방이는 괴춤을 추어올리며 삿대질을 했다. 한 걸음 물러섰던 트럭이 다시 다가와도 떡방이는 버티고 섰다. 트럭이 경적을 울렸다. 그 서슬에 놀란 떡방이가 뒤로 넘어지며 엉덩방아를 찧었다. 그는 복덕방으로 쏙 들어가 그 안에서 팔만 내밀고 여전히 삿대질을 했다. 그 광경을 목격한 사람들이 트럭 운전사에게 개집이나 쓸모없는 부속 건물을 부숴달라고 부탁했다. 운전사가 이건 트럭이지 불도저가 아니라며 난색을 표했다. 트럭의 앞 범퍼는 찌그러지고 도색이 벗겨졌지만 불도저의 틀보습만큼이나 튼튼했다. 그 정도라면 이 동네의 건물은 뭐든지 다 부숴버릴 수 있을 것 같았다.

충남식당 앞에는 커다란 고무함지가 버티고 앉았다. 그 안에 소풍을 위한 주방도구가 들어갔다. 야모스 아저씨는 손을 비비며 빙빙 돌았고 안나 아주머니는 스티로폼 아이스박스에 얼음을 채운 뒤 음식 보따리를 넣었다. 하산 아저씨는 정육점에서 칼을 가져왔고 대머리 아저씨는 군복을 입고 나타났다. 그 뒤를 마지못한 듯 맹랑한 녀석이 따라왔다. 맹랑한 녀석의 품에 안긴 노란 줄무늬 고양이는 소풍에 아무런 관심이 없었기 때문에 졸았다.

우리는 고무함지와 아이스박스를 짐칸에 싣고 그 뒤의 남은 공간에 두툼하게 폐지를 깔았다. 대머리 아저씨가 고지를 점령한 소대장처럼 먼저 올라 팔을 아래로 뻗었다. 하지만 아무도 그 손을 잡고 올라타지는 않았다. 저마다 각자 바퀴를 딛거나, 툭 튀어나온 곳만 있다면 그곳을 발판 삼아 짐칸에 올랐다. 안나 아주머니는 고양이를 안고 조수석에 탔다. 짐칸에는 나와 하산 아저씨, 야모스 아저씨, 대머리 아저씨, 그리고 맹랑한 녀석, 이렇게 다섯 명이었다. 유정이 트럭 뒤에서 머뭇거렸다. 뒤늦게 나타난 전도사는 여전히 머리를 쥐어뜯었는데, 유정이 머뭇거리는 이유가 트럭에 오르지 못해서인 줄 알고 그를 번쩍 들어 짐칸에 실어버렸다. 그렇게 유정도 짐칸에 올랐다. 전도사는 뒤를 한 번 돌아본 뒤 맨 마지막에 올랐다. 야모스 아저씨가 출발하자고 소리쳤다. 아저씨, 이건 그리스로 가는 게 아니라구요.

 소풍은 이렇게 시작되었다. 하지만 다들 늦여름의 따가운 햇살에 눈살을 찌푸렸고 햇볕을 피할 곳이 없는 탓에 조금씩 살이 타들어 가는 걸 속수무책으로 지켜보았다. 트럭은 조심스럽게 움직였기 때문에 후텁지근한 공기가 몸에 들러붙은 채 떨어지질 않았다. 그래서 우리는 소풍 가는 사람들의 표정이 아니라 피난민이 된 심정으로 이면도로 좌우의 낯익은 풍경들을 바라보아야 했다. 충남식당에는 다시 금일 휴업 쪽지가 붙었다. 그 쪽지가 우리에게 손을 흔들며 잘 다녀오라고 인사했다.
 안나 아주머니는 열린 조수석 차창으로 팔을 내놓고 손바닥으로 차문을 두드렸다. 박자를 맞추기는 했지만 그 소리가 흥겹지는 않았다. 트럭은 처음부터 완충장치가 없었던 듯 노면의 요철이 고스란히 전달되었다. 사라졌던 몽고반점이 볼기에 다시 생길 것만 같았다. 야모스 아저씨는 카우보이처럼 즐거워했고 대머리 아저씨는 군용트럭에 실려 전선으로 떠나는 보충병처럼 얼떨떨한 표정으로 웃었다. 엔진과 바퀴의 진동이 전달되면서 우리 내부에 잠들었던 어떤 것들이 조금씩 깨어났다. 정말로 소풍을 간다는 기분이 들었다.
 버스 정류장에서 두 사람이 짐칸에 올랐다. 고수머리 청년과 쌀집 둘째 딸이었는데, 그들이 선글라스를 끼고 있어서 하마터면 그냥 지나쳐 갈 뻔했다. 역시나 이번에도 맹랑한 녀석 덕분에 그들을 태울 수 있었다.

트럭이 도로의 턱을 지나면 몸이 붕 떠올랐는데 그때마다 구석에 앉은 이맘이 모습을 드러냈다. 그러므로 짐칸에는 모두 열 명의 승객이 있는 셈이었다. 이렇게 해서 금일 휴업이 재연되었다. 이건 모두 안나 아주머니의 치밀한 준비 덕분이었다. 안나 아주머니는 지난번의 휴업이 성에 차지 않았던 것이다.

"내가 그랬지. 무슨 일이든 처음이 어렵지 두번째부터는 쉬운 법이야. 봐라, 충남식당도 망해서 문 닫을 날이 멀지 않았다. 그건 다 놀기 좋아하는 주인 때문이지."

안나 아주머니가 야모스 아저씨의 이 말을 들었다면 원수를 저주하는 속담을 백 개쯤 쏟아낸 뒤 투포환 선수처럼 그를 던져버렸을 것이다. 운전수의 당부대로 우리는 시내를 관통해서 교외로 빠질 때까지는 짐짝처럼 엎어져 있어야 했다.

트럭은 쇳덩어리였다. 트럭의 복사열을 온몸으로 고스란히 받아내며 우리는 사이좋게 포개져 덜컹대며 갔다. 그러면서 팔꿈치로 누군가의 턱을 쳤고, 발뒤꿈치로 명치를 질렀으며, 뒤통수에 침을 흘리기도 했다. 야모스 자네 무릎이 내 옆구리를 누르고 있다네. 전도사 양반, 신발 좀 신으면 안 될까? 냄새가 고약해. 하산 아저씨, 수염이 따가워요. 대머리 아저씨, 모자 좀 쓰세요. 눈이 부셔요. 이 녀석 꿈틀대지 좀 마라. 간지럽잖아, 낄낄…… 소금에 절인 생선처럼 햇볕에 절여져 바짝 말라비틀어지면서 신체의 일부가 들러붙기도 했다. 물에 젖은 책이 말라가면서 갈피갈피가 한 덩어리로 붙어버리듯 서로에게 붙어 짐짝처럼 실린 채 소풍이라는 걸 갔다.

트럭은 도시를 빠져나갔다. 바람에 실린 냄새가 달라졌다. 도시의 냄새는 사라지고 대지의 냄새가 트럭을 휙휙 지나갔다. 나는 유정에게 냄새를 표현하는 낱말들을 가르쳐달라고 했다. 유정은 곰곰이 생각하더니 맛을 표현하는 낱말과 냄새를 표현하는 낱말은 상호 교환이 가능하다고 했다. 달고 시고 짜고 맵고 떫은 냄새들. 미각과 후각의 전이. 공감각. 이런 말들이 유정의 입에서 튀어나왔다. 나는 만화의 말풍선처럼 언어를 시각화할 수 있다면, 유정의 입에서 튀어나온 말들은 풋사과일 거라고 생각했다. 풀물이 든 부드러운 천이 얼굴을 감싸고 있는 듯한 기분. 그게 바로 대지의 냄새가 내게 불러일으킨 느낌이었다.

고수머리 청년과 쌀집 둘째 딸은 선글라스를 벗었다. 안경 자국이 남은 그들은 판다 같았다. 그들은 도시를 빠져나왔다는 사실을 믿을 수 없다는 듯 주위를 둘러보았다. 전도사도 그 순간만은 주기도문이야 어찌 되든 상관없다는 듯 풍경을 감상했다. 사실을 말하자면 우리가 풍경을 감상하는 게 아니라 풍경이 우리를 감상하는 기분이었다. 우리는 그 풍경에 어울리지 않는 피조물인 것만 같았다. 너무 오랜만에 찾은 고향 같다고나 할까. 내가 알던 이들은 모두 죽거나 떠나버린 고향 마을과 낯선 고향 사람들. 그런 것들과 대면한 듯한 기분이었다.
　나는 내 고향을 상상해본 적이 없었다. 시골에서 태어났을 수도 있고 도시에서 태어났을 수도 있었다. 가난하고 더러운 집이었을 수도 있고 부유하고 깨끗한 집이었을 수도 있었다. 가난한 마을일 수도 부유한 마을일 수도 있었고, 어쩌면 나는 여기 이 나라가 아닌 다른 나라에서 태어났을지도 모른다. 혹은 지구에 존재하지 않는 미지의 나라일 수도 있었다. 나는 확정되지 않은 내 과거—그러므로 과거란 우리에게 필연적인 그 무엇이 아니라 내가 원하는 대로 변형되고 조작될 수도 있는 것이었다. 그보다 더 가능성이 높은 건 과거를 영원토록 미확정 상태로 놔두는 것이겠지만—내 기억에서 불러낼 수 없는 추억들을 사랑했다. 하나의 목숨으로 수십 개의 삶을 살아내는 방법이 오직 과거를 망각할 때만 가능하다는 점이 안타깝기는 했지만.
　우리는 조울증 환자처럼 조증과 울증이 반복되는 상태였다. 흥분했다가 소침해지기를 몇 번 되풀이했더니 다들 기진맥진이었다. 유정이 그런 우리에게 소풍의 뜻을 새겨주었다. 소(逍)는 '거닐다'를 뜻하고, 풍(風)은 '바람'을 뜻하니, 소풍은 곧 바람 속을 거닌다는 뜻이라는 것이다. 맹랑한 녀석이 거닌다는 말은 무슨 뜻이냐고 물었다. 이번에는 하산 아저씨가 대답했다. "이리저리 한가로이 걷는다는 뜻이란다." 맹랑한 녀석은 이리저리는 무슨 뜻인지, 한가롭다는 무슨 뜻인지, 더는 묻지 않았다. 대신 좁은 짐칸 위에 위태롭게 구부정한 자세로 선 채 이리저리 한가로이 걸었다. 그가 갈 곳은 없었다. 비좁은 짐칸 위, 바로 그곳에 모든 길과 모든 한가로움이 있었다. 맹랑한 녀석이 밝게 웃었다. 바람이 그의 웃음을 먼 곳으로 실어갔다. 우리는 소풍 중이었다.

트럭은 거대한 느티나무 아래 섰다. 짐칸에 선 채로 팔을 뻗어도 맨 아래 가지조차 잡을 수 없을 만큼 길차게 자란 나무였다. 옹이가 박힌 근육질의 몸통은 서너 사람이 팔을 둘러도 좋을 만큼 우람했고 우듬지는 어찌나 높은지 올려다보는 것만으로도 현기증이 날 것 같았다. 그 나무 아래서는 야모스 아저씨나 하산 아저씨, 그리고 대머리 아저씨조차 어린아이 같았다.
"징그럽게 오래된 나무네."
안나 아주머니는 시큰둥했다. 우리는 여왕의 명을 받들어 트럭에서 짐을 내렸다. 느티나무 아래 정자에 앉았던 마을 사람들이 우리를 반겼다. 정자에서 몇 걸음 되지 않는 곳에 우물이 있었다. 마을 사람들이 시멘트로 다진 바닥 옆으로 파란 방수포를 깔았다. 방수포 네 귀퉁이를 큼지막한 돌로 눌러 바람이 들쑤시지 못하도록 한 뒤 두레박으로 물을 퍼 그 위에 뿌렸다. 마을 사람들은 자주 겪은 일인 듯 손발이 척척 맞았다. 비쩍 말라 회초리로 써도 좋을 노인이 안나 아주머니와 한동안 껴안고 울고불고 했다. 우리의 여왕은 잠시 추태를 부렸던 게 부끄러운지 나긋한 목소리로 그 노인을 아는 언니라고 소개했다. 언니라니!
간이 화덕이 설치되고 그 위에 커다란 솥이 걸렸다. 장작과 불쏘시개가 날려져왔고 양동이와 고무함지도 서너 개 더 우물가에 놓였다. 트럭 운전수는 정자에 누워 모자로 얼굴을 덮고 잤다. 마을 아이들은 트럭 주위를 빙빙 돌거나 사이드미러에 얼굴을 비춰 보았다. 그 놀이가 시들해지자 선글라스를 낀 두 남녀 주위를 신기한 듯 돌았다. 고수머리 청년은 양쪽 팔에 아이들을 하나씩 매달리게 한 뒤 보디빌더 시늉을 냈다. 쌀집 둘째 딸은 서커스 단원처럼 허릿장을 지른 채 깔깔대며 웃었다. 대머리 아저씨는 마을과 그 너머 병풍처럼 둘러선 산을 바라보았고 이맘은 어디론가 사라졌지만 아마도 근처에 있을 거였다. 야모스 아저씨는 어딜 가나 민둥산이던 이 나라의 변화가 못내 놀라운 듯 주변을 어슬렁거렸으며 하산 아저씨는 우물가에서 칼을 갈았다. 넋 놓고 있던 전도사는 안나 아주머니의 명을 받아 회초리를 닮은 노인을 따라갔다. 그 뒤를 나와 유정 그리고 맹랑한 녀석이 함께 따랐다. 노란 줄무늬 고양이는 운전수 옆구리에 몸을 기대어 만 채 졸았다.

우리는 회초리를 닮은 노인의 집 앞에서 끔찍한 괴성을 들었다. 그게 돼지 소리라는 걸 직접 눈으로 목격한 뒤에도 믿을 수 없었다. 그건 공룡이나 낼 수 있는 소리였지 돼지가 낼 수 있는 소리가 아니었다. 마당 한가운데서 하산 아저씨만 한 덩치의 돼지가 네 다리를 묶인 채 바르작거렸다. 우리는 앞뒷다리에 묶은 줄에 종아리만 한 각목을 끼워 가마꾼처럼 돼지를 들었다. 전도사는 생기를 되찾아 이런 일에 미립이 난 사람처럼 우리를 이끌었다. 그는 멧돼지를 잡은 사냥꾼처럼 의기양양해서 앞장섰다. 전도사의 키가 우리보다 훌쩍 컸던 탓에 돼지는 비스듬히 매달린 꼴이 되었는데, 각목의 뒤쪽을 지탱하던 나와 유정에게 엄청난 중력이 밀려왔다. 맹랑한 녀석은 가는 막대로 돼지의 코나 배를 간질였고 그 때문에 성난 돼지가 용트림을 해서 각목이 휘청거렸다. 나와 유정의 얼굴에 돼지가 싸지른 오물이 튀었다. 야모스 아저씨가 일컫는 지옥의 유황불 냄새가 아마도 그럴 것이다.

전도사는 마귀를 물리친 퇴마사처럼 씩씩하게 걸었고 뒤쪽의 상황에는 아무런 신경을 쓰지 않았기 때문에 중력은 점점 나와 유정에게만 강력하게 작용했다. 세 사람의 보조가 맞지 않았기 때문에 돼지는 출렁일 수밖에 없었고, 돼지가 요동을 치는 바람에 우리 모두는 더욱 불규칙적으로 휘청거렸다. 소풍이란 이런 것이다. 용트림을 하는 돼지와 함께 게으른 바람 속을 진땀을 흘리며 갈팡질팡 걷는 것.

우물이 세상 끝에 있는 것만 같았다. 느티나무와 정자가 눈에 들어왔을 때 맹랑한 녀석이 가는 막대로 돼지의 항문을 건드렸다. 말린 꼬리가 쫙 펴지더니 돼지의 온몸이 경직되는 게 보였다. 안나 아주머니가 우물가에서 손을 흔들었다. 승전보를 안고 돌아온 병사들을 맞이하듯이. 대머리 아저씨가 우리 쪽으로 걸어왔다. 고수머리 청년은 두 아이를 어깨 위에 올려놓고 여전히 보디빌더 시범을 보였다. 쌀집 둘째 딸은 여자 아이들에게 둘러싸여 그들에게 돌아가며 선글라스를 씌워줬고 야모스 아저씨는 논둑에 피어난 들꽃 앞에 쭈그리고 앉아 건들건들 윗몸을 흔들었다. 정자 지붕 위에서 먼산바라기를 하던 이맘이 고개를 돌려 우리 쪽을 보았다. 하산 아저씨의 칼이 번득이는 것도 보였다.

반사된 빛이 투명하고 시리게 눈을 찔렀을 때 중력이 사라졌다. 대신 한 마리 광포한 괴물이 길바닥에서 몸부림을 쳤다. 전도사는 반토막 난 각목을 매단 채 그냥 앞으로 걸어갔고 나와 유정은 뒷걸음질을 쳤다. 맹랑한 녀석은 도망갈 수밖에 없었는데, 그건 돼지의 다리를 묶은 줄이 풀어졌기 때문이었다. 유정은 돼지의 목표가 맹랑한 녀석이라고 모든 사람에게 알려주었다. 덕분에 아무도 도망갈 필요가 없었다. 우리는 느티나무 아래 모여 돼지의 추격전을 지켜보았다.

돼지는 오랫동안 묶여 있었던 탓에 비틀거렸다. 맹랑한 녀석은 손에 쥔 가는 막대로 한두 번 돼지를 위협해보았지만 더는 통하지 않는다는 걸 깨달았다.

마을 사람들은 아직까지 돼지에게 잡아먹힌 소년은 없다면서 극장을 찾은 단체 관람객처럼 즐거워했다. 영사된 것이 아닌 실물 영화를 한 편 관람하는 기분이었다. 운전수는 이 소동에도 아랑곳 않은 채 여전히 자고 있었다. 노란 줄무늬 고양이가 게슴츠레 눈을 뜨고 사태를 파악하기 위해 고개를 이리저리 돌렸다. 맹랑한 녀석의 비명이 들리지 않았다면 고양이는 다시 잠들었을 것이다. 고양이는 느릿느릿 일어나 늘어지게 기지개를 켜고 우아하게 정자 끝으로 걸어갔다. 거기에 기품 있는 자세로 앉아 관람객의 대열에 동참했다.

안나 아주머니는 분노 때문에 목소리가 떨렸는데, 자신의 병사 가운데 저런 약골이 있다는 걸 인정할 수 없어서였다. "달려라, 달려! 돼지 따위에게 진다면 국물도 없을 줄 알아!" 야모스 아저씨는 고통스러운 표정을 지었는데, '제논의 역설' 같은 걸 떠올렸기 때문이었다. "오, 저 불쌍한 돼지의 운명을 어찌해야 한단 말인가."
 우리 눈앞에 펼쳐진 광경은 하나의 궤변이었다. 방금 전까지도 네 다리를 묶여 각목에 대롱대롱 매달렸던 돼지가 복수의 화신이 되어 인간을 맹렬하게 뒤쫓게 될 줄 누가 알았을까.
 맹랑한 녀석은 선택을 잘못했다. 수확이 끝나 허허벌판인 담배밭을 달릴 때는 거의 돼지에게 따라잡힐 뻔했다. 돼지와 맹랑한 녀석이 옥수수밭을 지날 때는 무성한 잎사귀에 가려 모습이 보이지 않아 사람들이 가슴을 졸였다. 우수수 흔들리는 옥수수를 보며 저만큼 갔구나 했을 뿐이었다. 옥수수밭을 빠져나온 그는 방향을 바꿔 느티나무 쪽으로 달려왔다. 혹시라도 불똥이 튈까 봐 사람들은 모두 정자에 올라갔다. 한줄기 바람이 느티나무를 관통하면서 시원한 소리를 그 아래 흩뿌려주었다.
 맹랑한 녀석이 고함을 질렀다. 무슨 말인지는 알 수 없었다. 그때 대머리 아저씨가 사뿐사뿐 걸어가 두 팔을 벌렸다. 맹랑한 녀석은 포탄을 피해 참호에 뛰어드는 병사처럼 노병의 품으로 뛰어들었다. 맹랑한 녀석은 돌아온 탕자처럼 대머리 아저씨의 품에서 헐떡거렸다. 돼지를 박살 낸 건 고수머리 청년이었다. 그가 돼지의 몸통을 붙잡고 번쩍 들어올렸다가 내리찍는 기술을 선보였을 때는 요란한 박수가 터져 나왔다. 돼지는 탭아웃을 하듯 네 다리를 버둥거렸다. 완벽한 폴(fall)이었다. 우리는 돼지의 다리를 다시 묶고 우물가로 옮겼다.

돼지를 잡는 방법에 대해 여러 말들이 오갔다. 누군가는 해머로 쳐서 단번에 끝내야 한다고 주장했고 누군가는 목을 따야 한다고 했다. 장롱을 오른쪽 벽에 둘 것인지 왼쪽 벽에 둘 것인지를 의논하는 것처럼 심상한 목소리들이었다.

전도사가 맨 먼저 나섰다. 그는 커다란 칼로 돼지의 목을 찔렀다. 그러고 나서는 무엇을 해야 할지 몰랐다. 돼지는 목에 칼이 꽂힌 채 괴성을 질렀다. 야모스 아저씨가 칼 손잡이를 잡고 톱질을 하듯 돼지의 목을 켰다. 돼지 목의 지름은 이십 센티미터쯤이었다. 거기에 원주율을 곱하면 목둘레는 대략 육십삼 센티미터였다. 야모스 아저씨는 오 분을 끙끙대 육 센티미터를 베었다. 그러니까 돼지 목을 자르는 데 이런 식이라면 백 분이 걸린다는 뜻이었다. 하산 아저씨는 한숨을 푹 내쉬고 돼지에게 다가갔다. 뱉은 만큼 들이마셔야 하는 게 한숨이다. 이맘이 나타나 그를 가로막았다. 하산 아저씨는 비키라는 듯 손을 내저었다. 이맘은 고개를 저었다. 이맘의 그림자가 돼지를 뒤덮었다. 돼지는 그 안에서 평온함을 느꼈을까.

안나 아주머니를 비롯해 소풍의 동행들은 무언가에 홀린 것처럼 돼지를 지켜보았다. 돼지에게서 여태 그들이 살아왔던 생의 흔적을 찾으려는 것처럼 보였다. 이제 죽음을 앞둔 돼지만이 유일한 관객이었다. 돼지는 우리의 목격자였다. 언젠가 저 돼지가 일용할 양식을 위해 기꺼이 잔인해질 수 있는 인간이라는 동물의 가련한 일상을 신의 법정에서 증언해줄 것이다.

하산 아저씨는 전문가다웠다. 돼지는 덜 고통스러웠을 것이다. 부위별로 해체된 돼지고기의 일부는 얼음을 채운 아이스박스에 옮겨졌다. 한쪽에서는 목살과 삼겹살을 구웠고 다른 한쪽에서는 찌개를 끓였다.

유정은 고기를 한 점도 먹지 않았다. 어머니 때문일 것이라는 나의 추측은 빗나갔다. 그는 말했다. 채식주의자가 되겠노라고. 그리고 덧붙였다. 우리가 늘 고기를 먹다 보면 언젠가는 사람도 먹게 될 거라고. 나는 그의 말이 비유로 여겨지지 않았다. 내 몸의 흉터도 누군가 나를 먹으려다 실패한 흔적일지도 모른다.

하산 아저씨는 우물가에서 칼을 씻었다. 방금 백병전을 치른 군인처럼 나른하고도 서글픈 낯으로 칼날을 들여다보는 그가 왠지 낯설었다. 오래전 그는 정말로 백병전을 치렀던 것이다. 그리고 지금도 그 전투에서 벗어날 수가 없는 것이다. 삶이 곧 전쟁인 동안에는.

12

 안나 아주머니는 헤어질 때도 회초리를 닮은 노인과 한동안 부둥켜안고 울었다. 우리는 마을 사람들과 작별인사를 나누었고 마지막으로 느티나무에게 인사했다.
 소풍을 마치고 돌아가는 길. 그러나 나는 마치 번다하기 이를 데 없는 생의 한복판을 가로지른 기분이었다. 바람 속을 한가로이 거닌다는 건 어쩌면 처음부터 불가능한 일이었는지도 모른다.
 트럭 짐칸은 급성우울증 환자들로 채워졌다. 그들을 우울하게 만든 사람은 유정이었다. 유정은 채식주의자가 되겠다는 다짐을 지켰다. 그런 꼴을 두 눈 뜨고 보지 못하는 야모스 아저씨가 유정에게 자꾸만 고기를 권했다. 전도사도 방금 잡은 돼지고기를 먹으니 잊었던 주기도문이 떠오를 것 같다며 추임새를 넣었다. 야모스 아저씨는 돼지고기가 인류에게 얼마나 유용한 것인지를 역설했다. 신도 허락한 일이라며 『성경』에 다 나와 있다고 거짓말만 하지 않았더라면 유정도 그런 낯선 말을 내뱉지 않았을지 모른다. "『성경』이야말로 인간이 고안한 것들 가운데 최악의 발명품이에요." 유정은 계속해서 말했다.

그토록 오랜 세월 동안 그토록 많은 사람들이 읽어왔음에도, 이토록 쓸모없기로는 필적할 만한 게 없다는 거였다. 『성경』은 전쟁을 막지도 못했고 살인을 막지도 못했으며 사람이 사람을 억압하고 착취하는 것 역시 막지 못했다. 여전히 세계에는 가난과 기아와 질병에 시달리는 사람이 수두룩하다.

야모스 아저씨와 전도사는 입을 딱 벌린 채 들었다. 이맘과 하산 아저씨는 『성경』만이 아니라 『꾸란』까지 언급될까 봐 걱정하는 듯했고, 안나 아주머니는 이 작은 머리에서 어떻게 그런 기특한 생각이 나올 수 있는지 신기하다며 유정의 머리를 쓰다듬었다. 야모스 아저씨는 유정이 나중에 얼마나 잘난 소설을 쓸지 지켜보겠다고 화를 냈지만 분이 다 풀리지는 않은 모양이었다.

"빌어먹을! 저 작은 악마가 하는 말이 왜 곧이곧대로 들린단 말이냐. 신이시여 저를 구원해주소서."

이런 식으로 많은 사람들이 우울해졌다. 그들이 우울해진 이유는 그들 역시 유정처럼 『성경』이란 마땅히 그런 역할을 해야 한다고 믿었기 때문이다. 쓸모가 없음에도 불구하고 『성경』이 이처럼 오래 살아남은 이유는 바로 그 잔인한 믿음 탓이다. 하지만 유정은 타인의 믿음을 조롱하지는 않았다. 그는 조롱을 못하도록 프로그램이

된 작고 못생긴 인간이니까. 그를 위해 프로그램된 건 어머니가 그와 동생을 버려둔 채 집을 나간다는 것뿐이다.

고수머리 청년과 쌀집 둘째 딸은 맨얼굴이었다. "괜찮아, 어차피 싸구려거든." 고수머리 청년은 외계인처럼 어깨를 으쓱했다. 그가 몸에 지닌 것 가운데 싸구려가 아닌 것은 없었다. 선글라스는 그 가운데 가장 쓸 만한 싸구려였다.

맹랑한 녀석과 대머리 아저씨는 뒷자리 구석에 서로 몸을 기댄 채 졸았다. 노란 줄무늬 고양이도 그들 사이에서 졸았다. 안나 아주머니는 창밖으로 팔을 내놓지 않았다. 조수석에 앉아 졸았다. 트럭은 왔던 길을 되짚어 갔다. 트럭이 통과하는 풍경들이 더는 신비롭지 않았다. 아무런 영감도 주지 못했고 감흥이 생기지도 않았다.

트럭이 도시에 들어갔어도 우리는 바닥에 엎드리지 않았다. 사람들이 우리를 쳐다보았다. 우리는 사람이 아니라 이삿짐인 것처럼 꼼짝도 하지 않았다. 그들도 우리를 좀 별난 이삿짐쯤으로 여기는 듯했다.

집으로 돌아가는 길이었건만, 나는 낯선 동네에 들어선 피난민처럼 불안했다. 과연 이곳은 내게 얼마나 호의적일까. 호의적이지 않아도 좋았다. 적대적이지만 않다면 상관없었다. 트럭이 버스정류장을 지날 때 유정도 그런 기분이었던 것 같다. 버스정류장 역시 하나의 기착지에 불과하다는, 영원한 출발점도 영원한 종점도 없다는, 그런 생각들이 떠올랐으리라. 우리가 사는 이 삶은 무엇의 기착

지일까. 생의 앞과 뒤에는 무엇이 있을까.

　트럭은 가풀막진 길을 힘겹게 올랐다. 슈퍼 앞에 앉았던 열쇠장이가 손을 흔들었다. 우리를 반기는 사람은 그뿐이었다. 충남식당 문에 붙었던 금일 휴업 쪽지는 어디론가 사라졌다. 절로 떨어졌을 수도 있고 누군가 떼었을 수도 있었다. 안나 아주머니는 쪽지가 사라졌다는 사실을 하루 동안의 우리의 행적을 증언해줄 증인이 사라진 것처럼 서운해했다. "하긴, 우리가 종일 논 것만은 아니지. 이렇게 돼지고기를 가져왔으니 완전 휴업은 아니었다 이 말씀이야."

　트럭에서 짐을 내렸다. 트럭은 방향을 돌리기 위해 전진과 후진을 반복했고, 어김없이 화장실 문을 들이받았다. 그 안에서 떡방이가 튀어나와 손가락질을 하는 바람에 소풍을 떠나기 전으로 되돌아간 듯한 기분이었다. 운전수는 떡방이를 위협하기 위해, 더불어 우리에게는 작별의 의미로 몇 번 경적을 울린 뒤 이면도로를 따라 트럭을 몰고 내려갔다. "고맙습니다. 오늘 하루 즐거웠어요." 유정이 맨 먼저 인사를 하고 그 자리를 떠나려 했다. 안나 아주머니가 고개를 끄덕이며 유정을 안았다. 유정은 병아리처럼 가만히 안긴 채 떨었다. "너무 걱정하지 말거라. 돌아오실 거야. 그럼, 돌아오시고말고. 이렇게 예쁜 아들을 놔둔 채 그 누구도 오랫동안 떠돌 수는 없는 법이다." 안나 아주머니는 스스로에게 다짐을 하듯 이렇게 말했다. 연탄장수의 아들 유정은 타고 남은 연탄재처럼 딱딱하고 하얀 얼굴이었다. 유정은 그 자리를 떠났다. 모두 그가 안 보일 때까지 묵묵히 자리를 지켰다.

나는 유정을 보고 알았다. 우리가 말을 더듬지 않는 이유는 상처가 없어서가 아니라는 걸, 혹은 상처가 치유되어서도 아니라는 걸. 사실은 더 큰 상처로 고통받기 때문일 수 있다는 걸. 유정은 어머니가 사라진 뒤 말을 더듬지 않았다. 어머니, 어머니. 그는 이 낱말을 더듬는다는 생각조차 괴로웠던 거다. 그 사실을 우리 모두 알았으나 누구도 입 밖으로 꺼내어 말하지 않았다. 나는 그들의 침묵이 정겨웠다. 유정도 그게 고마웠을 것이다.

나의 언어가 입안에서 자란 송곳니와 어금니처럼 상대방을 물어뜯고 짓이기고 씹어버리기 위한 것이라면 유정의 언어는 사랑니였다. 그의 언어는 잇몸 속에 갇혀 웅얼대는 소리 없는 언어였다. 그것은 모로 눕거나 똑바로 자라거나 살점을 뚫지 못하고 미성숙한 채로 나이 들어 종내는 그곳에서 썩어버릴 터였다. 유정은 언제까지고 아플 것이다.

하산 아저씨는 자기 몫의 고기를 들고 정육점으로 갔다. 이맘은 어디론가 사라졌고 전도사는 머리를 쥐어뜯는 사람으로 되돌아왔다. 고수머리 청년과 쌀집 둘째 딸은 어디로 가야 할지 몰라 안절부절못했고 대머리 아저씨와 맹랑한 녀석은 집으로 돌아갔다. 안나 아주머니는 나와 야모스 아저씨를 시종으로 삼아 고기 삶을 준비를 했다. "거기 그렇게 우두커니 서 있을 거면 와서 나를 좀 도와다오." 고수머리 청년과 쌀집 둘째 딸도 이제 할 일이 생겼다.

그날 밤 나는 기도를 마친 하산 아저씨에게 물었다.

"아저씨는 매일 신을 만나나요? ······그런데 왜 저한테는 오지 않는 거죠?"

."……신은 네 안에서 잔다. 신을 억지로 깨울 필요는 없단다. 눈이 부셔 스스로 일어나게 해야지."

"어떻게 해야 눈이 부셔 일어날까요."

"네 영혼을 닦아야지. 마룻바닥을 닦듯 거울을 닦듯 한 점 빛이라도 태양처럼 반사시킬 수 있도록 깨끗하게 닦아야지."

영원히 잠든 채 일어나지 않아도 좋았다. 잠든 동안은 깨어나리라는 희망이 있으니까.

정육점이 영업을 시작했다. 하산 아저씨는 예전과 다름없이 자신이 해야 할 일을 했다. 작업복으로 갈아입고 저울과 도마를 닦고 칼을 갈았다. 고기를 다듬고 잘랐으며 신문지에 싼 고기를 봉지에 넣어 손님에게 건넸다. 일과를 마치고 집에 돌아오면 의자 끝에 엉덩이를 걸치고 식탁에 발을 올린 익숙한 자세로 잤다. 자다 깨면 유령처럼 걸어 방에 들어가 다시 곤히 잠들었다.

나는 여전히 벌거숭이가 되어 조각거울에 온몸을 비춰 보았고 부엌 쪽문 밖 전망 좋은 베란다의 작은 의자에 앉아 하산 아저씨처럼 더러운 하늘과 빈곤한 마을과 회색빛 도시를 바라보았다. 수만 년 전부터 거기에 앉았던 듯한 기분이 들면, 삶은 전진하는 게 아니라 무한히 반복되는 것이라 생각했다.

저 멀리 또 다른 산동네에 스산한 구름 그림자가 드리워졌다. 그곳의 운명이 이곳의 운명이기도 했다. 사람들이 산을 비웠다. 그러나 내게는 그곳이 사막이 되어가는 것처럼 보였다.

사람 내부에도 사막이 있다. 내가 미처 돌보지 못한 내 몸의 어떤 곳들은 이미 사막이었고, 대체로 그곳은 마음이라는, 눈에 보이지 않고 손으로 만질 수 없는 부분이었다. 바람이 만든 지형이 사구라면 내 몸의 흉터는 세월이 만든 지형이었다. 나는 아직 어렸고 그래서 오래 살고 싶지는 않았다. 죽음이 무엇인지 몰랐고 삶이 무엇인지 마찬가지로 몰랐지만, 별로 알고 싶지 않았고 당장 이 삶이 끝장난다 해도 아쉬울 것 같지가 않았다.

안나 아주머니는 인간의 수명이 너무 길다고 했다. 사람은 엄마라는 낱말을 배우고 사냥 기술을 습득하고 생식이 가능하게 된 뒤로는 줄곧 죄를 배우고 죄를 짓는 데 일생을 허비했다. 안나 아주머니는 평균수명이 20년이라 해도 소용없는 일이라고 했다. 네 살부터 생식을 하려 들 테고 다섯 살부터 죄를 지을 거란다. 생각만으로도 끔찍하다. 네 살짜리 바람둥이라니. 다섯 살짜리 강도라니. 수명과 영혼은 상관이 없다. 우리에게 중요한 건 이 세상에 머무는 기간이 아니라 머무는 동안 무얼 어떻게 사랑하느냐이다. 그러나 나는 사랑도 모른다.

스크랩한 얼굴들을 보며 나는 갈증을 느꼈다. 비슷해 보이는 얼굴들이었지만 나는 여전히 스크랩해야 할 얼굴들이 많다고 느꼈다. 어쩌면 나는 인간이 지을 수 있는 모든 표정이 하나의 표정으로 수렴된 얼굴을 만나기를 고대했는지도 모른다.

맹랑한 녀석은 풀이 죽었다. 대머리 아저씨를 구제할 방법을 영영 찾을 수 없으리라는 생각 때문이었다. 그는 다시 말했다. "죽을 건데 뭐."

나는 그에게 말해주고 싶었다. 이제 그가 왜 그런 말을 버릇처럼 내뱉는지 조금은 이해할 수 있을 듯하다고. 그는 노란 줄무늬 고양이의 등을 부드럽게 쓰다듬었다. 고양이의 꼬리가 치켜 올라갔다. 눈을 게슴츠레 뜬 고양이가 그르렁 소리를 냈다. 고양이의 눈에는 세상이 초록색으로 보인다. 노란 줄무늬 고양이에게 맹랑한 녀석과 나는 초록색 괴물일 것이다.

대머리 아저씨가 맹랑한 녀석의 평상을 찾아왔다. 대머리 아저씨가 아무리 부추겨도 맹랑한 녀석은 꼼짝도 하지 않았다. 만사가 귀찮다는 표정이었다. 맹랑한 녀석에겐 흔한 표정이긴 했지만 그날따라 좀더 비장해 보이긴 했다. 비장한 게으름이라니.

대머리 아저씨는 홀로 산책을 나섰다. 맹랑한 녀석은 고개를 내밀어 대머리 아저씨가 이면도로를 따라 사라진 걸 확인했다.

"가자. 해야 할 일이 있어."

우리는 대머리 아저씨의 방에 갔다. 문이 그냥 열렸다. 내가 문앞에서 머뭇거리자 맹랑한 녀석이 인상을 찌푸렸다. 노란 줄무늬 고양이는 망을 봤다. 두번째로 나는 그 방에 들어갔다. 한때는 서로에게 스며들어 한몸이 되었던 게 분명한 여섯 식구가 살던 방이었다. 그는 오래전부터 치밀하게 계획을 세운 사람처럼 스스럼없이 들어가 차근차근 방을 뒤졌다. 장판을 들추고 벌어진 벽지 틈새를 만져보고 천장을 두드리고 작은 농의 서랍을 모두 뺐다. 그의 손길이 닿는 곳마다 그 자리에 배었던 노랫소리가 흘러나왔다. 대머리 아저씨의 노래가 스며들어서인지 사물들은 전투를 준비하는 병사들처럼 경직되어 있었다.

　방 구석구석을 톺으면서 맹랑한 녀석은 더 냉정해졌다. 그는 대머리 아저씨의 군복과 군화, 국방색 속옷과 양말까지 한데 모았다. 국방색 허리띠와 은빛 버클, 각 잡힌 전투모와 낡은 견장까지. 우리는 그것을 들고 집으로 돌아왔다. 평상 옆에 앉아 간단하게 묵념을 한 뒤 신문지를 불쏘시개 삼아 대머리 아저씨의 물건들을 태웠다. 그것들은 마치 유품 같았고 우리는 제의를 집행하는 사제가 된 것 같았다. 한 시대가 태워졌다. 한 사람의 과거가 타올랐다. 검고 악취 나는 연기를 피워 올리면서.

　곧이어 연기가 사그라들면서 대지가 혀를 내민 것 같은 크고 붉은 불꽃이 날름댔다. 맹랑한 녀석은 도시를 굽어보았다. 연기를 쏘인 그의 두 눈이 붉었다. 그의 눈에서 노을이 졌다. 한 사람의 생은 그만큼의 가치가 있는 거였다. 자연과 맞바꿀 만큼의. 그는 가능하다면 군대와 전쟁을 떠올리게 하는 모든 것들을 태워버리고 싶다고 말했다.

　"이렇게라도 해서 대머리 아저씨가 기억을 되찾을 수 있다면 보상 따위 받지 못해도 괜찮아. 어차피 보상을 바라고 한 건 아니었잖아. 빼앗긴 사람은 있는데 빼앗은 사람은 없다는 거, 그게 이 세상의 법칙이라는 거, 나도 이제 그쯤은 알거든. 하지만 기억까지 빼앗아서는 안 돼. 그건 우리 각자에게 주어진 특권이니까."

야모스 아저씨가 와서 눈물을 흘렸다. 그는 생강을 먹은 탓이라고 둘러댔다. 야모스 아저씨는 이제 거짓말하는 능력을 거의 잃었다. 내가 이곳에 온 지 얼마 안 되었을 때였다. 야모스 아저씨에 대해 묻자 하산 아저씨는 이렇게 대답했다. "소심하고 졸렬하고 옹졸한 사람이라고 해서 피하지는 말거라. 그가 너를 비난하고 속이고 놀리기도 하겠지만 또한 너의 고통과 슬픔에 진심으로 동감해줄 사람도 그이뿐이니까."

나는 그 말을 믿는다.

그날 밤 대머리 아저씨는 노래를 부르지 않았다. 그 뒤 대머리 아저씨는 맹랑한 녀석을 모른 척했다. 아니, 정말 잊었는지도 모른다. 맹랑한 녀석은 대머리 아저씨와의 추억을 대머리 아저씨의 과거와 맞바꾸었는지도 모른다.

라마단이 시작되었다. 하산 아저씨는 홀로 금식했다. 해가 떠 있는 동안은 아무것도 먹지 않았다. 늦은 밤, 그리고 새벽에 조금 먹었다. 하산 아저씨는 늙은이였다. 평생 지켰던 금식의 기간이지만 그의 신념과는 무관하게 그의 몸은 금식에 순응하지 못했다. 나는 하산 아저씨가 헛구역질하는 모습을 자주 보았다. 실제로 몇 번은 먹었던 음식을 모두 토해내기도 했다. 하산 아저씨는 말도 두서없이 꺼냈다.

"너를 학교에 보내야 하는데…… 포탄이 바로 옆에서 터졌지……

이스탄불에는 에디쿨레라는 오래되고 유명한 감옥이 있단다⋯⋯ 중절모를 써보는 게 소원이던 적도 있었지⋯⋯ 여기는 서울의 게제콘두다. 신에게 버림받은 가난한 자들이 모여 사는 빈민촌이지⋯⋯ 너희 종족의 조상이 곰이라면 우리 조상은 암이라⋯⋯ 아타튀르크와 페브지 착크마의 초상화를 보며 자랐지⋯⋯"

안나 아주머니는 내 말을 듣더니 두 볼을 손으로 문질러주었다.

"걱정하지 말거라. 늙어서 몸이 좀 안 좋은 것뿐이야. 나도 몸살이 나면 헛소리를 하거든. 망할 터키 늙은이. 주제를 알아야지, 금식이라니."

정육점 건물 주인과 떡방이가 하산 아저씨를 찾아왔다. 그때 나는 정육점 앞에서 스크랩북을 들여다보고 있었다. 건물 주인은 하산 아저씨에게 보증금과 월세를 올리겠다고 말했다. 하산 아저씨는 쥐었던 칼을 놓고 공손하게 물었다.

"지금까지 한 번도 월세를 밀린 적이 없는데 갑자기 무슨 말입니까?"

"말 그대로 올려달라는 겁니다. 지난 이 년 동안 한 번도 안 올렸으니 저도 부당한 요구를 하는 건 아니잖아요."

떡방이가 옆에서 지당한 말이라며 고개를 주억거렸다.

"이렇게 싸게 내놓은 곳도 없을 겁니다. 진즉에 올렸어야 하는 건데 너무 마음씨가 고와서."

하산 아저씨는 떡방이의 말은 듣지 않았다. 그는 다시 공손하게 물었다.

"얼마나 올리시겠다는 겁니까?"

주인이 머뭇거리자 떡방이가 오른손 집게손가락을 번쩍 치켜들었다. 천만 원이었다. 올려받겠다는 뜻이 아니라 가게를 빼달라는 거였다. 하산 아저씨도 비로소 눈치를 챘다. 홍정이 아무런 소용이 없으리라는 걸 깨달은 하산 아저씨는 조용히 두 사람을 배웅했다. 하산 아저씨는 두 달의 유예기간을 약속받았다. 두 달 뒤 정육점은 사라질 운명이다.

그날 밤 하산 아저씨는 터키식 미트볼을 먹다가 포크를 놓고 한동안 가만히 있었다. 다시 구역질이 나는 모양이었다. 그의 입가가 푸르르 떨렸다.

"……전쟁 때였다. 보급은 끊어지고 우리 중대는 고립되었다. 적군은 강했고 우리는 지쳤지. 배고픔조차 느낄 수가 없었다. 배 속이 텅 비어서 허깨비가 된 기분이었어. 포탄을 피할 곳도 없는 민둥산이었지. 그저 신의 가호로 포탄과 총탄이 나를 비켜가길 바랄 뿐이었다. 그때 내 옆에서 포탄이 터졌지. 내 몸이 붕 떠올랐다가 어디론가 내팽개쳐졌지. 포연이 걷히고 적들의 사격이 뜸해졌을 때 나는 내 입속에 무언가가 들어 있는 걸 깨달았다. 나는 그걸 조심스럽게 씹었다. 달콤했어. 그게 포탄에 맞아 찢겨진 사람의 살점이라는 건 한참 뒤에야 알았다. 전쟁이란 사람이 사람을 먹는 거라는 생각이 들었지. 그렇게 억지로 사람의 입속에 사람의 살점을 쑤셔넣는 거라는 생각이 들었던 거야. 그런데 오늘 꼭 이 고기가 그때의 사람 살점과 같은 맛이구나."

안나 아주머니는 그럴 줄 알았다고 말했다.

"어쩐지 그 터키 늙은이가 꼭 사람 잡아먹을 상이더니. 것 보렴. 내가 말하지 않았니. 그 늙은이가 널 키워서 잡아먹으려는 거라고. 조심해라."

식당 밖으로 떡방이가 왔다 갔다 하는 게 보였다. 안나 아주머니는 그를 할기족족 흘겨보았다.

"재개발 얘기가 솔솔 나오니까 여기마저 들썩이는구나. 낡은 건물을 헐고 새 건물을 지으면 보상을 훨씬 많이 받는단다. 건물 주인들이야 손해 볼 게 없지. 어차피 돈은 다 누군가 빌려줄 테니. 너도 잘 알아야 한다. 우리가 사는 곳은 대한민국이 아니다. 그냥 여기는 자본주의라는 곳이야. 자본주의란 녀석은 한마디로 버릇이 없단다. 너도 자본주의한테 예의를 기대해서는 안 된다. 상처받는 건 너일 테니까."

하루하루 하산 아저씨는 쇠약해졌다. 기도를 거르지도 않았고 금식을 어기지도 않았다. 나는 그와 식사시간을 맞추려 했다. 하산 아저씨는 그런 걸 원하지 않았다. 나는 홀로 밥을 먹어야 했다. 이처럼 홀로 밥을 먹는 순간들이야말로 사람이 원래 외롭게 태어난 존재라는 걸 알게 되는 때였다. 하산 아저씨는 자신을 물끄러미 바라보는 나를 느끼면 이렇게 말했다.

"라마단이 끝나면 다시 좋아질 거다."

금식 기간이 끝나면 정육점을 닫아야 한다. 나는 처음으로 내 미래를 걱정했다. 나 혼자였다면 걱정하지 않았을 거다. 그것은 나만의 미래가 아니라 누군가와 공유해야 하는 미래였다. "오, 젠장! 부양받은 지 별로 되지도 않았는데 벌써 하산을 어떻게 책임져야 할지를 걱정해야 하다니!" 이건 야모스 아저씨의 표현이었다. 내 마음속에 그런 걱정이 있었던 것도 사실이다. 하지만 기꺼이 감내하고픈 걱정도 있는 법이다.

나는 부엌 뒷문 발코니에 앉아 허물어지는 맞은편 산동네를 보았다. 사원에서 울리는 무에진의 목소리는 그곳까지도 닿을 거였다. 하지만 사원과 세계는 언제까지고 건재할 것이다. 무너지는 건 사람뿐이다. 이 동네와 다를 게 없는 저 동네가 부서지는 걸 나는 처음부터 지켜보았다. 누군가 그곳에 철탑을 세웠다. 철거를 막아달라 하늘에 호소하는 듯했다. 그러나 철탑도 곧 무너졌다. 바리깡으로 머리통을 밀어버리듯, 기계들이 낡고 더러운 집들을 하나씩 무너뜨렸다. 산 밑에서부터 동네가 지워지는 광경은 경이롭기까지 했다. 폐허로 변해가는 모습을 이처럼 관찰할 수 있다는 것마저 신기했다. 저 동네에 살던 사람들은 이런 광경을 보지 못할 것이다. 그들은 뒤도 돌아보지 않고 떠나야 했을 테니. 아니, 어쩌면 그들 마음속에서는 이미 무너졌을 테니 굳이 눈으로 확인할 필요가 없었을지도 모른다.

철거되는 산동네에 내 흉터들이 반응했다. 나는 흉터를 손가락으로 만지며 물었다. 너와 비슷한 거냐고. 흉터는 대답하지 않았다. 나는 스크랩북을 들고 다녔다. 내가 원하는 얼굴이 무엇인지

나도 몰랐다.

하산 아저씨의 얼굴이 새하얗게 질렸다. 그가 기도를 할 때마다 나는 저렇게 엎드린 채 영영 다시 일어나지 못하는 게 아닌가 두려웠다. 그가 손바닥이 위를 향하도록 두 손을 자연스럽게 든 채 눈을 감으면 그의 두 손 위에 평화가 내려앉았다.
　나는 스크랩북을 펼치고 유정의 아버지인 연탄장수에게 물었다. "이 사람들 가운데 누가 일본인인지 맞혀보실래요?"
　연탄장수는 검은 손으로 검은 얼굴을 훑었다. 그가 연탄이 가득 실린 리어카를 끌다 숨을 고르기 위해 멈췄을 때 자주 하는 행동이었다. 그가 손가락 끝으로 한 얼굴을 찍었다. 내가 왜 이 사람을 일본인이라고 찍었냐고 묻자, 그는 쪽바리 같잖아, 라고 답했다. 쪽바리 같다는 게 무슨 뜻이냐고 묻자 의뭉스러워 보이잖아, 라고 했다. 의뭉스러워 보이는 다른 사람의 사진을 가리키며 이 사람은 왜 일본인이 아닌 것 같으냐고 묻자, 그는 고개를 갸웃 기울였다. 그의 아내는 돌아오지 않았다. 나는 연탄장수에게 그가 찍은 사람은 한국인이라고 말해주었다. "젠장, 쪽바리나 조센징이나. 근데 이 사람도 나와 신세는 비슷할 것 같구나. 얼굴에 궁티가 나."

비가 내렸고 하루 사이에 기온이 달라졌다. 뜨거웠던 여름 내내 더위를 참느라 잔뜩 힘이 들어갔던 몸이 축 늘어지기 시작했다. 하산 아저씨의 발걸음이 위태로웠다. 그는 늪을 건너는 사람처럼 걸었다.

나는 스크랩북을 펼치고 걸어다니는 비속어사전인 쌀집 김 씨에게 물었다.

"이 사람들 가운데 누가 이라크인인지 골라보실래요?"

그는 콧방귀를 뀌었다. 단번에 어떤 얼굴을 가리켰다. 그가 고른 얼굴은 피부색이 검붉었고 눈썹이 짙었으며 콧수염이 달렸다. 우멍한 두 눈은 쌍꺼풀 때문에 더욱 깊어 보였다.

"아쉽지만 이 사람은 한국인이에요." 쌀집 김 씨는 인정하지 않았다.

"세상에! 한국인 종자 가운데 이런 놈이 다 있단 말이냐? 개……" 그의 입에서 세상 모든 개가 불려나오기 전에 나는 그의 말을 가로챘다.

"마흔두 살. 강원도 횡성. 직업은 농업. 콧수염을 기른 건 「바람과 함께 사라지다」의 비비안 리를 흠모해서래요. 그 영화에서 비비안 리를 꼬드기는 사내가 콧수염이 달린 멋쟁이거든요."

쌀집 김 씨는 비비안 리가 누구냐고 물었다. 나는 세계의 모든 남자들이 한번쯤 키스해보고 싶어 안달이 난 여자라고 말해주었다.

"제길, 이놈이나 저놈이나 여자라면 사족을 못 쓰는 건 똑같군. 안 그래도 농사꾼처럼 생겼다고 생각했다."

대머리 아저씨가 노래를 부르지 않는데도 하산 아저씨는 밤새 끙끙 앓았다. 나는 슬며시 그의 이마를 손으로 짚었다. 열이 높지는 않았다.

 나는 스크랩북을 펼치고 떡방이에게 한 얼굴을 가리키며 국적을 물었다. 그 얼굴은 까만 피부와 두드러진 광대뼈, 뭉툭한 들창코와 두꺼운 입술을 지녔다. 떡방이는 피식 웃더니 아프리카인이 아니냐고 되물었다. 아프리카에는 신생 국가가 너무 많아서 이름은 모르겠다고 말했다. 케냐, 가나, 나이지리아, 남아프리카공화국, 에티오피아…… 그는 자신이 아는 아프리카 국가의 이름을 나열하면서 그중 하나일 거라고 장담했다. 그러나 그가 가리킨 사람은 한국인이었다. "만약 이 사람이 한국인이라면 튀기가 분명해." 나는 이 얼굴의 주인이 순종 한국인이라는 걸 증명해주었다. "여기 부모형제와 함께 찍은 얼굴 사진 보이죠? 닮았잖아요." 떡방이는 어깨를 으쓱하더니 이 나라는 땅덩어리는 작은데 별의별 인간들이 다 있다고 말한 뒤 이렇게 덧붙였다. "근데 이 녀석, 돈깨나 있는 집안인가 보군. 기름기가 좔좔 흐르잖아."

 나는 스크랩한 얼굴들을 재배열했다. 흔히 한국인의 전형이라 여겨지는 얼굴들을 기준 삼아 가운데 두고 그와 비슷한 얼굴들을 사방에 배치하는 식으로 하나의 그림을 그리기 시작했다. 몽타주와 비슷한 작업이었다. 하지만 나는 우연의 효과를 노리지는 않았다. 이것은 목적이 분명한 작업이었다. 나는 얼굴로 이루어진 세계지도를 만들 생각이었다. 얼굴들은 자신의 옆에 붙은 얼굴과 유사해야 했다. 아주 작은 차이만 있으면 된다. 코가 조금 더 높거나 낮거나,

눈이 조금 더 깊거나 얕거나, 광대뼈가 조금 더 돌출했거나 주저앉았거나, 피부가 조금 더 밝거나 어둡거나.

그런 식으로 작업을 진행하자 시간이 흐를수록 내가 선택하는 얼굴은 기준점이었던 전형적인 한국인의 얼굴과는 딴판이 되었다. 이건 열 살짜리 아이가 열다섯 살짜리 친구를 지녔는데, 그 친구에게 스무 살짜리 친구가 있었고, 이 친구에게는 서른 살짜리 친구가 있었으며…… 그래서 결국 열 살짜리 아이가 백 살 노인과 친구가 된다는 농담과 비슷했다. 다른 점이 있다면 이 농담처럼 무례하지 않다는 것이었다.

내 지도에서 한국인은 중국인이 되기도 했으며 아랍인이 되기도 했다. 대륙을 넘어 아프리카인이 되기도 했고 유럽인이 되기도 했다. 그들은 스칸디나비아반도의 통나무집에 거주하기도 했으며 북극에서는 이글루를 지었고 파타고니아에서 목장을 운영하기도 했다. 반얀 나무 그늘 아래 해먹에서 잠들었고 짚이 깔린 정글의 오두막에서 잠들기도 했다. 남십자성과 북십자성을 동시에 볼 수 있었고 사막과 바다를 동시에 거닐었으며 낙타와 야크를 타고 돌아다녔다.

나는 완성된 지도를 하산 아저씨에게 보여주었다. 그는 평소처럼 아침 일찍 집을 나서 정육점에 갔다가 문을 열지 못하고 오래도록 자신의 정육점을 바라만 보다 돌아왔다. 그리고 숨을 곳을 찾는 사람처럼 집 안을 안절부절못하며 헤집고 다니더니 격렬한 육체노동을 마친 사람처럼 지쳐서 잠들었다. 창문을 통해 들어온 햇살이 그의 얼굴을 더듬었고 그의 가슴팍이 불규칙적으로 오르락내리락했다. 금식 기간이었기 때문에 그는 물조차 마시지 않았다. 그의 메마른 입술은 갈라졌고 콧수염은 윤기를 잃었다. 나는 하산 아저씨의 머리맡에 완성된 지도를 놓고 그가 기도 시간에 맞춰 깨어나길 기다렸던 것이다. 기도하기 위해 일어난 하산 아저씨는 내가 만든 지도를 물끄러미 바라보았다.

"너는 사람과 사람을 연결해주는 보이지 않는 끈을 발견한 것 같구나."

"그걸 가르쳐준 사람은 바로 아저씨예요. 보세요, 아저씨. 아저씨 얼굴을요. 아저씨는 어떤 한국인보다 더 한국인답고 어떤 터키인보다 더 터키인다워요."

"한국인인지 터키인인지 분간이 되지 않는다는 말이겠지."

"맞아요. 분간할 수 없게 된다는 것. 아무나 그렇게 될 수는 없는 거잖아요."

"네 그림 속에서는 누구나 그렇게 될 수 있는 것 같구나."

"그래서 그림이에요. 현실에서는 불가능한 꿈같은 거죠."

"네가 아는 현실을 옮긴 거라고 생각했다."

"안다고 해서 실제로 존재하는 건 아니잖아요. 사랑, 우정, 평화, 자유……그런 말은 알지만 그걸 실제로 본 적은 없는 것처럼요."

"난 너한테 그런 걸 가르쳐준 적이 없다. 하지만 네가 이런 걸 알게 될 거라고 짐작은 했다."

"그러니까 제가 이렇게 될 줄 알고 있었단 말이죠. ……이렇게 난폭하고 더러운 녀석이 될 줄."

하산 아저씨는 한숨을 내쉬었다.

"너를 난폭하게 만든 건 다른 누구도 아니고 바로 너 자신이란다."

하산 아저씨는 나를 끌어당겨 자신의 넓은 가슴팍에 품었다. 그의 가슴팍은 단단하지 않았다.

"네 흉터는 그냥 흉터가 아니란다. 그 흉터는 역사가 날염된 것이야. 내 몸의 모든 흉터들 역시 내 개인사가 날염된 것들이지."

나는 하산 아저씨가 나에 대해 더 많은 이야기를 해주길 기다렸다. 하지만 그는 더 이상 아무것도 말하지 않았다. 역사가 날염된 흉터. 이 말은 내게 묘한 기분을 불러일으켰다.

기도를 마친 하산 아저씨는 다시 잠들었다. 나는 잠든 하산 아저씨 옆에 누웠다. 내가 할 수 있는 일은 없었다. 그렇게 누워 있노라면 내 몸 안에서 뼈들이 덜그럭거렸다. 그럴 때면 내 몸에 드러누운 해골이 아파한다는 걸 알게 된다. 내 몸에서 뼈들만을 간추려, 완벽한 해골을 재현한 뒤 그 해골을 사랑하고 싶었다. 하산 아저씨의 해골도 덜그럭거리는 것이다. 하산 아저씨가 꺼내주기를 너무 오래 기다린 그 해골은 스스로 나오려는 것이다. 그때는 이미 사랑해야 할 그를 잃은 뒤이겠지만.

나는 그림을 들고 충남식당에 갔다. 안나 아주머니는 새로운 예술이라면 무엇이든 기꺼이 받아들이는 후원자였다. "이걸 저쪽 벽에 붙여야겠다. 여기 오는 인간들에게 저주를 내릴 필요가 있거든."

나의 예술작품이 안나 아주머니의 부적으로 전락한 게 아쉽지는 않았다. 유정이 이렇게 말했기 때문이다. 말을 잘 써야 한다고. 말을 잘못 쓰면 주문(呪文)이 되기도 한다고. 하나의 언어가 어떻게 사용되느냐에 따라 말이 되기도 하고 주문이 되기도 한다.

나는 안나 아주머니가 가리킨 벽, 메뉴판 아래에 얼굴로 이루어진 세계지도를 붙였다. 사람들의 얼굴사진만으로 그가 어떤 종족인지 민족인지 판단할 수 있는가? 결론은, 없다. 그러므로 사람은 본성적으로 누군가를 인종적으로 판단하는 능력이 없다. 그건 우리가 곧 인간을 인간으로 여기는 능력만을 지녔다는 뜻이기도 했다. 흑인 백인 황인으로 나누는 게 후천적인 학습의 결과라는 뜻이기도 했다. 그러나 우리는 또한 후천적으로 그가 부유한지 가난한지를 판단하는 능력을 습득하게 된다. 궁티가 흐르는 얼굴과 부티가 흐르는 얼굴을 구분하는 능력 말이다. 인간에게 부여된 능력이 신에게서 비롯된 것이라면, 신은 얼마나 위대하고 영특한가. 훗날 자신에게 비난으로 돌아올지도 모르는 능력들은 인간에게 선천적으로 부여하지 않았으니 말이다.

나는 주정뱅이 노인에게 물었다.

"제가 누군지 아세요?"

"코끼리."

"어떤 코끼리요?"

"분홍색 코끼리."

"뭐 하고 있어요?"

"지나가고 있어."

"어디로 가고 있어요?"

"……."

나는 티셔츠의 목둘레를 잡아당겨 쇄골 아래 흉터를 드러냈다. 그 흉터는 역사가 날염된 것이었다. 나는 드러난 흉터를 손가락 끝으로 가리키며 물었다.

"여기 이 자물쇠에 꼭 맞는 열쇠는 없나요? 끼워서 돌리면 감쪽같이 흉터가 사라지는 만능열쇠 말예요. 그런 건 없나요?"

13

 그해 가을 하산 아저씨는 스스로를 지탱할 힘을 잃었다. 참았던 울음이 터지듯 그의 몸에 가두었던 세월의 힘이 한꺼번에 쏟아져 나왔다. 산동네는 철거되었으나 원래의 모습이 무언지 알 수 없었다. 하산 아저씨는 습관처럼 아침에 출근했다가 바로 퇴근했다. 정육점 문을 열어보지도 않았다. 그 앞에 서서 낯선 곳을 찾은 이방인처럼 허둥댔다. 남의 일터를 보듯 정육점 안을 들여다보았고 남의 물건을 보듯 그 안의 사물들을 보았다. 어차피 건물은 헐릴 것이다. 정육점도 사라질 테고 더는 그의 손때 묻은 칼 아래 고기가 놓일 일도 도마 위에 고기가 올라갈 일도 없을 것이다. 그는 일에 몰두하는 자신의 모습을 환영으로 보았을 것이다. 그리고 이제 그 일이 온전히 과거의 자신의 몫이라는 걸 서서히 인정하게 될 것이다. 그러니까 하산 아저씨는 자포자기의 심정으로 출근했다기보다, 자신의 방식대로 정리하기 위해 그랬다.

하산 아저씨는 유령처럼 돌아다녔다. 나는 그의 그림자가 사라질까 봐 두려웠다. 나는 그가 무엇을 위해 그처럼 돌아다니는지 알았다. 하지만 그걸 안다는 기색은 내비치지 않았다. 흉터는 옷으로 가릴 수 있지만, 팔다리가 없다면 아무리 감추려 해도 드러나기 마련이었다. 인간의 몸은 신기했다. 결핍마저도 밖으로 노출되니 말이다. 하산 아저씨는 그런 사람들처럼 행동했다. 자신이 무엇 때문에 지친 몸을 이끌고 여기저기 돌아다녀야 하는지, 그 이유가 훤히 드러나 있음에도 불구하고 내가 못 보고 지나가기를 바랐다.

야모스 아저씨가 내게 물었다. 대체 하산 아저씨가 어디를 돌아다니는 거냐고.

"하산 아저씨는 지금 자신을 대신할 사람을 찾는 거예요. ……저를 위해서. 다시 고아원으로 돌려보내지 않기 위해서."

나는 이런 말투를 대머리 아저씨에게 배웠다. 그는 맹랑한 녀석이 없을 때 집 앞 평상에 슬쩍 들르곤 했다. 그는 맹랑한 녀석이 늘 앉고 눕는 자리에 앉아보고 누워보았다. 내게 맹랑한 녀석의 안부를 물었고 자신이 이곳에 왔다 갔다는 걸 모른 척해달라고 부탁했다.

"다른 이유가 있는 건 아니다. 그 아이가 왜 그랬는지 잘 아니까. 나는 그 아이를 실망시킬 용기가 없구나. 아직도 기억을 되찾지 못했다. 적어도 실수했다는 생각을 갖게끔 하고 싶지는 않구나."

모스크에서 합동 예배가 있던 날 핼쑥한 얼굴로 집을 나섰던 하산 아저씨는 저녁 무렵 중년의 사내와 함께 돌아왔다. 눈매가 날카롭고 콧수염을 기른 사내였다. 사내는 나를 보고는 고개를 끄덕였을 뿐이다. 그들은 이야기를 나누다 기도 시간이 되자 나란히 엎드려 기도했다. 그들은 충남식당을 찾았다. 중년의 사내는 식당에 들어가는 걸 거리끼지 않았다. 야모스 아저씨가 투덜댔다.

"이 나라에 있는 무슬림들은 죄다 돼지고기를 아무렇지도 않게 생각하는군."

안나 아주머니는 옆자리에 앉아 내 손을 꼭 쥐었다. 하산 아저씨는 정육점의 집기들을 어떻게 처분할 것인지 계획을 밝혔다. 야모스 아저씨가 다른 점포를 얻어 계속 정육점을 운영하는 게 어떻겠느냐고 물었다. 하산 아저씨는 이제 더는 고기를 만질 자신이 없다고 했다.

그들은 말하지 않아도 통하는 게 있는 듯했다. 야모스 아저씨와 하산 아저씨는 지금 당장 세상을 떠난다 해도 남길 것도 가져갈 것도 없었다. 나는 그들에게 소외당한 기분이었다. 하산 아저씨는 이야기를 하는 내내 한 번도 나를 바라보지 않았다. 그들은 약속이라도 한 듯 나를 없는 사람 취급했으며, 그렇다고 해서 나와 관련된 이야기를 꺼내지도 않았다. 길에 버려진 아이를 만난 행인처럼 조심스럽게 나를 피해갈 뿐이었다. 이곳에서조차 나는 내 운명에 아무런 결정권이 없었다. 처음부터 나에게는 운명이 부여되지 않았던 것만 같았다. 내가 미성년이기 때문이 아니라 고아이기 때문이라는 생각이 나를 괴롭혔다.

그들의 목소리가 귓가에서 웅웅댔다. 자음과 모음이 따로 들렸고 의미가 연결되지 않았다. 나는 소음에 둘러싸여 어두워지는 밖을 보았다. 이렇게 될 줄 몰랐다고는 할 수 없는 일이었다. 나는 그렇게 되도록 운명이 지어진 사람이다. 사내는 하산 아저씨에게 정육점을 정리하면 남은 돈으로 순례를 떠나는 게 좋겠다고 말했다. 하지. 메카를 순례하는 걸 그들은 이렇게 불렀다. 하산 아저씨는 수긍하지도 부정하지도 않았다.

야모스 아저씨가 무언가에 흥분해 팔을 내두르다 식은 커피를 내게 엎질렀다. 안나 아주머니는 내 윗옷을 벗겼다. 나는 어깨를 옹송그렸다. 중년의 사내가 놀란 눈으로 나를 훑어보았다. 정확하게 말하자면 흉터투성이 내 몸을. 사내는 미간을 좁히고 눈을 가늘게 했다. 흉터를 하나하나 살피려는 듯했다. 안나 아주머니가 수건으로 내 몸을 닦았다.

"이렇게 끔찍할 수가. 얘야, 너는 이 흉터가 무언지 아니?"

사내는 쇄골 아래 흉터를 가리키며 물었다. 나는 고개를 저었다.

"어쩐지 낯이 익구나."

사내는 하산 아저씨를 돌아보았다. 하산 아저씨는 아무 말도 하지 않았다. 나는 사내에게도 그런 흉터가 있을 거라고 짐작했다. 밤이 이슥해서야 사내는 돌아갔다. 사내는 어둠 속에서 내게 손을 흔들었다. 그 전에 이렇게 말했다.

"이제 기억이 나는구나. 그 흉터 말이다. 왜 낯이 익은가 했더니, 하산에게도 그런 흉터가 있었다."

하산 아저씨는 방에 누워 꼼짝도 하지 않았다. 열은 없었지만 마른기침을 했다. 두통이 있는지 엄지손가락으로 머리를 꾹꾹 눌렀다. 검버섯이 피어난 그의 마른 얼굴은 가면 같았다. 그는 왜 이 낯선 땅을 떠나지 못하고 수십 년을 머물러야 했을까. 왜 고향에 돌아가지 못하고 홀로 늙어 이처럼 쓸쓸히 병든 몸을 견뎌야 하는 걸까. 하산 아저씨의 흉터를 보고 싶었다. 내 것과 닮았다는 그 흉터. 흉터가 닮았다는 말이 운명이 닮았다는 말은 아니겠지만 거기에서 내가 알지 못했던 무언가를 발견할 수 있을 것만 같았다.

나는 잠든 하산 아저씨의 귀에 대고 속삭였다. 나를 버리지 말아달라고. 그가 나의 마지막 고아원이길 바란다고. 하지만 하산 아저씨마저 어찌할 수 없는 운명이란 것도 있는 법이다. 나는 그를 이해할 수 있었기 때문에 그를 원망하지 않았다. 내가 비난해야 하는 건 그를 덮친 운명이지 하산 아저씨, 그가 아니니까.

하산 아저씨도 이맘처럼 점점 사람들의 눈에 띄지 않게 되었다. 나는 이별이 그런 식이면 좋겠다고 생각했다. 그는 여전히 단식 중이었다. 라마단은 아직 끝나지 않았다. 광야와 사막에서 살던 사람들의 종교답게 그들은 자기 학대와 금욕에 익숙했다. 고아원은 명절과 연말이면 부산스러웠다. 명절이면 자원봉사자들이 어디선가 나타나 청소를 하고 음식을 만들었으며 이런저런 놀이를 가르쳐주었다. 제상에 음식을 진설하는 방식과 절하는 법을 가르쳐준 사람들도 있었다. 연말이면 늘 차가운 마당에 모여 라면상자와 밀가루

포대를 배경으로 기념사진을 찍었고 이 세상은 살 만한 가치가 있는 곳이라는 훈계를 들었다. 누군가 사람들의 이목을 끌고 싶어 별난 행동을 하기도 했는데, 고아들이 할 수 있는 별난 행동이란 대부분 자해였다. 계단에서 일부러 발을 헛딛고 굴러서 혹은 누군가에게 시비를 걸어 싸워서 어딘가에 상처를 냈다. 그러면 그들은 이구동성으로 스스로를 사랑할 줄 알아야 한다고 말했다. 스스로를 사랑하지 않으면 삶이 헛된 것이라는 생각에서 벗어날 수 없다고 했다. 그들은 비열했다. 스스로를 사랑하는 건 최후의 보루다. 세상을 사랑하고 타인을 사랑하다 지친 사람들에게 해야 하는 말이다. 그렇게 사랑하다 지쳐서 더는 사랑할 게 없는 사람들에게 어울리는 말이다. 그럴 때 위안이 되어주는 말이다.

나는 하산 아저씨에게 당부하고 싶었다. 이제 스스로를 사랑해도 된다고. 아저씨는 충분히 그럴 자격이 있다고. 그럴 자격이 없는 자들이 너무 오랫동안 사랑에 대해 말해왔다고. 그럴 자격이 없는 자들이 너무 오랫동안 자기애를 왜곡해왔다고.

하산 아저씨는 나를 의심하지 않은 최초의 사람이었다. 그는 내가 무슨 생각을 하는지 알았다. 어느 날 그와 함께 공원을 산책할 때였다. 나는 내게 부여된 어떤 본능 때문에 가슴이 아팠다. 눈부신 하늘과 푸른 나무와 그것들이 품은 생명들. 그런 때가 있지 않던가. 세계가 선명한 의미가 되어 소나기처럼 와락 덤벼드는 순간. 지나가는 비 한 줄금에 영혼마저 흠뻑 적셔버린 그 순간이 지나고, 이 소중하고 아름다운 세계를 그저 스쳐 지날 수밖에 없다는 생각에 이르면 절로 눈물이 났다. 하산 아저씨는 까닭 없이 흐르는 내 눈물을 이해해주었다. 그는 아름다운 것들을 보고 눈물을 흘릴 수 있어야 사람이라고 말했다. 그러기 위해서는 이 세계가 아름답다는 걸 인식할 수 있어야 한다고 덧붙였다.

하산 아저씨가 앓는다는 소식을 들었다며 전도사가 방문했다. 그는 초췌한 몰골이었다. 철거가 진행 중인 산동네에 남은 사람들이 있다고 했다. 전도사는 그들을 위해 개척교회 목사와 함께 예배를 주관한다고 했다. 잊었던 주기도문을 기억해냈느냐는 내 물음에 전도사는 얼굴을 붉혔다. "너도 언젠가 나를 이해해줄 거라고 믿는다. 나는 이제 아무렇지도 않구나. 기억하지 못해도 상관없단다. 그건 단지 하나의 기도문일 뿐이니까. 나는 기도해야 할 게 너무 많고 응답을 기다려야 할 기도 역시 많단다." 그는 하산 아저씨의 쾌유를 위해 기도하겠다고 약속했다.

고수머리 청년과 쌀집 둘째 딸도 들렀다 갔다. 고수머리 청년은 나이트클럽에서 차력사의 보조로 일한다고 했다. 일정한 수입이 생겼으니 곧 결혼도 할 수 있을 거라며 수줍어했다. 나는 그의 귀를 만져보았다. 하산 아저씨의 귀와 똑같은 그의 귀는 생각처럼 딱딱하지 않았다. 견고한 말랑말랑함. 쌀집 둘째 딸을 매혹시킨 숨겨진 이유일지도 모른다.

야모스 아저씨는 빈 방에 갇혔던 새를 풀어줬다고 했다. "무서웠지. 손이 달달달 떨렸으니까. 하지만 그 새가 이제 막 날갯짓을 배운 어린 새처럼 힘겹게, 하지만 결연하게 날개를 저으며 날아오를 때는 가슴이 뿌듯했단다." 야모스 아저씨의 거짓말을 나는 이번에도 믿기로 했다. 그는 최후의 임무를 무사히 수행한 병사처럼 안도했다. 그도 자신을 사랑하는 데 익숙하지 않은 사람일 테니. 이제 그에게 남은 일은 임무를 수행하는 동안에는 무시할 수 있었던 과오들을 반추하는 것일 게다.

나는 야모스 아저씨와 함께 하늘을 올려다보았다. 전설의 새인 봉황이거나 록이거나 얀카이거나, 어쩌면 저 하늘에서는 오래전부터 그런 새들이 허공을 가위질하며 날아다녔는지도 모른다. 허공에는 길이 없다. 허공 자체가 길이므로. 지상에도 길이 없다. 지상 자체가 길이므로. 우리는 허공이 조각조각 잘려 꽃비처럼 우수수 흘러내리는 광경을 감탄하며 지켜보았다. "그리스 하늘 못지않게 아름답구나." 야모스 아저씨, 그가 풀어준 건 새가 아니라 구식 비행기를 몰고 하늘을 누비던 청년 야모스였다.

하산 아저씨는 라마단 마지막 날 충남식당에서 쓰러졌다. 그날 정육점 건물은 공식적으로 그와 무관한 곳이 되었다. 계약은 해지되었고 남은 집기들은 이미 중고상에게 넘어간 뒤였다. 그곳에 하산 아저씨 소유의 물건은 없었다. 추억마저 이제 그의 것이 아닌 듯했다. 그는 객혈을 했다. 그는 오미자처럼 붉은 핏덩이가 섞인 가래침을 뱉었다. 내가 식당에 들어갔을 때 안나 아주머니는 눈시울을 붉힌 채 멍하니 앉았다가 다급하게 일어났다. 구급차가 왔다 갔으며 야모스 아저씨가 동행했다고 말해주었다. 나는 안나 아주머니의 충혈된 눈을 지그시 들여다보았다. 안나 아주머니는 당황했다. 안나 아주머니는 자신이 기대했던 표정을 결코 내 얼굴에서 찾을 수 없을 테다.

"오, 이런! 대체 누가 너한테 이런 짓을 했단 말이냐. ……자, 이리 와서 보렴. 터키 늙은이가 방금까지 앉았던 의자다. 이 의자에서 일어나다 쓰러졌지. 자, 의자를 만져보렴. 이 더러운 인조가죽 안에는 질 나쁜 스펀지가 들어 있단다. 하지만 그 덕분에 의자는 앉았던 사람을 기억하게 되지. 보렴, 누군가 엉덩이를 깔고 앉았다 일어나면 여기에 자국이 남는단다. 신기하게도 하트 모양이야. 신은 그렇게 우리가 가장 수치스러워하는 곳에, 우리의 일부이지만 자신은 볼 수 없는, 늘 타인이 아니고서야 들킬 수 없는 궁둥이 같은 곳에다가 이처럼 인생의 비밀을 감춰두는 거란다."

나는 수없이 많은 사람이 엉덩이를 비벼댄 의자를 만졌다. 방금 전까지 하산 아저씨가 앉았던 그 의자에는 안나 아주머니의 말대로 하트 모양의 자국이 남았다.

식당을 나선 나는 잠시 어디로 가야 할지 몰라 사방을 두리번거렸다. 나는 하산 아저씨를 따라 처음 이 동네에 왔던 날 걸었던 골목길로 내려갔다. 삶은 원형의 기억을 수없이 재현하는 것에 지나지 않을지도 모른다. 버스 정류장에서 어디로 가는지도 모른 채 버스에 올랐다. 나는 허리 높이의 허공에 실려 도시를 떠돌았다.

창밖으로 도시의 풍경이 지나갔다. 어디에선가 내려 지하철로 갈

아탔다. 다시 지상으로 나와 버스를 탔다. 버스와 지하철의 낡은 좌석들을 유심히 지켜보았다. 거기에도 비밀의 문양이 있었다. 딱딱한 의자도 마찬가지였다. 칠이 벗겨지고 색이 바래 생긴 자국이 있었다. 사람들의 엉덩이가 머물렀던 곳이라면 어떤 의자이든 그곳에 희미하게라도 비밀의 문양이 남았다. 신은 이렇게 사소한 물건들에 자신의 흔적을 남겼다. 그러나 나는 여전히 이 세상에 속해 있음에도 이 세상과 별개 중이라는 생각을 지울 수가 없었다.

어느 종점에서 나는 버스 기사가 권하는 음료수를 마셨다. 나는 그에게 안나 아주머니에게 들었던 병원 이름을 말해주었다. 그는 병원으로 찾아가는 길을 자세히 일러주었다. 나는 종점에서 출발하는 버스에 올랐다. 사람들의 엉덩이를 보며 나는 생각했다. 내가 만나보고 싶었던, 인간이 지을 수 있는 모든 표정들이 수렴된 단 하나의 표정은 바로 저 엉덩이에 있는 게 아닐까.

하산 아저씨는 병실을 배정받지 못해 응급실 간이 침대에 머물렀다. 야모스 아저씨가 혼수상태에 빠진 하산 아저씨를 홀로 지켰다. 그는 내 머리를 쓰다듬었다.

입원한 동안 하산 아저씨는 상태가 더욱 나빠졌다. 폐렴이라고 했다. 하산 아저씨 나이에는 치명적일 수도 있었다. 라마단은 지나갔건만 하산 아저씨는 예전으로 돌아가지 못했다. 그는 정신을 차리면 내게 물었다. 오늘이 며칠이냐고. 하루하루 시간이 지날수록 그의 정신이 희미해졌다. 그의 육체도 희미해졌다. 그는 양고기 파산다가 먹고 싶다고 했다. 흰옷을 입은 사람들이 보인다고 말했다.

나는 간호사와 의사라고 얼버무렸다.
 그는 11월 10일을 기다렸다. 내게는 아무런 의미도 없었다. 하지만 하산 아저씨에게는 중요한 날이었다. 그가 누군가를 추모해야 하는 날이었으므로. 정신이 멀쩡할 때 하산 아저씨는 내게 말했다. 그는 나의 쇄골 아래 흉터가 있는 곳이라 짐작되는 곳을 손가락으로 만졌다. 그의 손가락이 뜨거웠다. 역사가 날염된 흉터가 그의 손가락 아래서 팔딱팔딱 숨 쉬었다.
 "보자마자 알았다. 그 흉터가 무엇인지. ……그건 총상을 입었음을 증명하는 흉터다. 다른 무엇에 의해서도 생길 수 없는 흉터야."
 "총상이라면 총알이 여기에 박힌 적이 있다는 건가요?"
 하산 아저씨가 힘겹게 고개를 끄덕였다. 그의 메마른 입술이 열리더니 그 틈으로 쇳기침 소리가 흘러나왔다.
 "언젠가 너는 알게 될 거다. 네게 상처를 준 사람이 누구인지를."
 나는 내게 총을 쏘았던 사람을 떠올리려 애썼다. 기억이 나지 않았다. 그러나 그자가 내 어머니와 아버지에게도 총을 쏘았으리란 걸 알 수 있었다.
 "……그 사람을 만나게 되면 가만두지 않을 거예요."
 "네가 복수하기도 전에 세월이 그를 용서해버릴 거다. 세월은 잔인한 구석이 있거든."
 그 사람을 용서해야 한다는 건지, 그래봐야 소용없다는 건지, 하산 아저씨는 말하지 않았다.

밤새 혼수상태에 빠졌다가 다음 날 아침 잠깐 정신이 들었을 때 하산 아저씨는 물었다.

"오늘이 며칠이니?"

"십일월 십일이에요."

아직 시월이었다.

"다행이구나. ……나를 아버지라 불러다오."

"……부끄럽지 않아요? 아버지가 되기엔 너무 늙었잖아요."

"그래서 싫다는 게냐?"

"누가 싫대요?"

"좋다는 거냐?"

"누가 좋대요?"

"이 망할 자식! 너에게 신의 축복이 있기를."

"고마워요, 아버지."

"고작 그거냐?"

"네?"

"고맙다는 말로 다 끝내는 거냐구."

"뭐가 더 필요해요. 소름이 돋아도 상관없다면 이렇게 말해줄 수는 있어요. 다음 생에서 꼭 다시 만나요."

"오, 잊었니? 우리가 전생에서도 그런 약속을 했다는 걸."

"쳇, 다 늙어서 아버지가 된 걸로 만족하세요."

"부족해. 난 늘 목이 말랐다. 갈증 때문에 가슴이 타는 것 같았어. 지금도 그렇구나. 아들아, 내게 입 맞춰주렴. ……그래, 그렇게. ……사랑한다."

"저도 사랑해요."

"……"

"제 말 들으셨어요? 사랑해요. ……사랑한다구요!"

나는 내 몸속으로 의붓아버지의 피가 흘러들어온 걸 느꼈다. 뜨거웠다. 인간의 모든 기억들이 이처럼 단순하고 정직하게 이어진다는 걸, 나는 그때 처음 알았다. 나는 훗날 내 자식들에게 나의 피가 아닌 의붓아버지의 피를 물려주리라. 병실 구석에 섰던 이맘이 다가와 나를 껴안았다. 그날 나는 이 세계를 입양하기로 마음먹었다.

그해 십일월 십일 오전 아홉시 오분. 나는 하산 아저씨를 대신해 터키 독립투쟁의 영웅인 아타튀르크를 추도했다. 나는 처음으로 홀로 모스크를 찾았다. 그곳은 한적했다. 산동네의 중심, 분화구와 같은 그곳에서 모스크는 하얀 몸뚱이를 드러낸 채 늦가을의 식은 햇살을 맞았다.

유정은 모스크로 오르는 계단에 앉아 도시를 바라보았다. 나는 그가 매일처럼 그곳을 찾는다는 걸 알았다. 그의 어머니는 여전히 부재중이었다. 사원의 틈마다 깃든 비둘기들은 그의 전령이었다. 소식을 전할 수 없는, 사막을 살아서 건널 수 있게 되기까지는 비둘기의 말을 알아 듣는다 해도 소용이 없을 거였다.

나는 신발을 벗고 사원 안으로 들어갔다. 기도 방향을 알려주는 미흐랍을 정면으로 마주 보고 선 나는 하산 아저씨의 기도하는 모습을 떠올렸다. 낯설었다. 매일 보았던 그 모습이 떠오르지 않았다. 그래서 나는 내 식대로 기도할 수밖에 없었다. 한국식으로 큰절을 했다. 부디 하산 아저씨의 신이 노하지 않기를.

 나는 사원에 고인 뭉근한 햇살을 보면서 훗날 내가 이 순간을 생생하게 추억하게 되리라는 걸 알았다. 언제 어떤 방식으로든 이 시간은 과거에서 불려나와 재현될 것이다. 어떤 의미는 탈각되어 사라질 것이고 어떤 의미는 덧붙여질 것이다. 그런 재구성을 통해 새롭게 하나의 과거로 다시 자리 잡게 될 것이다. 그러므로 모든 현재는 미래를 향한 충동이다.

 내 몸에는 여전히 의붓아버지의 피가 흐른다.

작가의 말

그리스와 터키에 가본 적이 없으나 매일처럼 그곳을 방문했다. 내게 그리스는 니코스 카잔차키스의 나라이며 터키는 아지즈 네신의 나라이다. 나는 우리말로 번역된 그들의 소설을 읽으면서도 그들의 모국어로 씌어진 소설을 읽는 듯한 기분이었다. 번역되기 이전 날것의 그리스어와 터키어를 느낄 수 있었으며 그들이 어떤 방식으로 이 세계에 감탄했는지 어떤 방식으로 한숨을 쉬고 웃음을 터뜨렸는지도 알 것 같았다. 나는 그런 식으로 그리스와 터키를 알아갔다. 그리고 어느 순간 깨달았다. 그들이 한 번쯤은 이곳을 방문했으리라는 사실을. 그들처럼 웃고 떠들고 눈물 흘리던 사람들이 다녀갔음을. 우리가 가장 고통스러웠던 순간에 그들도 이곳에서 아파했음을. 하산과 야모스라는 이름은 전사자 명단에서 발견했다. 아니, 그 이름들이 나를 선택했다. 그들의 나라에서 가장 흔한 이름들이 가장 특별한 방식으로 내게 말해주었다.

  만약 누군가 우리에게 통과의례 운운한다면 우리는 고개를 저어야 한다. 우리의 삶에서 의례적으로 통과해야 할 일이란 없다. 지금 우리가 사랑하는 사람을 두 번 다시 만나지 못할 것이며 지금 우리가 겪는 일을 두 번 다시 겪지 못할 것이다. 아무것도 그냥 우리를 통과하게 내버려 두어서는 안 된다. 우리 역시 그 무엇도 무심하게 통과해서는 안 된다. 삶의 비밀이란 우리가 의례를 치르듯 통과한 뒤 찾아내게 되는 그 무엇이 아니다. 지금 우리가 통과하는 곳이 삶의 한복판이다. 통과의례란 없다. 비밀은 바로 여기에.

2010년 봄
연희문학창작촌에서
손홍규